자연과 나무가 건네는 위로

자연과 나무가 건네는 위로

지 은 이 · 조유성
펴 낸 이 · 성상건
편집디자인 · 자연DPS

펴 낸 날 · 2024년 5월 30일
펴 낸 곳 · 도서출판 나눔사
주 소 · (우) 10270 경기도 고양시 덕양구 푸른마을로 15
301동 1505호
전 화 · 02)359-3429 팩스 02)355-3429
등록번호 · 2-489호(1988년 2월 16일)
이 메 일 · nanumsa@hanmail.net

ISBN 978-89-7027-923-7 03810

값 17,000원

자연과 나무가 건네는 위로

조유성 지음

나눔사

프랑스의 작곡가이자 조류학자였던 올리비에 메시앙(Olivier Messiaen)은 "나는 종교음악을 작곡한다. 하지만 이 음악은 언제나 새소리, 우주, 별과 같은 자연을 향한 경외심으로 가득하다."라고 했습니다.

누군가 제게 "무엇이 내 가슴을 뛰게 하는가?, 나를 설레게 하는 한 가지는 무엇인가?"란 질문을 한다면 주저하지 않고 "책"이라고 대답하렵니다. 돌이켜보면 필자는 책 읽는 독자였고, 서적계에서는 책을 팔았고, 출판계에서는 책을 만들었습니다. 그리고 늦깎이 신학공부를 할 때나 지금도 제게 책은 그 무엇보다 소중합니다. 더불어 3대에 걸쳐 책을 사랑하는 손녀 '예은'이가 성장해 할아버지의 책을 읽는 독자이기를 소망하며 생애 첫 책을 세상에 보냅니다.

미국의 예배학자 로렌스 스투키(Laurence H. Stookey)는 "하나님은 하나님의 창조물을 통해서 사람들과 대화하시기 원하신다."라고 말했지요. 이 책은 일상의 한복판에서 하나님과의 소박한 만남을 기록한 것입니다. '나무'를 통해, '여행'을 통해, '믿음의 사람들과 만남'을 통해, '문학'을 통해, '자연'을 통해 다양한 물질과 대상에 깃든 하나님의 숨결과 은혜의 흔적을 기록했습니다.

아무쪼록 무명 작가의 글을 통해 '자연에 대한 경외심으로 가득하고' 또한 '창조주와 대화'를 하는데 이 책이 작은 도움이 되면 좋겠습니다. 그리고 독자의 마음에 작은 위로와 회복의 통로가 될 수 있다면 기쁨이 더할 것입니다.

부족한 이에게 책을 만들어 주신 성상건 대표님과 도와주신 분들에게 감사드립니다. 적지 않은 분량의 원고를 읽고 발문으로 이 책의 출간을 빛내주신 이종전 박사님에게 감사드립니다. 그리고 인내심을 가지고 지켜봐 주는 사랑하는 가족의 따스한 응원에도 고마운 마음을 전합니다.

2024년 5월　　조유성

자연과 나무가 건네는 위로

이종전 박사
인천기독교역사문화연구원 원장

《자연과 나무가 건네는 위로》가 독자들을 만나기 위해 준비되고 있음을 알게 되면서 많이 기뻤다. 그것은 작가 조유성 목사님의 일생을 통해서 만났던 사람, 나무, 자연, 문학작품들 가운데 그의 기억 속에 또렷한 편린으로 남아있어 간직하고 싶고, 나누고 싶고, 그리고 마음에 새겨 함께하고 싶은 이야기가 잘 담겨있기 때문이다.

독자들보다 먼저 그의 글을 읽을 수 있는 기회가 주어졌음은 개인적으로 영광이고 기쁨이다. 대부분의 인문학적인 글을 쓰는 작가들은 자신의 글에 자아가 담긴다는 사실에 집중하게 되고, 그것 때문에 애면글면하면서 단어 하나, 문장 한 줄까지도 매만지기를 반복하면서 끝내는 아쉬운 마음으로 마무리를 하게 마련이다.

조유성 목사님의 글을 읽으면서 나는 이 책을 그의 평생에 만난 것들에 대한 기억, 사유, 의미라는 단어로 요약할 수 있었다. 무심코 지나칠 수 있는, 그냥 거기에 있는 나무들이지만 그는 그냥 지나치지 않았다. 나무가 그 자리에서 경험했을 사람, 역사, 관계, 의미를 찾으면서 그 나무와 담담하게 이야기 하고 있는 작가를 만날 수 있었고, 독자로서 나는 작가를 통해서 그 나무와 함께했던 사람들과 이야기를 나눌 수 있었다.

같은 것을 대하면서도 사람마다 다른 생각과 의미를 발견하고 느낀다. 이 책은 조유성 작가를 통해서 깨달음과 느낌, 분위기 있게 고운 이야기를 곱게 담고 있다. 작가는 이 글에서 자신이 찾았고 사람과 자연, 역사, 그리고 인간의 창작품들을 만나면서 발견한 지혜와 의미와 가치를 나누고 있다.

작가로서 주제를 찾아가고 만나는 과정은 그가 평생 가지고 살아온 신앙의 혜안을 보여준다. 어쩌면 모든 사람들이 작가와 같은 모습으로 일생을 살 것인데, 그는 만나는 것들을 무심코 지나치지 않고 자기 안에 간직하고자 하는 의식과 함께 담아냈다. 그리고 그 만남을 소중히 여겨 나누고 싶은 마음과 자신이 받은 위로까지 공유하기를 원하고 있다.

이 글을 읽으면서 작가와 함께 시공간을 넘어 역사, 사람, 자연, 특별히 작가가 주목하는 나무들, 그리고 그것들과 더불어 의미를 담은 문학작품과 그 작가들까지 만나는 기쁨이 컸다. 그렇기에 책은 따뜻한 마음과 함께 미소를 짓게 한다. 책을 읽다 보면 독자들 모두가 스스로 나무와 자연과 만나는 주인공이 되어 자신의 정체성을 확인하게 될 것 같다. 만남의 대상들을 머리만이 아니라 가슴에 담고 있는 담백한 문체 때문이다.

이 글을 읽노라면 작가와 도반이 되어 그가 만났던 것들을 이미 찾아가게 된다. 같은 마음으로 읽을 수 있어 기쁘고 깊은 여운이 발문을 쓰는 동안에도 가슴을 따뜻하게 했다.

차 례

Chapter 1. 어느 그리스도인의 탐목기(探木記)

Chapter 2. 어느 그리스도인의 여행

Chapter 3. 어느 그리스도인의 인물탐구

Chapter 4. 어느 그리스도인의 문학 기행

Chapter 5. 자연, 그리고 마음의 풍경

Chapter 1
어느 그리스도인의 탐목기(探木記)

손기정과 대왕참나무

▲ 손기정기념관(서울미래유산 제35번)

2023년 추석연휴에 개봉한 강제규 감독의 〈1947 보스톤〉은 100만 명 이상의 사람들이 관람하였다. 영화는 1947년 보스톤 마라톤대회에 참가했던 손기정 감독(하정우), 남승룡 코치(배성우), 우승자 서윤복 선수(임시완) 등 실화를 배경으로 한 작품이다. 강제규 감독은 1996년 〈은행나무 침대〉, 1999년 〈쉬리〉로 유명해졌고, 2004년 〈태극기 휘날리며〉는 천만 관객을 돌파하여 흥행 신기록 제조기라 불렸다. 그 무렵 바쁜 그에게 출판을 권하기 위해 뱅뱅사거리 사무실과 압구정동 사무실에서 몇 번 만났던 기억이 문득 떠오른다. 그리고 2011년 〈마이웨이〉 흥행 실패 소식을 들었는데, 이후 오랜만에 그가 연출한 작품인 〈1947 보스톤〉은 그런 대로 흥행에 성공했다니 반갑고, 다행스럽다.

서울특별시는 '서울미래유산'으로 1번 '동명대장간'을 비롯해 50번 '김태길 가옥' 등 모두 50개를 지정했다. 그 가운데 35번이 '손기정기념관(구 양정고; 중구 손기정로 101-4)'이다. 그런데 내 게으름 탓으로 며칠 전에 탐방했다. "조국 땅에서 구김살 없이 달릴 수 있는 젊은이는 행복하다. 그들이 달리는 것을 누가 막겠는가!" 이 말은 일제 강점기를 살았고, 1936년 제11회 베를린올림픽 마라톤 우승자 손기정 선수(2시간 29분 19초: 당시 세계 신기록)의 고백이다. 손기정의 숨결을 느낄 수 있고, 그의 흔적을 찾아볼 수 있는 손기정의 모교 양정고를 두루 살펴봤다. 손기정은 1937년 양정고등보통학교를 졸업했다. 1918년 준공된 '양정의숙' 교사를 2012년 리모델링하여 '손기정체육공원'으로 개관하여 오늘에 이르렀다. 과거 '양정고 구관'은 현재 '손기정기념관'으로 사용하고 있고, '양정고 후관'은 '손기정문화도서관'으로 또한 '양정고 서관'은 '손기정체육센터'로 이용하고 있다.

평소 나무 찾는 일을 일상의 기쁨으로 즐기는 내가 손기정체육공원을 찾아간 이유는 손기정 월계수에 관한 팩트 체크 차원이었다. 나무박사로 불리는 원종태에 의하면, 1936년 베를린올림픽 마라톤에서 손기정 선수가 우승 메달을 받을 때 가슴의 일장기를 가리기 위해 부상으로 받은 '대왕참나무' 묘목을 들어올렸고, 귀국 후 양정고에 그 나무를 심었다고 한다. 그 묘목은 지금 손기정기념관 곁에 웅장한 모습으로 서 있다는 글을 읽고는 손기정체육공원 탐방을 미룰 수 없었다.

원종태의 《한국을 지켜온 나무 이야기》(2014년, 온북, 276-7)에는 이런 구절이 나온다. "이 나무는 월계수가 아닌 북미 원산의 '핀 오크'로, 우리나라에서는 '대왕참나무'라고도 부르는 나무다. (중략) 히틀러가 준 나무 1호, 손기정의 월계수라는 역사의 쓰임새를 가지고 대왕참나무는 꿋꿋이 자라고 있다. 이 나무가 월계수인들 대왕참나무인들 손기정 선수의 마라톤 우승은 퇴색하지 않는다. 무슨 나무이냐가 중요한 것이 아니라 무슨 의미가 담긴 나무이냐가 중요하기 때문이다."

고대올림픽에서는 전통적으로 우승자에게 월계관을 씌워줬다. 월계수 잎으로 만든 월계관은 명예와 영광의 상징이다. 아무튼 중요한 것은 손기정 선수가 가져온 나무가 심은 지 40여 지난 1982년에야 월계수(감람나무, 올리브나무)가 아니라 대왕참나무임이 밝혀졌다니 다행이다. 그리고 1936년 손기정 선수가 우승하고 받은 청동 투구(그리스, 기원전 6세기)는 1986년 베를린올림픽 50주년 기념 행사에서 돌려받았고, 손기정 선생이 기증해 지금은 국립중앙박물관에서 누구나 볼 수 있다.

장편소설 《상록수》 '작가'로 잘 알려진 심훈(1901~1936)은 짧지만 긴 감동의 삶을 살았던 인물이다. 일제강점기를 살며 3.1운동 때는 '독립운동가'로, 〈동아일보〉 '기자'로, 〈먼동이 틀 때〉 '영화 제작자'로, 그리고 '시인'이기도 했다. 심훈의 시 중에서 손기정 선수를 노래한 시가 있어 원문을 그대로 인용한다.

그날이 오면/ 오오, 조선의 남아여!

*백림(伯林) 마라톤에 우승한 **손, 남 양군에게

그대들의 첩보(捷報)를 전하는 호외 뒷 등에
붓을 달리는 이 손은 형용 못할 감격에 떨린다!
이역의 하늘 아래서 그대들의 심장속에 용솟음치던 피가
2천 3백만의 한 사람인 내 혈관 속을 달리기 때문이다.

"이겼다"는 소리를 들어보지 못한 우리의 고막은
깊은 밤 전승(戰勝)의 방울소리에 터질 듯 찢어질 듯.
침울한 어둠 속에 짓눌렸던 고토(故土)의 하늘도
올림픽 거화(炬火)를 켜든 것처럼 화다닥 밝으려 하는구나!

오늘 밤 그대들은 꿈 속에서 조국의 전승을 전하고자
'마라톤' 험한 길을 달리다가 절명한 '아테네'의 병사를 만나 보리라
그보다도 더 용감했던 선조들의 정령이 가호하였음에
두 용사 서로 껴안고 느껴느껴 울었으리라.

오오, 나는 외치고 싶다! 마이크를 쥐고
전 세계의 인류를 향해서 외치고 싶다!
"인제도 인제도 너희들은 우리를
약한 족속이라고 부를 터이냐!"

1936. 8. 10. 새벽 신문 호외 이면에 쓴 절필.

주 : *백림(伯林): 베를린 **손, 남 양군: 손기정(1912-2002), 남승룡(1912-2001)

성덕정과 서울숲

▲ 서울숲

서울숲과 수도박물관을 산책하며 몇 장의 사진을 친구에게 보냈다. 내가 노거수, 천연기념물 나무를 찾아 다니는 것을 알고 있는 마당발인 친구로부터 성수동성당에 가보라는 답장이 왔다. 그런데 며칠을 미뤘다가 어느 비 오는 날 두 그루 느티나무를 보기 위해 수인분당선 서울숲역에서 내려 바로 성당으로 갔다. 젊은이들이 몰리는 뜨는 동네인 성수동은 마침 퇴근 시간 무렵이라 많은 젊은이들로 붐볐다. 성수동이 서울의 브루클린이라 불리며 부상한 이례적 현상이 아마도 서울숲의 영향이거나 서울숲과 무관하지 않을 것 같았다.

성동구청 게시에 의하면 “성수동은 옛날 성덕정(聖德亭)이란 정자와 뚝도수원지(水源池)가 있던 곳이라 하여 각각 첫머리를 따서 성수(聖水)라 했다는 설이 있다.” 성수동성당 마당에서 한참을 서서 두 그루 느티나무를 바라봤다. 약 340년 꿋꿋하게 한 자리를 지킨 두 그루의 느티나무가 더 넓은 마당에 심어졌다면 얼마나 좋았을까 생각해 봤지만, 나무가 그곳에 먼저 심어졌고 세월이 흐른 후 성당이 건축된 것이니 그저 공간 확보가 아쉽게 느껴졌다.

현재 성수동성당 자리는 과거 성덕정이 있던 곳이라 전하는데, 지금 성당 주변을 살펴봐도 '성덕정 터' 표시는 찾을 수가 없었다. 해서 검색해 보니 인터넷에는 이해를 돕는 글과 사진이 있었다. "성덕정 지(聖德亭 址): 성덕정은 조선시대에 임금이 나와서 말 기르는 것과 군대의 훈련을 지켜보던 정자이다. 이곳이 경기도 고양군에 속하였을 당시에는 둑도면사무소 자리였다. 이곳에는 수령 약 500여 년에서 600여 년 되는 느티나무가 한 그루 서 있었다."

세월이 흐르면 변하는 것이야 당연하겠지만 나이 탓인지 언제부터인가 사라진 것들에 관해 그 배경과 유래 등이 궁금해 자료를 찾고, 나름 궁금증을 풀기 위해 애쓰고 있다. 성덕정만 자취를 감춘 게 아니라 경치가 좋기로 소문난 장소에 세워졌던 정자와 누각이 흔적도 없이 사라지고 지금은 그 터만 남아 있는 게 다수일 것이다. 선조들이 한강을 굽어보는 곳에 '함벽정', '삼호정', '심원정', '효사정' 등을 세웠고, 세조 때 상당부원군 한명회가 지은 '압구정'은 지금은 볼 수는 없지만 겸재 정선의 '압구정도'(狎鷗亭圖)를 통해 알 수 있다.

촌은 유희경은 조선 중기 때의 시인이자 학자다. 《국역 촌은집》(2023, 촌은 유희경 기념사업회, 75)에는 '탕춘대에서'란 칠언절구 시가 있다. 탕춘대는 조선시대 서울 장의문 밖에 지은 누대로서 연산군이 이곳에서 자주 연회를 베풀었다는 누대인데 지금은 '탕춘대 터'(종로구 신영동 136-9) 표석만 남아 있다.

탕춘대에서

유희경

한가한 날에 꽃향기 찾아 옛 누대에 오르니
무릉에서 흐르는 물에 꽃잎이 둥둥 떠 있네
눈에 가득 차오르는 마음 아픈 일들일랑
모두 동풍에 맡기고 한 잔 술로 달래노라.

서울숲은 15만 평 넓은 면적이라 좋다. 서울숲은 2004년 착공하여 2005년 문을 열었는데, 공사 당시 100여 종의 나무 42만 그루를 옮겨 심었고, 참나무, 서어나무, 산벚나무 등 한국 고유종이 대부분이라서 더욱 좋다. 그리고 (1)문화예술공원 (2)생태숲 (3)자연체험공간 (4)습지생태원 등 4개의 테마 구역으로 조성된 길을 걷고 또 걸을 수 있어 좋다. 서울에 살면서 멀리 갈 필요 없기에 나는 가끔 서울숲을 찾는다. 연못가로 줄지어 선 메타세쿼이아가 투영되는 모습도 일품이고, 은행나무 숲과 무궁화 동산, 조각정원 길을 걷는 것도 좋다. 그래서 서울숲을 걷노라면 뉴욕의 센트럴 파크(Central Park)나 런던의 하이드 파크(Hyde Park), 도쿄의 우에노 공원(上野公園)이 부럽지 않다.

초록이 곱게 물든 4월 중순 서울숲은 얼마나 아름다운가. 세상의 온갖 튤립을 다 갖다 심은 것 같이 화려하다. 튤립 동산을 산책하다가 잠시 멈춰 바라보는 꽃멍 순간은 눈이 황홀하고 행복하다. 튤립 동산을 걷다가 어느새 커뮤니티센터 앞 벤치에 앉아 호수 풍경에 잠겨 나태주 시인의 〈꽃을 피우자〉를 다시 읽었다.

봄이 오니/ 화를 냈던 일/ 부끄러워 진다/ 슬퍼했던 일/ 미안해 진다//
꽃이 피니/ 미워했던 일/ 뉘우쳐 진다/ 짜증 냈던 일/ 속상해 진다//
나도 분명 꽃인데/ 나만 그걸/ 몰랐던 거다/ 봄이다 이제/ 너도 꽃을 피워라.

서울숲을 산책한 후 수도박물관 곁 한강 산책로 걷기는 내게 뺄 수 없는 생활의 즐거움이다. 배경과 유래가 궁금해서 서울숲과 수도박물관을 다녀온 뒤에 자료를 찾다가 서울숲에 관해 이해를 돕는 전문가의 글 전문을 읽고, 서울대 조경 지역시스템 공학부 배정한 교수의 칼럼 '도시와 함께 성장하는 공원, 서울숲'(한겨레 2023.5.21.) 그 일부를 인용한다.

"서울숲과 그 일대 뚝섬에는 지층보다 두터운 여러 켜의 시간과 기억이 쌓여 있다. 한양의 동쪽 경계부, 즉 성저십리 끝자락이었던 뚝섬 근방은 동교, 뚝도, 살곶이벌 등 여러 지명으로 불렸다. 한강의 중랑천이 만나고 그 배후에 아차산이 위치하는 이곳은 조선 왕실의 사냥터, 군사 훈련장, 목마장, 충청도와 강원도의 수운 종착지 등 다양한 용도로 쓰였다. (중략) 1954년 한국마사회가 운영하는 최초의 경마장이 들어섰고, 1968년에는 경마장 안에 골프장도 생겼다. 1980년대 중반 한강에서 수영이 금지되기 전까지 뚝섬유원지는 서울숲 못지않게 많은 사람이 모이는 대형 공원 역할을 했다. 이 땅에는 왕실 사냥터, 행락객의 유원지, 시민의 공원으로 이어지는 여가 문화의 DNA가 배어 있기라도 한 것일까."

역사를 기억하는 나무, 영월 청령포 관음송 외

나무를 찾아 떠나는 여행은 내게는 두 개의 앨범을 준비하는 일과 같다. 하나는 탐목 여행 중 찍은 사진을 담는 일이고, 또 하나는 나무의 풍경과 느낌을 가슴과 머릿속에 간직하는 일이다. 시인 타고르는 "나무에는 수천 년의 세월이 열려 있다. 마치 장엄하고 거대한 순간처럼"이라 말했다.

나태주 시인처럼 나도 한 그루 나무 어른이 되고 싶어 2020년 가을, 지인과 함께 양평 용문사 은행나무(천연기념물 제30호: 수령 1100살)를 찾았다. 그리고 용문산에서 내려와 곧장 두물머리로 갔다. 남한강과 북한강 줄기가 만나는 양평군 양서면 양수리 일대는 큰 물줄기들이 머리를 맞대어 '두물머리'라 하는데, 그날 해질녘 즈음 400년간 그 자리를 지킨 노을빛 느티나무는 참으로 아름다웠다.

묵자는 "흐르는 물에 자신을 비추지 말고, 사람들 속에서 자신을 비춰보라" 했다. 그런데 나는 왜 사람들 속에서 자신을 비춰보지 않고 끊임없이 나무(노거수)를 찾고 있을까? 무심한 세월은 빠르게 흘렀고, 화살 같은 세월이 흐른 지금 돌이켜보면 나는 아직 나무를 닮질 못한 것 같고, 나무 어른은 멀고도 멀기만 하다.

2021년 4월, 나는 가족과 함께 강원도 영월을 다녀왔다. 그곳 관음송(천연기념물 제349호) 앞에서 '장엄하고 거대한 순간'이란 타고르의 말이 생각났다. 서강을 건너 단종(端宗, 1441~1457)의 유배지 청령포에는 낮게 엎드린 솔밭이 있다. 이곳은 조선 제6대 국왕인 단종이 숙부 세조의 정변으로 강봉되어 유배되었다가 만 16세에 사사 혹은 교살된 비운의 현장이다. 그렇게 아픈 역사를 간직한 그 숲길을 걷다 보면 수령 600년을 헤아리는 관음송이 나타난다. 이 나무는 자규가 된 임금의 슬픔을 모두 보고(볼; 觀), 소리를 들었다(소리; 音) 하여 '관음송'이란 이름이 붙여졌다고 전한다.

▲ 청령포 관음송(천연기념물 제349호)

나무 어른

나태주

오래 두고 잊히지 않는다
양평의 용문사 나무 어른

천년 나이라는데
여전히 푸르고 싱싱하여
열매 맺는 나무

만나는 순간
입이 떡 벌어지고
가슴이 확 열렸다

하늘 향해 두 팔
힘껏 치켜들고
만세 부르는 자세
통성기도라도 드리고 있는 걸까

생각할수록
나도 한 그루
나무를 닮아가고 있었다
나무 어른이 되고 싶었다.

나태주, 《너와 함께라면 인생도 여행이다》(2019 /열림원)

▲ 도곡1동 느티나무(수령 786년)

그런 자평에도 불구하고 다시 나무를 찾아 길을 떠난다. 문정희 시인처럼 내게 나무는 학교인지도 모른다. 나는 가끔 도곡1동 느티나무를 찾아간다. 우리나라에 천 년을 넘게 살아온 느티나무가 19그루, 천연기념물로 지정된 느티나무가 16그루, 보호수로 지정된 느티나무는 무려 6,700그루라는 통계를 봐도 한국인에게 느티나무는 참 친밀한 나무다.

우리가 몰랐던 나무 이야기를 일반인에게 쉽게 전하는 황경택은 《숲의 인문학을 위한 나무 문답》(2023, 황소걸음, 237)에서 "우리나라 노거수 중 절반 이상이 느티나무다. 마을 어귀에 심은 당산나무 정자나무는 대부분 느티나무다. 사람들은 왜 이런 나무를 마을 어귀에 심었을까? 수명이

길기 때문이다. 이곳에 터를 잡고 살기로 했으니, 마을이 자손만대 사라지지 않고 번성하길 바랐을 것이다."

서울시 지정 보호수는 217개, 그중에 많은 순으로는 '느티나무, 은행나무, 향나무, 회화나무'라고 한다. 그리고 서울시 나무 중 천연기념물로 지정된 것(나무)은 모두 11개인데 종로구 9개, 관악구 1개, 동대문구 1개다. 그런데 서울시 217개 보호수 중에 나는 왜 도곡1동 느티나무에 관심이 집중하게 된 것일까? 그 이유는 '강남구에도 천연기념물 나무가 있다면 얼마나 좋을까' 하는 간절한 소망 때문이다. 약 790년을 한 자리에서 서 있는 '관상적 가치가 높은 장엄한 느티나무'를 통해 서울시민과 강남구 주민이 쉼을 얻고, 생명문화재인 느티나무를 잘 가꿔 후손들에게 아름다운 유산으로 물려주기를 바라는 까닭이다.

그래서 오늘도 어김없이 도곡1동 경남아파트 101동과 103동 사이 느티나무(수령, 783년), 대치2동 은마아파트 북문 건너편 GS25대치은행점 앞 은행나무(580년), 개포1동 언주로 중앙녹지대 향나무(530년), 일원본동 일원터널 방향 어린이공원 내 느티나무(310년) 등 '보호수'와 그리고 개포1동 회화나무(300년), 개포4동 은행나무(370년) 등 노거수를 만나러 외출을 준비한다.

나무학교

문정희

나이에 관한 한 나무에게 배우기로 했다
해마다 어김없이 늘어가는 나이
너무 쉬운 더하기는 그만두고
나무처럼 속에 새기기로 했다
늘 푸른 나무 사이를 걷다가
문득 가지 하나가 어깨를 건드릴 때
가을이 슬쩍 노란 손을 얹어놓을 때
사랑한다!는 그 목소리가 심장에 꽂힐 때
오래된 사원 뒤뜰에서
웃어요! 하며 숲을 배경으로
순간을 새기며 있을 때
나무는 나이를 겉으로 내색하지 않고도 어른이며
아직 어려도 그대로 푸르른 희망
나이에 관한 한 나무에게 배우기로 했다
그냥 속에다 새기기로 했다
무엇보다 내년에 더욱 울창해지기로 했다

문정희, 《양귀비꽃 머리에 꽂고》(2004, 민음사)

서울 탐목기(探木記)

1. 덕수궁 외

미국의 시인 뮤리엘 러카이저(Muriel Rukeyser)는 "우주는 원자가 아니라 스토리로 만들어졌다."고 말했다. 춘하추동, 나무와 숲에는 아름다운 스토리가 있다. 화사한 봄과 푸르고 푸른 여름의 나무와 숲, 현란한 단풍으로 곱게 수놓은 가을과 적막한 침묵의 겨울나무와 숲은 스토리가 있다.

조선의 궁궐은 국가를 통치하는 정치와 행정의 중심이자 왕실 가족이 생활하는 공간으로 수도의 한복판에 위치했다. 조선은 풍수지리 사상에 기반하여 북쪽 백악산[북악산]을 주산(主山)으로 남쪽 목멱산[남산], 동쪽 타락산[낙산], 서쪽 인왕산으로 둘러싸인 한양을 수도로 정했고 백악산을 뒤로 하여 법궁(法宮)인 경복궁을 세웠다. 이후 조선은 상황에 따라 창덕궁, 창경궁, 경덕궁[경희궁], 경운궁[덕수궁] 등 다른 궁궐들을 건립해 5곳이 되었다. 각 궁궐들은 조선 600여 년간 여러 역사적 사건 속에서 영건과 중건, 수리가 거듭되었다. 조선의 성리학 이념을 바탕으로 한 유교적인 이상사회 구현의 철학을 담아 당대 최고의 기술로 궁

▲ 덕수궁 석어당 살구나무

궐을 조성했다.

덕수궁은 원래 성종의 형인 월산대군의 사저(私邸)로 왕의 가족이 살았고, 왕이 출타할 때 잠시 머물렀던 행궁(行宮)으로 쓰였다. 고종은 1897년 이 궁궐에서 대한제국이 황제국임을 선포하였으며, 1907년 퇴위 후에도 이곳에서 머무르다 생을 마감하였다. 전통과 근대가 만난 대한제국의 황궁(皇宮)인 덕수궁 대한문을 통과하면 느티나무, 향나무, 소나무가 서 있고, 중화문 방향에는 잣나무가 있다. 경북대 박상진 명예교수는 그의 책 《궁궐의 우리 나무》(2019, 눌와, 452)에서 "김삿갓은 금강산을 둘러보고 그 아름다움에 심취하여 '소나무 잣나무 울창한 바위를 돌아가니/ 산과 물 보는 곳마다 신기하네.'라고 노래했다. 잣나무는 이처럼 금강산을 비롯한 북한 지방에서 주로 자라는 대표적인 우리나라 특산 나무다. 때문에 학명에 코레이언시스(Koreansis)라는 단어가 포함되어 있다."고 설명한다.

중화문(中和門) 앞과 옆에는 '살아 천 년, 죽어 천 년이라' 칭하는 주목이 꿋꿋이 서 있다. 그리고 국립현대미술관 덕수궁관과 석조전(石造殿) 앞에는 덕수궁의 해체와 축소를 묵묵히 바라본 '은행나무'와 '수양벚나무'가 마치 장엄하고 거대한 순간처럼 그곳에 서 있다.

봄이 한창 무르익는 4월 초순 석조전 앞 능수벚나무 수형은 얼마나 우아하고 화사한지 모른다. 능수벚나무는 해가 잘드는 양지를 좋아한다는데, 그 날따라 연붉은 꽃이 무척이나 아름다웠다. 또한 현대미술관 앞 자두나무는 오얏(李木)이란 이름으로 대한제국을 대표하는 문장이었는데, 그 모습이 마치 순백의 신부 같았다.

대한문을 지나 중화전에 이르기 전 화살나무, 철쭉, 명자나무, 서어나무, 왕벚나무, 고광나무, 황매화, 은행나무, 단풍나무, 산수유, 자귀나무, 측백나무, 능소화, 쥐똥나무 등이 서 있다. 그리고 중화문을 지나 분수대에 이르면 광대싸리, 사철나무, 모과나무, 진달래, 산철쭉, 때죽나무, 자두나무, 눈주목, 반송, 배롱나무 등이 서 있다. 특히 중앙 분수대를 지나 석조전 앞 좌, 우 각 두 그루의 배롱나무는 굴곡진 역사를 다 잊은 듯이 그 자태가 아름다웠다. 단종의 복위를 꾀하다가 발각되어 세조에게 죽임을 당한 사육신 중 한 분인 성삼문은 배롱나무를 이렇게 노래했다. "어제 저녁에 꽃 하나 지더니/ 오늘 아침에 꽃 하나가 피었네/ 서로 백 일을 바라볼 수 있으니/ 너를 상대로 술 마시기 좋아라."

최초의 궁궐 안 서양식 건물인 정관헌(靜觀軒) 입구와 영국대사관 정문 담 부근에는 노거수 회화나무가 우뚝 서 있고, 석어당(昔御堂) 앞에는 살구나무가 있다. "나의 살던 고향은 꽃 피는 산골/ 복숭아꽃 살구꽃 아기 진달래…." 〈고향의 봄〉 노랫말처럼 살구나무는 우리나라의 대표적인 봄꽃이다. 낙엽이 우수수 떨어지는 가을 끝자락에 찾은 덕수궁엔 노랗고 빨간 단풍처럼 예쁜 풍경을 즐기는 사람들의 모습이 여유로웠다.

덕수궁 석조전 옆 평성문(平成門) 안에는 줄기 둘레가 두 아름이 넘는 아름드리 마로니에 두 그루가 서 있다. 1912년 환갑을 맞이한 고종에게 네덜란드 공사가 몇 그루 마로니에를 선물한 것인데 지금도 싱싱하게 자라고 있다. 나는 대한문으로 들어가서 한 바퀴 둘러본 후 100살이 넘은 마로니에가 서 있는 후문으로 나와 대한성공회 서울주교좌성당으로 갔다. 성당 사제관 앞마당의 '유월민주항쟁진원지' 표지석 주변에 잠시 머물다가 바로 조계사와 우정총국으로 이동했다.

대한불교조계종총본산 조계사 대웅전 곁에는 5백 년 넘은 흰 얼룩무늬 소나무 백송이 서 있다. 희귀 소나무인 조계사의 백송은 천연기념물 제9호로 지정되었고, 대웅전 앞 회화나무는 수령 450년인 길상목으로 높이 26m, 둘레 4m에 이르는 서울시 지정 보호수이다. '기억은 힘이 세다'고 말한다. 중고 시절, 학교[1906년 개교]가 조계사 앞인 까닭에 6년 동안 그곳을 오가며 봤다. 그런데도 백송과 회화나무는 내 기억에 전혀 없었다. 50년 세월이 흘러 백송과 회화나무가 이제야 눈에 들어와 가슴에 자리 잡았다. 그래서 천리포수목원 설립자 민병갈(칼 밀러)은 "나무 사랑의 첫걸음은 바로 관심을 갖는 것"이라 말하지 않았을까.

안국동 방향으로 조계사 바로 위에는 1884년 갑신정변이 시작된 장소인 우정총국이 있다. 갑신정변은 고종21년에 김옥균, 박영호, 서재필, 서광범, 홍영식 등 급진개화파가 개화사상을 바탕으로 조선의 자주독립과 근대화를 목표로 일으킨 정변으로 불과 3일 만에 끝났다. 그 역사의 현장 우정총국에는 회화나무(500살)가 생명의 위엄을 역동적으로 보여주며 파수꾼처럼 서 있다. 나는 오늘도 나무와 숲의 말 없는 이야기를 온 가슴으로 느끼며, 보지도 못하고 알지도 못한 막연한 그리움으로 궁궐 길과 유적 길을 걷고 또 걸었다.

2. 경복궁 외

역사 도시 서울의 궁궐 산책은 내 삶에 활력을 준다. 궁궐을 걷다 보면 문화재 못지않게 노거수를 많이 본다. '노거수(老巨樹)'는 수령이 오래된 거목을 뜻하는데, 나무 종류마다 기준이 다르지만 통상 100년 이상이 된 나무를 노거수로 분류한다.

▲ 경복궁 경회루 버드나무

경복궁은 조선왕조의 다섯 궁궐 가운데 가장 먼저 지어졌으며, 궁궐의 이름에는 '만년토록 복 누리기(경복: 景福)'를 바라는 마음을 담아 1395년 12월부터 1396년 9월까지 태조 이성계가 완공한 조선왕조의 법궁이지만 파란만장한 역사를 지녔다. 1592년(선조 25년) 4월 임진왜란으로 선조 일행이 북쪽으로 도주하자 분노한 한성 백성들이 난입해 불태웠다. 전소되어 270여 년간 폐허로 방치된 채 복구되지 못하다가 1867년(고종 4년) 흥선대원군의 주도로 중건되었다. 그러나 일제강점기 때 일본에 의

해 의도적으로 훼손되어 90% 이상의 전각이 헐렸다. 1990년부터 복원 사업을 추진해 옛 조선총독부 건물을 철거하고 경복궁 본래 모습을 되찾는 중이다.

'경회루(慶會樓)' 주변의 향나무, 버드나무, 능수버들, 벚나무, 회화나무 등이 서 있다. 그리고 '수정전' 부근에는 말채나무, 서어나무, 벚나무, 자두나무, 살구나무, 뽕나무, 소나무, 느티나무 등이 서 있고, 경회루에서 영추문 방향으로 걷다 보면 능수버들, 버드나무, 왕버들, 화살나무, 산수유가 반겨준다. '금천교' 부근에 매화나무, 살구나무, 앵두나무 등이 자리 잡았고 '교태전' 부근에서는 철쭉, 옥매화, 명자나무, 조팝나무, 병아리꽃나무, 감나무를 볼 수 있다. 또한 4~5월에 피는 흰 꽃이 곱다는 돌배나무는 '건천궁'에 서 있다. 건청궁은 한국의 전기 발상지로써 고종황제의 어명으로 우리나라에서는 처음으로 발전소를 설립하여 1887년 3월 6일 건청궁 전등에 점화하고 경복궁에 750개의 전등을 가설 점등함으로써 이 땅에 비로소 문명의 빛을 밝힌 유서 깊는 곳이다. 그리고 국립고궁박물관 근처에는 가래나무, 물푸레나무, 찔레나무, 백송, 가죽나무, 박태기나무, 개암나무, 참오동나무, 이팝나무, 느릅나무 등이 서 있다. 특히 임진왜란 중 의병을 모아 왜군을 격퇴한 정문부(鄭文孚) 장군의 공을 기념한 '북관대첩비' 부근의 은행나무와 느티나무 두 그루는 도시의 지친 시민들에게 쉼과 회복을 선물하는 고마운 노거수다.

조선의 으뜸 궁궐인 경복궁에도 느티나무, 은행나무, 전나무, 소나무, 향나무 등 노거수가 많이 있다. 하지만 내가 주목해서 본 나무는 두 그루다. 하나는 국립민속박물관 입구에 수문장처럼 서 있는 개오동나무다. 개오동은 능소화과에 속하는 큰키나무다. 또 하나는 국립민속박물관 앞에 서 있는 백송인데, 백송은 오랜 세월 우리 조상들의 관심과 보살핌 가운데 살아온 흔히 볼 수 없는 희귀한 소나무다.

경복궁을 뒤로 하고 종묘로 향했다. 종묘는 조선왕조 역대왕과 왕후의 신주(神主)를 봉안하고 제사를 모시는 사당으로 1995년 유네스코 세계문화유산으로 등록되었다. 종묘에는 어른 팔로 한두 아름 되는 나무가 빽빽이 들어차 있다. 회화나무, 주엽나무, 오얏나무, 살구나무, 감나무, 쪽동백나무, 물박달나무, 가래나무, 때죽나무, 병꽃나무, 개암나무, 들메나무, 물푸레나무 등이 숲을 이루고 있다. 전체 숲의 3분의 2를 차지하는 나무는 갈참나무인데, 수령이 300~400년이다. 2011년 산림청 통계에 따르면 우리나라 전체에 자라는 약 80억 그루의 나무 중 참나무[6종: 갈참나무, 상수리나무, 굴참나무, 신갈나무, 졸참나무, 떡갈나무]가 21.6억 그루로 27%에 이르며 다음은 소나무가 18.4억 그루로 23%를 차지한다.

종묘 숲의 주인인 갈참나무에 관련해 국민대학교 산림환경시스템학과 전영우 명예교수는 "가벼워 보이는 나무를 의도적으로 도태시키고 건축물과 조화를 이루는 참나무류만 남기면서 자연히 참나무 숲이 된 것으로 보인다."고 설명한 바 있다. 경복궁과 종묘 산책을 마치고 귀갓길에 문득 김상용의 시 〈남으로 창을 내겠소〉가 생각났다. 혹자가 내게 '나무와 숲을 왜 좋아하냐?'고 묻는다면 그냥 빙그레 웃을 뿐이다.

남으로 창을 내겠소
밭이 한참 갈이
괭이로 파고
호미론 풀을 매지요.

구름이 꼬인다 갈 리 있소.
새 노래는 공으로 들으랴오.
강냉이가 익걸랑
함께 와 자셔도 좋소.

왜 사냐건
웃지요

김희보, 《한국의 명시》(1995, 종로서적, 133)

3. 창덕궁 외

세상의 나무들

정현종

▲ 창덕궁 회화나무 群(천연기념물 제 472호)

세상의 나무들은
무슨 일을 하지?
그걸 바라보기 좋아하는 사람,
허구한 날 봐도 나날이 좋아
가슴이 고만 푸르게 푸르게 두근거리는

그런 사람 땅에 뿌리내려 마지않게 하고
몸에 온몸에 수액이 오르게 하고
하늘로 높은 데로 오르게 하고
둥글고 둥글어 탄력의 샘!

하늘에도 땅에도 우리들 가슴에도
들리지 나무들이 날이면 날마다
첫사랑 두근두근 팽창하는 기운을!

1997년 유네스코가 정한 '세계유산'으로 등재된 창덕궁은 5대궁 중 노거수가 가장 많은 곳이다. 창덕궁에는 조선 역사의 산 증인 '궁궐 노거수(200년 이상)'가 2016년 기준으로 34그루가 있다. 대동여지도를 만든 김정호는 현대 도로원표에 해당하는 거리 시작점을 창덕궁의 정문인 돈화문으로 잡았다. 돈화문을 들어서자마자 관람로 양 옆에 여덟 그루의 회화나무가 서 있는데, 이 회화나무군(群)은 천연기념물 제472호다. 나무높이는 15.0~16.0m, 가슴 높이 줄기 직경은 90~178㎝에 이르며 수령은 약 300~400년으로 추정된다. 왼쪽 끝 휜 모양 자체로 조형미가 있는 회화나무 한 그루는 2014년 7월 폭우로 쓰러져 뿌리째 뽑혔다가 다시 심긴 아픈 사연이 있다.

누군가 "나무는 사람과 마주하고 서서 하늘과 대지를 잇는 존재다."라 했던가. 진선문(進善門) 입구와 후원 입구에 서 있는 느티나무는 굴절 많았던 역사를 지켜봤겠지만 그래도 잘 버티고 서 있다. 현재 창덕궁 후원에 있는 아름드리 노거수 70여 그루 중 32그루가 느티나무다. 창덕궁 대조전 주변에는 오로지 우리나라에만 있는 미선나무가 있다. 미선나무는 본래 충북 괴산, 진천, 영동, 전북 무안의 흙이 거의 없는 돌밭에만 드물게 작은 집단을 이루어 자란다. 그리고 창덕궁의 성정각 자시문 앞에는 매화나무가 무심하게 서 있다. 중국 사천성을 원산지로 하는 매화는 우리나라 삼국시대에 기록이 나타나며, 조선시대에 들어서 양반 사회를 대표하는 상징이 되어 난초, 국화, 대나무와 함께 사군자(四君子)로 꼽혔다. 매화는 꽃이 일찍 피기에 조매(早梅), 추운 날씨에 핀다 해서 동매(冬梅), 눈 속에 핀다고 해서 설중매(雪中梅), 또 봄을 전한다 하여 춘매(春梅)라고도 부른다.

낙선재(樂善齋) 앞 마당의 감나무엔 감이 탐스럽게 달렸다. 우리 옛 마을은 주로 산 아래에서 공동체를 이루었다. 즉, 자연 속에서 뒷산에 기대어 살았던 것이다. 자연과 사람, 사람과 사람끼리 기대어 사는 게 우리네 삶이 아니던가. 아마도 인생이란 하늘과 땅 사이에서 나무에 기대어 사는 것인지도 모른다. 창덕궁 내전과 외전을 걷다가 돈화문으로 나오기 전

750년 이상 된 향나무(천연기념물 제194호)를 찾았다. 예로부터 선비들이 아껴온 향나무는 땅의 삶을 하늘 끝까지 이어준다는 나무로, 부정을 씻어주는 신비의 나무로 사랑받아왔다. 그래서 궁궐은 물론 사대부의 정원, 유명 사찰, 우물가에도 널리 심었다. 돈화문에서 북쪽으로 180m 거리에 위치한 봉모당 뜰 앞에 그곳에서 한 자리를 지킨 '생명 문화재' 향나무가 있다. 나는 오랜 시간 향나무를 바라보며 군더더기를 덜어내지 못하는 자신과 대면해야 했다.

한국의 아름다움, 그 참모습을 관람하고 바로 헌법재판소로 향했다. 서울 재동 백송은 수령이 약 600년이고, 천연기념물 제8호다. 이 백송은 한 그루이지만 뿌리 근처에서 둘로 갈라져 두 그루인 것처럼 자랐다. 나무 높이는 약 17m, 밑 부분의 줄기 둘레가 3.82m이다. 백송은 헌법재판소가 들어서기 이전에는 창덕여자고등학교 구내에 있었고, 구한말에는 그곳이 신정왕후의 친정이 있던 곳이라 전한다.

우리 궁궐의 나무를 촘촘히 살피며 그동안 덕수궁, 조계사, 우정총국, 경복궁, 종묘를 찾아 나무와 나무 사이를 걸었다. 우리 궁궐을 고요한 가운데 산책하면서 과거에 읽었던 《헤르만 헤세의 나무들》(2021, 창비, 7) 한 대목이 문득 떠올라 그 멋진 표현을 인용한다.

"나무는 언제나 내 마음을 파고드는 최고의 설교자다. 나무들이 크고 작은 숲에서 종족이나 가족을 이루어 사는 것을 보면 나는 경배심이 든다. 그들이 혼자 서 있으면 더 경배심이 생긴다. 그들은 고독한 사람들 같다. 어떤 약점 때문에 슬그머니 도망친 은둔자가 아니라 베토벤이나 니체처럼 스스로를 고립시킨 위대한 사람들처럼."

4. 창경궁

창경궁은 경복궁, 창덕궁에 이어 세 번째로 지어진 조선시대 궁궐이다. 조선 왕조는 건국 초기부터 경복궁을 법궁으로, 창덕궁을 보조 궁궐로 사용하는 양궐 체제를 이어왔다. 그러나 역대 왕들은 경복궁보다 창덕궁에 거처하는 것을 더 좋아했고, 왕실 가족이 늘면서 차츰 창덕궁의 생활공간이 좁아졌다. 이에 성종이 세조의 비 정희왕후, 예종 비 안순왕후, 덕종 비 소혜왕후 세 대비가 편히 지낼 수 있도록 창덕궁 이웃에 마련한 궁궐이 창경궁이다. 그러나 일제강점기를 거치면서 1911년 창경원으로 격하되고. 궁궐 중 가장 많은 건물이 파괴되는 아픈 역사를 간직한 궁궐이다.

▲ 창경궁 회화나무와 느티나무

창덕궁과 창경궁을 합쳐 '동궐'이라 하는데, 19세기 초에 그려진 것으로 추정되는 〈동궐도(국보 제249호)〉에 나타난 나무 종류를 분석한 자료에 의하면 "소나무 559, 향나무 등 침엽수(잣나무, 전나무, 주목) 36, 느티나무, 회화나무 등 활엽수(참나무, 음나무, 뽕나무, 단풍나무)가 1,620, 키

작은 관목이 600그루로서 창덕궁과 창경궁 전체 나무의 숫자는 2,815그루였다." 그런즉 소나무가 20%를 점유했다는 사실로 봤을 때 애국가 2절 "남산 위에 저 소나무 철갑을 두른 듯…"이란 구절은 우리 조상들이 소나무를 소중하게 여긴 증거가 아닐까.

창경궁의 정문인 홍화문을 지나 옥천교 방향으로 걸어가면 매화나무, 살구나무, 앵두나무, 자두나무, 층층나무가 서 있다. 그리고 가장 먼저 만나는 노거수(老巨樹)는 마치 한 몸 같아 보이는 두 그루 나무, 바로 회화나무와 느티나무다. 창경궁 중요 수목 표지판에는 이런 설명이 있다. "회화나무와 느티나무의 뿌리와 줄기가 뒤엉켜 자라고 있다. 정조와 어머니 혜경궁이 살얼음판 같은 궁궐에서 서로를 의지하며 서 있는 모습이 연상된다." 그 독특하고 웅장한 모습이 방문객의 시선을 끈다. 느티나무와 회화나무를 지나 창경궁관리사무소와 대온실 방향으로 걸어가면 함박꽃나무, 고추나무, 산딸나무, 찔레꽃, 단풍나무, 물박달나무, 팥배나무, 고광나무, 오갈피나무, 다래나무, 히어리를 볼 수 있고, 계속 걸으면 귀룽나무, 자작나무, 느릅나무, 층층나무, 보리수나무, 대추나무, 으름, 비자나무, 탱자나무, 꾸지나무 등이 숲을 이루고 있다. 회화나무와 느티나무를 뒤로한 채 춘당지(春塘池) 방향으로 걷다 보면 하얀 껍질이 특징인 소나무 '백송'과 '뽕나무'를 볼 수가 있다. 그리고 궁궐 길을 걷다 보면 회화나무를 가끔 보게 되는데, 옥천교 부근의 회화나무는 곧게 자랐지만 궐내각사 터 옆 회화나무는 휜 모습이 마치 슬픈 역사를 표현한 조각 같았다.

늦가을, 단풍으로 마음이 따뜻해지는 것을 온몸으로 느끼면서 일상에서 캐낸 작은 행복에 감사하며 궁궐 길을 계속 걸었다. 고요함에 감싸여 걷다 보니 금방 대온실에 도착했다. 그리고 다시 춘당지 쪽으로 쉬지 않고 걸었다. 얼마를 걸었을까, 춘당지 부근에 서 있는 느티나무 앞에 이르렀다. 창경궁 중요 수목 표지판에는 느티나무 관람에 유익한 정보가 새겨져 있었다. "우리 궁궐에서 쉽게 만날 수 있는 느티나무는 은행나무와 함께 천 년을 훌쩍 넘기며 사는 나무다. 나이 약 300살 먹은 이 나무는 창경궁 역사와 함께하였다." 나는 300년 묵은 나무에 기대어 시간 가는 줄도 모른 채 한참을 서 있었다. 그렇게 느티나무를 바라보다가 이어 성종 태실 및 태실비 근처 '소나무' 앞에서 잠시 쉬었다. 멕시코 세리족(Seri)의 "당신의 태반은 어디에 묻혀 있습니까?"란 질문은 '당신은 어디 태생'인지를 뜻한다. 한반도에 소나무가 자리 잡은 것은 1만 년이 넘었다고 한다. 만 년이 넘은 소나무를 뒤로 하고 나는 노랗고 빨간 꽃방석이 덮인 창경궁 길을 걸어 홍화문을 빠져나왔다. 창경궁 노거수 중 정조와 어머니 혜경궁 홍씨를 연상케 하는 회화나무와 느티나무 그리고 창경궁 역사와 함께한 느티나무가 기억에 남아 언젠가 다시 창경궁을 찾을 것 같다. 그 때 나는 아마도 양화당(養和堂) 앞 살구나무와 환경전(歡慶殿) 옆 우물가 산사나무 그리고 내전(內殿) 터 주변의 단풍나무 그 세 그루의 나무 앞에서 오래 머물 것이다.

나무에 깃들여

정현종

나무들은
난 대로가 그냥 집 한 채.
새들이나 벌레들만이 거기
깃들인다고 사람들은 생각하면서
까맣게 모른다 자기들이 실은
얼마나 나무에 깃들여 사는지를!

5. 문묘 외

네 편의 서울 탐목 기행을 마무리할 무렵 문득 옛 가요가 떠올랐다. 1971년 박건이 부른 노래 〈그 사람 이름은 잊었지만〉 "…지금도 마로니에는 피고 있겠지 눈물 속에 봄비가 흘러내리듯…" 혜화역 2번 출구로 나와 앞을 바라보면 마로니에 공원이 보인다. 1975년 서울대학교 문리대와 법대가 관악 캠퍼스로 이전한 뒤 그 자리에 공원을 조성해 녹지 공간을 마련한 것인데, 공원 명칭은 아마도 수령 200년 된 마로니에에서 유래한 것 같다.

마로니에 공원 입구에는 천년을 견디는 은행나무가 서 있고, 몇 걸음 옮기면 '마로니에'가 우뚝 서 있다. 가을 끝자락에 몇몇 젊은이들이 벤치에 앉아 있었다. 청년들이 많아서일까 다른 공원에 비해 역동적인 기운이 느껴졌다. 나는 공원을 한 바퀴 돌며 나무 하나하나를 살피던 중 '마로니에 공원' 표지석 외에 멀리 두 개의 돌비석이 붙어 있는 것을 봤다. 하나는 '고산 윤선도 오우가'였고, 또 하나는 '고산 윤선도 시비'였다. 바로 마로니에 공원 중앙 자리가 조선시대 시조시가의 대표적 인물 고산 윤선도(1587~1671)의 생가였음을 처음 알았다.

잠시 차 한 잔을 마시고 곧장 성균관대학교를 향했다. 성대 정문 주변에서 상수리나무를 본 후, 정문 오른쪽으로 돌아 들어가 문묘로 갔다. 문묘(文廟)란 공자의 신위를 받드는 묘우를 말한다. 문묘의 명륜당 앞에는 중종 14년(1519)에 평와 윤탁(1472~1534)이 심었다는 '은행나무'(천연기념물 제59호)가 500년을 한 자리에 서 있다. 수고 21m, 줄기의 흉고 둘레 7.3m와 4.2m이다. 가지의 길이는 동서남북 22m로 거대하다. 역사의 현장 명륜당 앞에 서서 나는 그 장엄함에 경탄할 수밖에 없어 은행나무를 바라보며 잠시 시간 여행을 즐겼다.

▲ 문묘 명륜당 은행나무(천연기념물 제59호)

오백 년을 한 자리를 지킨 은행나무를 자세히 관찰한 장혜덕은 그의 책 《집 밖은 정원》(2022, 엘로브릭, 49)에서 기술하되 지어내지 않고(述而不作) 이렇게 표현했다. "마음이 상한 이들에게 청명한 기운을 불어넣기에 충분하다. 성균관 은행나무 앞에 서면 나도 모르게 옷깃을 여미고 싶어진다. 거룩한 존경심마저 솟아나기 때문이다."

무엇이 내 가슴을 뛰게 하는가? 언제부터인가 내 가슴엔 나무가 자라고 있다. 나무 중에서도 노거수(老巨樹)가 자라고 있다. 그토록 보고 싶었던 노거수, 수령 약 1,000년이 된 신림동 '굴참나무'(천연기념물 제271호)를 보러 갔다. 5616번 버스를 타고 남강중고등학교 앞에서 하차해 197m 걸어가면 건영2차 아파트가 보인다. 그 단지 후문 곁에 천 년을 한 자리에 서 있는 굴참나무를 본 순간 감동이 밀려와 잠잠히 머물며 서 있었다. 굴참나무는 높이 17m, 가슴높이에서 잰 둘레 2.5m, 밑 부분 둘레 2.9m이다. 아무튼 천 년을 견딘 굴참나무 주변을 돌아보며 감동은 짧았고, 아쉬움은 길었다. 이유인즉 질곡의 역사를 견딘 천연기념물 굴참나무 곁은 주차장과 쓰레기 배출장인 까닭에 그곳에 오래 머물고 싶지 않았다. 아무쪼록 문화재청과 관악구청 그리고 주민들이 협의해서 굴참나무 주변 환경을 개선하여 생명문화재를 더 좋은 환경에서 볼 수 있기를 바라고, 또한 천 년의 세월을 견딘 굴참나무를 소중히 보존해서 후손들에게 물려주기를 소망한다.

신림동 굴참나무를 뒤로 한 채 나는 선농단으로 향했다. 제기동역 1번 출구에서 도보로 482m, 옛 서울대학교 사범대 터를 지나 걸으면 선농단이 있다. 선농단(先農壇)은 조선시대 왕이 풍년을 기원하며 농사와 곡식의 신에게 제사를 지냈던 곳이다(사적 제436호). 문화재청이 천연기념물로 관리하는 나무는 51종 162그루이고, 서울시에는 천연기념물 11개가 있다. 선농단 남서쪽에 있는 '향나무'(천연기념물 제240호, 수령 500살 이상)는 그 중 하나다.

"100년 전(1918년) 제주도에는 1,013개체의 노거수가 섬 전역에 분포하고 있었지만 100년이 지난 2019년 제주의 노거수 잔존 개체수는 극단적으로 감소한 159그루에 불과했다."는 난대아열대산림연구소 최병기 박사의 노거수에 관한 언급은 제주도만의 얘기가 아닐 것 같다. 늦었지만 이제부터라도 후손을 위해 '생명문화재'인 노거수를 국민과 정부가 잘 보존, 관리해야 할 것이다.

가을, 충북 괴산에서 출발한 탐목기행은 이제 겨울에 진입했으니 푸르고 푸른 봄을 기다려야 할 것 같다. 가치는 셀 수도 볼 수도 없지만 분명히 존재한다. 내게 나무의 가치는 소중하고 소중하다. 내게 나무는 아름답고 따뜻하며, 너그럽고 넉넉하다. 지금은 송구영신의 시간, 나목(裸木)을 바라보며 새해 소망을 꿈꿔본다. 아무쪼록 나무를 닮아 부족함을 채워주고, 연약함을 보듬어 주며, 내 가슴에 나무를 잘 가꾸면서 이번 겨울을 살아내기를….

6. 시인 김소월이 사랑한 배재학당 향나무 외

진달래 꽃

김소월

나 보기가 역겨워
가실 때에는
말 없이 고이 보내 드리오리다.

영변에 약산
진달래 꽃
아름 따다 가실 길에 뿌리오리다.

가시는 걸음걸음
놓인 그 꽃을
사뿐히 즈려 밟고 가시옵소서.

나보기가 역겨워
가실 때에는
죽어도 아니 눈물 흘리오리다.

▲ 배재학당역사박물관 향나무(수령 577년)

김희보, 《한국의 명시》(1995, 종로서적, 50)

배재학당역사박물관(구 배재학당 동관, 1916년) 앞에는 배재 출신 시인 김소월이 사랑한 향나무가 여전히 수려한 자태를 뽐내며 서 있다. 수령 573년의 향나무는 무수한 배재 졸업생의 학창시절의 추억을 담고 있는 앨범 사진 속에 단골 손님으로 등장해온 영원한 청춘의 상징이다. 그런 소중하고 아름다운 향나무에도 아픈 역사의 전설이 서려 있다. 향나무 수간 상부에 박힌 못은 임진왜란 때 가토 기요마사 [加藤清正]가 말을 묶어놓았던 곳이라는 전설이 있다.

김소월이 사랑한 향나무를 데이비드 맥킨(전 하버드대학교 교수) 역시 사랑했다. 그는 하버드대에서 한국문학을 강의하며 김소월 시집 《진달래꽃》을 비롯해 서정주, 고은, 김남조, 김지하 시인의 작품을 영어로 번역해 한국문학을 세계에 널리 알리는 작업을 해왔다. 데이비드 맥킨 박사는 '한국문학 전도사'로서 공로를 인정받아 2004년 만해대상 학술부문상과 2006년 보관문화훈장을 수상했다.

덕수궁 돌담길은 내가 걷고 싶은 거리다. 그런데 덕수궁 돌담길을 연인이 걸으면 헤어진다는 속설이 있다. 아마도 그 이유는 서울시립미술관이 과거에는 가정법원이었기 때문이 아니었을까? 그 조용한 거리인 정동길을 걷다보면 서울시립미술관을 지나 정동제일교회, 정동극장, 예원학교를 지나 이화여자고등학교와 경향신문 사이에 주한 캐나다대사관이 나온다. 주한 캐나다대사관 바로 앞에는 수령 564년의 세월을 묵묵히 버틴 멋진 회화나무가 의젓한 자태로 서 있다.

우리 선조들은 회화나무를 심으면 가문이 번성하고 큰 인물이 난다 해서 길상목(吉祥木)으로 꼽았다. 그런 염원과 의미로 궁궐, 서원, 사찰에 민속 나무인 회화나무를 심었다. 학자수(學者樹), 괴화(槐花)나무라고도 불리는 회화나무는 은행나무, 느티나무, 팽나무, 왕버들과 함께 우리나라 5대 거목 중 하나다.

대사관 건물을 자세히 보면 반듯하게 지은 빌딩이 아니라 완만한 곡선과 뒤로 살짝 물러난 모습임을 알 수 있다. 톡특한 건축물에 담긴 사연은 '회화나무 가지를 살리기 위함'이었고, 결국 설계까지 변경한 그들의 생명 문화재 사랑에 고개가 절로 숙여진다. 2007년 12월 18일자 〈중앙일보〉의 '회화나무를 살리려 대사관 설계를 바꿔'란 보도에서 테드 립만 대사는 "이 건물은 캐나다 전통 건축물의 특징을 잘 나타내고 있으며 나무를 끌어안고 있는 듯한 모습이 특징이다."라고 말했다.

정동 회화나무를 본 후 화동 정독도서관으로 갔다. 정독도서관 입구 왼쪽에는 '성삼문 선생 살던 곳' 표지석이 있고, 오른쪽 북촌 방향 인도에는 '동아일보 창간 사옥 터' 표지석이 있다. 정독도서관 앞마당에는 수령 320살의 회화나무가 있다. 그 노거수 주변에는 대한제국시대 1900년에 지금의 정독도서관 자리에 우리나라 최초의 관립중학교(화동 2번지)가 건립된 사실을 기념한 표석과 강남으로 이전한 경기중고등학교 터였음을 밝힌 표지석이 한 모퉁이에 세워져 있다.

그리고 정원 한가운데 겸재 정선이 '인왕제색도(仁王霽色圖)'를 그리기 위해 인왕산을 바라봤던 자리에 겸재를 기념한 조형물이 우뚝 솟아 있다. 국보 제216호 '인왕제색도'는 겸재 정선(1676~1759)이 사천 이병연(1671~1751)의 쾌유를 기원하며 일흔여섯의 노령에 그린 불후의 명작인데, 현재 삼성미술관 리움(Leeum)이 소장하고 있다.

도서관 진입로 좌우엔 왕벚나무가 가득하다. 왕벚나무는 한때 원산지 문제로 논쟁거리였지만 마침내 제주도가 원산지인 것으로 밝혀졌다. 정독도서관의 가을 풍경이 아름답다. 그러나 봄 풍경은 더욱 아름답다. 왕벚나무 군락으로 생긴 풍성하고 화려한 벚꽃 터널은 서울 한복판에서 즐길 수 있는 벚꽃 관광지로 단연 으뜸일 것이다.

7. 창덕궁 후원 외

창덕궁 후원은 창덕궁 창건(1405년, 태종5년) 당시 조성되었으며, 창덕궁의 후원(後苑)이다. 임진왜란 때(1592년, 선조24년) 대부분의 정자가 불타버리고, 1623년 인조 때부터 개수, 증축하여 오늘에 이르렀다. 자연 지형을 최대한 살리면서 골짜기마다 정원을 조성했고, 인위적 손질을 최소화함으로써 본래 자연 그대로를 볼 수 있도록 정원을 꾸미고 가꾼 솜씨가 놀랍다. 4개의 골짜기에는 각각 부용지(芙蓉池), 애련지(愛蓮池), 관람지(觀纜池), 옥류천(玉流川) 정원이 펼쳐져 있다. 그 아름다운 정원에는 수백 종의 나무가 26,000그루 넘게 자라고 있는데, 그 중 일부는 300년이 넘는 노거수들이 숲을 이루고 있다. 후원은 크게 일곱 구역으로 나눈다. 1)연경당 일대 2)애련지 일대 3)옥류천 일대 4)존덕정 일대 5)신선원전 일대 6)대보단 일대 7)주합루 일대. 주합루 일대에는 부용정, 부용지, 사정기비각, 어수문, 서향각, 주합루, 규장각, 천석정, 영화당 등이 있다. "창덕궁 후원의 하이라이트는 '부용지'다."라고 한 베스트셀러 《나의 문화유산 답사기》의 저자 유홍준 교수의 말처럼 부용지의 아름다운 경관은 창덕궁 후원 가운데 백미다.

▲ 창덕궁 후원 주합루

후원은 왕과 그 가족들이 휴식을 취하고 독서를 하며 학문을 연마하는 공간인 동시에 왕이 아름다운 산수를 감상하며 신하들과 시를 나누어 지으며 문예활동을 펼친 공간이었다. 또한 인재를 뽑는 과거시험을 치르기도 하고, 백성들의 마음을 헤아리고자 왕은 농사를, 왕비는 양잠을 실행하는 공간이었다. 창덕궁 후원 전각에 남아 있는 현판과 주련에는 뜻 깊은 건물 명칭과 시구가 적혀 있어 당대 왕실의 여가문화와 가치관이 고스란히 담겨 있다.

우리나라에서 양잠이 시작된 것은 삼한시대 이전으로 추정된다. 우리 선조들의 농상(農桑)이란 말에서 알 수 있듯이 뽕나무를 키워 누에를 치고 비단을 짜는 일은 농업과 더불어 나라의 근본으로 삼았다. 그래서 세종대왕은 예로부터 내려오던 친잠례(親蠶禮)를 강화하여 왕비가 직접 비단을 짜는 시범을 보이기도 했고, 각 도마다 좋은 장소에 뽕나무를 널리 심도록 했으며, 누에치기 전문기관인 잠실(蠶室)을 설치했다. 창덕궁 후원에는 의풍각과 연경당 근처, 농산정 앞에는 뽕나무가 다수 심겨져 있다. 조선의 왕비들이 아끼고 가꾸던 궁궐의 수많은 뽕나무 중 창덕궁 관람지 입구 창경궁 경계를 이루는 담 주위에 위치한 뽕나무(수령, 약 400년)는 천연기념물 제471호로 지정하여 보호하고 있다. 조선의 왕비들이 아끼고 가꾸던 궁궐의 뽕나무 중 가장 큰 나무는 21세기를 살고 있는 우리들에게는 무슨 의미일까?

흔히 우리네 삶의 세 가지 기본 요소를 '의식주'라고 한다. 그런데 안 입고는 살 수 있지만 안 먹고는 못 살 터인데, 왜 의(衣)가 식(食)보다 먼저라고 말할까? 하나의 해석은 입는 것을 우선하는 언어 습관은 예의와 체면을 중시하는 유교 문화에서 비롯된 것 같다는 것이다. 또 다른 해석은 성경 출애굽기 22장 26~27절 "네가 만일 이웃의 옷을 전당 잡거든 해가 지기 전에 그에게 돌려보내라. 그것이 유일한 옷이라 그것이 그의 알몸을 가릴 옷인즉 그가 무엇을 입고 자겠느냐. 그가 내게 부르짖으면 내가 들으리니 나는 자비로운 자임이니라."는 말씀의 관점에서 유대인의 문화를 살펴봤을 때 이스라엘은 일교차가 심한 곳이다. 그러므로 밤에는 몸에 덮고 잘 것이 있어야 했다. 당시 유대인들의 옷은 통옷이었기 때문에 잠잘 때는 옷을 바로 모포로 삼았고, 그래서 옷이 아주 소중했다는 해석이 가능하다. 아무튼 시인 김도수가 뽕나무를 '어머니 나무'라 노래한 까닭을 창덕궁에 자라고 있는 여러 그루의 뽕나무를 보면서 알 것도 같았다.

뽕나무

김도수

막 동이 틀 무렵
고추밭 밭두렁
어머니가 심은
뽕나무 한 그루
곡식에 그늘만 찐게
비어불제 뭐더게 놔두냐
마을 사람들 나무라지만
연둣빛 뽕잎 사이로 봉긋
젖살 드러낸 오디
어머니 젖꼭지처럼 붉어질 때면
늙수그레한 사내자식
붉은 오디
쭉쭉 빨고 서 있다
봄이면 옷고름 풀어헤치고
딱 한번 젖 주고 가는
어머니 나무
아직 푸르다

창덕궁 후원을 예약하고, 예약한 시간에 입장해 관람 코스를 둘러봤다. 함박꽃나무, 쪽동백나무, 음나무, 느티나무, 느릅나무, 주목이며 계속 걸으며 산딸나무, 밤나무, 비비추, 연꽃, 복자기나무, 물푸레나무… 나무와 숲을 마음껏 봤다. 나무와 숲을 오감으로 느끼며 즐거웠다. 그러나 천연기념물 제251호 다래나무는 비공개 구역이라 볼 수가 없었다. 다래나무가 있는 곳은 대보단 구역이라 가서 볼 수가 없었기 때문에 아쉽지만 책과 국가유산청 자료에 만족해야 했다. 고려 시대에 불렸다고 전해지는 노래 〈청산별곡〉에서는 "살어리 살어리랏다 청산에 살어리랏다/ 멀위랑 달래 먹고 청산에 살어리랏다/…[해석]살겠노라 살겠노라 청산에 살겠노라/ 머루랑 다래를 먹고 청산에 살겠노라/…"라고 머루와 다래를 노래했다. 머루와 다래는 푸른 숲 우거진 깊은 산속에서나 먹을 수 있는 야생 과일이다. 그런 다래가 창덕궁 후원에서 무려 600년을 자라고 있는데도 후원 깊숙이 들어가야 하는 그곳은 갈 수도, 볼 수도 없었다.

아쉬움을 남긴 채 창덕궁을 나온 후 그날의 부족한 부분을 채우고 싶어 삼청동으로 발걸음을 옮겼다. 국가유산청 국가문화유산포털에 의하면 서울특별시의 천연기념물 나무는 11개로 지정, 보호한다고 했다. 삼청동 국무총리 공관은 과거 조선시대에는 왕자가 살았던 '태화궁' 터였고, 일제강점기에는 일본인 관사가 들어섰다가 광복 후 국회의장 공관으로 새로 건축했고, 국회의장 공관이 한남동으로 이전한 후 지금은 국무총리 공관으로 사용하고 있다. 그런데 그곳 역시 일반인 출입이 통제된 까닭에 초소 앞에서 아쉽게도 돌아서야 했다. 삼청동 국무총리 공관에는 천연기념물 제254호 등나무(수령 750~900년)와 천연기념물 제255호 측백나무(수령 300년)가 있다고 한다.

충북 괴산, 탐목(探木)여행

산수유 열매가 빨간 빛깔을 더하는 계절, 괴산으로 향한 나의 탐목여행은 한글날이 하루 지난날 시작되었다. 가기 전 마침 연풍면에서 암환자 사역하는 목회자와의 약속이 있었기에 탐목여행을 일정에 포함했다. 조선시대 대표 화가의 한 사람인 단원 김홍도는 1792년 정월 종6품 연풍현감으로 부임했다. 정조의 어진(초상화)을 그린데 공로를 인정받아 단원 김홍도는 3년 남짓 연풍에 머물렀다. 아무튼 첫 탐방지는 청안면 읍내리 청안초등학교 운동장에 있는 수령 1,000년이 넘은 은행나무는 지구에 살아남은 가장 오래 된 생명체 가운데 하나다. 3억 년 전의 은행나무 화석이 발견돼, 흔히 '화석나무'라고도 부른다. 가을에 노랗게 익은 열매 속에는 딱딱한 은행이 들어 있다. 흔히들 은행을 열매라고 생각하지만 사실은 씨앗이다. 한참을 장대한 모습의 생명문화재인 은행나무를 바라보다가 몇 장의 사진을 촬영한 후 행정실에서 정확한 주소를 확인했다. 인터넷 주소는 '청안면 읍내리로 3길 8'이었다. 그런데 그 주소에 도착해보니 동인초등학교가 있었기 때문이다.

▲ 괴산 청안초등학교 은행나무
(천연기념물 제165호)

천 년 세월, 한 자리를 지키고 선 은행나무를 뒤로 하고 청안초등학교를 나와 가까운 파출소로 갔다. 거기에 960년 넘은 느티나무가 있었다. 그런데 노거수 느티나무는 마치 샴쌍둥이같이 파출소 건물과 붙어 있는 게 아닌가. 파출소 부근을 돌 때 마침 근무자가 주차장으로 나오기에 물었다. 그의 대답은 "파출소를 20년 전에 세웠는데, 이곳에 건축하지 말았어야 했다." 그렇다. '약 천 년을 산 느티나무를 생각했다면 다른 위치에 파출소를 지었어야 했다.'는 뜻의 말 같았다.

조선시대 청사로 쓰였던 동헌인 안민헌 곁에는 의연한 기품과 우아한 자태의 회화나무 보호수(300살)가 보였는데, 나뭇가지가 사방으로 넓게 퍼진 모습이 참 아름다웠다. 회화나무는 천 년을 사는 나무다. 회화나무는 은행나무, 느티나무, 팽나무와 함께 4대 장수목이라 불린다. 그 순간 옆 청안면사무소에 걸린 현수막이 내 눈을 사로잡았다. "제1회 한운사 예술제"(2019년 10월 12~3일)현수막이었다. 과거 출판사 관계로 극작가 한운사(1923~2009) 선생과 교제하며 생전에 자택과 밖에서 가끔 만났던 추억이 있다. 하지만 괴산군 청안면에 '한운사기념관'이 있는 것과 '한운사 예술제'가 열리는 것은 몰랐다.

산림치유사이자 원예치유사로 숲과 나무를 친구 삼아 산 원종태는 그의 책 《한국을 지켜온 나무 이야기》(2014, 밥북, 165~6)에서 괴산 느티나무를 해설하면서 이렇게 말했다. "괴산이 느티나무가 많기로 유명한 데에는 일찍이 신라시대로 거슬러 올라간다. 경덕왕 때부터 고을 이름이 괴자가 들어간 '괴양'이었다. 고려 때는 '괴주', 조선 태조 때 '괴산'으로 불리게 된 고을 이름이 현재까지 이어오고 있다. 이에 걸맞게 괴산에는 113그루가 넘는 느티나무 보호수가 자리하고 있다니 이름에 걸맞은 지명이라 하겠다. 그러나 느티나무 괴(槐) 자는 회화나무 괴(槐)와 동일하게 쓰이는데 회화나무를 뜻한다는 주장과 느티나무를 나타낸다는 논란이 학자들 사이에 있기도 하다."

청안면을 거쳐 청천면에 가서 망개나무 자생지를 둘러봤다. 그리고 미선나무 자생지로 갔다. 천연기념물로 지정된 괴산의 나무 7개 중 3개가 미선나무 자생지다. KBS1 라디오에서 '숲으로 가는 길' 코너를 맡았던 김서정은 그의 책 《숲속 인생 산책》에서 미선나무를 이렇게 설명한다. "미선나무는 우리나라 희귀식물이자 특산식물이다. 즉, 산림청이 정한 571종 희귀식물에도 속하고, 360종 특산식물에도 속한다는 것이다." 미선나무 자생지를 둘러본 이후 연풍면에서 소박한 점심과 복된 사귐을 나눴다. 예정은 장연면의 세 곳을 더 살피려 했다. 그러나 생각처럼 다 볼 수가 없었다. "나무는 덕을 지녔다. 나무는 고독하다."는 이양하 선생의 수필처럼 덕을 지닌 나무, 고독한 나무를 만날 준비가 내게 부족했던 것일까? 다 보고 귀가하려 했던 생각을 접고 후일 괴산을 다시 찾기로 했다.

괴산군에는 일곱 나무(곳)가 천연기념물로 지정되었다.

1. 청안면 청안읍내로 3길 8(청안초등학교 운동장)
 ▶ 은행나무(천연기념물 제165호)
2. 청천면 사담리 산 8-1 ▶ 망개나무 자생지(천연기념물 제266호)
3. 칠성면 율지리 산 19-1 ▶ 미선나무 자생지(천연기념물 제221호)
4. 장연면 오가리 321 ▶ 느티나무(천연기념물 제382호)
5. 장연면 송덕리 산 58-13 ▶ 미선나무 자생지(천연기념물 제147호)
6. 장연면 추점리 산 144-2 ▶ 미선나무 자생지(천연기념물 제220호)
7. 연풍면 적석리 산 34-2 ▶ 소나무(천연기념물 제383호)

독서가 취미일 수 없으니 누군가 내게 취미를 묻는다면 "등산과 산책 그리고 여행과 고전음악 감상"이라고 대답하리라. 등산을 즐기는 덕분에 자연히 숲이 좋고, 나무가 좋다. 나무를 좋아하다가 몇 권의 나무 칼럼을 읽었다. 그 가운데 깊이 공감했던 세 구절을 인용함으로써 독자와 나누고 싶다.

> "나무는 지상의 모든 생명을 키우는 어머니 같은 존재이다 … 더구나 노거수는 살아 있는 역사를 간직한 생명의 문화재이다. 고목을 통해 한 시대를 살았던 역사의 인물을 만나고 그 시대의 사회상을 읽으며 민속과 문화를 알 수 있다."
>
> 오병훈, 《서울의 나무, 이야기를 새기다》

> "노거수(老巨樹)라고 말하는 크고 오래된 나무들은 어김없이 사람의 자취를 간직하고 있다. 나무의 생김새가 제각기 다르듯, 거기에 담긴 사람의 자취도 제각기 다르다...나무를 찾아다니는 일은 그리움이고 나무를 만나는 일은 행복이다."
>
> 고규홍, 《옛집의 향기, 나무》

> "나무 여행은 나무에 담긴 세월의 풍상과 옛 사람의 숨결을 찾아 떠나는 일입니다. 사람보다 오래 사는 나무에는 평범한 여행에서 쉬이 찾아지지 않는 옛 사람들의 이야기가 있습니다. 모두가 오래 됐지만, 현재의 삶에 깨달음을 던져주는 소중한 이야기들입니다."
>
> 고규홍, 《주말이 기다려지는 행복한 나무여행》

포항 사방기념공원과 포천 국립수목원

숲이 좋아 나는 가끔 포천 '국립수목원'에 간다. 물론 국내에서 가장 오래된 수목원인 서울 '홍릉수목원'은 접근성과 환경도 좋다. 그러나 때론 교외로 나가는 게 한결 마음이 상쾌하다.

몇 차례 국립수목원을 탐방했지만 아무 생각 없이 '숲의 명예의 전당'을 구경했다. 지난해 가을 포항시 북구 흥해읍에 있는 '사방기념공원'을 다녀왔다. 사방기념공원은 정말로 예기치 않았던 곳에서 마주치는 선물이었다. 이후 국립수목원 '숲의 명예의 전당'에 헌정된 한 사람, 한 사람에게 감사하게 됐고, 산림에 대해 통찰하고, 깊이 생각하게 되었다. 그래서 "아는 만큼 보인다"라 하지 않았을까?

▲ 포천 국립수목원

과거 한국은 민둥산 비율이 50%일 정도로 산림이 황폐했던 나라였다. UN조차 "산림의 황폐도가 고질적이어서 도저히 어찌할 수 없다."는 혹평을 받았던 우리나라다. 그러나 불과 수십여 년 만에 어떻게 산림강국, 산림 선진국으로 거듭날 수 있었을까?

세계인이 기적이라며 감탄하는 한국 산림녹화 성공은 이름도 없이 빛도 없이 나무 사랑에 헌신한 분들이 있었기에 가능했을 것이다. 그리고 국립수목원 내 '숲의 명예의 전당'에 헌정된 여섯 분의 나무 사랑에서 그 답을 찾을 수가 있었다.

국립수목원의 '숲의 명예의 전당'에는 헌정된 여섯 인물의 부조(浮彫)가 있다. 프리드리히 니체는 "모든 진리는 내게 피의 진리다."라고 말했다. 우리는 6인의 부조를 바라보며 그분들[선배]의 뜻을 마음에 새겨야 한다. 그리고 나아가 마음에 새긴 뜻을 지금 여기에서 몸으로 실천해야 하는 것이 곧 '내게[후배] 피의 진리'일 것이다.

1) 국가 발전과 민족 번영을 치산치수에서 찾아 우리나라 치산녹화 사업이 성공할 수 있도록 초석을 놓은 박정희 대통령(1917~1979)
2) 백두산에서 한라산까지 나무 종자를 수집하며 평생을 나무와 함께 살았던 김이만 선생(1901~1985)
3) '포플러 개량', '리키테다소나무', '은수원사시나무' 등, 육종을 통해 산림녹화의 초석을 다지고 한국 육종학을 세계적 수준으로 높인 현신규 박사(1911~1986)

4) 미국인이지만 한국에 귀화해 7,200여 종을 보유한 아시아 최초이자 세계 12번째로 세계의 아름다운 수목원으로 인증받은 '천리포수목원'을 조성한 민병갈 원장(1921~2002)

5) 본인의 전 재산과 열정을 바쳐 전남 장성에 500ha가 넘는 삼나무와 편백림을 1956년부터 20년 동안 조성했고, 한국의 조림왕답게 "나무를 더 심어야 한다. 나무를 심는 게 나라 사랑하는 길이다."는 유언을 남긴 임종국 선생(1915~1987)

6) 국내 최초로 대규모 활엽수 단지를 조성하여 기업의 이윤을 사회에 환원함으로써 산림녹화에 기여한 공로로 기업인 최초로 '숲의 명예의 전당'에 헌정된 SK 최종현 회장(1929~1998).

울진 금강소나무 숲길 4구간, 대왕소나무[大王松]

작년 여름 울진 'LG생활연수원'에서 2박 3일 지내면서 하루는 '백암산' 등산과 온천욕을 통해 몸과 마음(洗心)을 씻었다. 또 하루는 '금강소나무 숲길' 구간을 5시간 트래킹하고 다시 연수원 내 온천욕을 통해 힐링과 회복을 맘껏 누렸다.

소나무야 소나무야 언제나 푸른 네 빛
쓸쓸한 가을 날이나 눈보라치는 날에도
소나무야 소나무야 변하지 않는 네 빛

동요〈소나무〉는 국민 애창곡 중 하나 일 것이다. 그런데 원제목은 〈탄넨바움〉(Tannenbaum)이고 정확히 번역은 '전나무'라고 한다. 우리에게 익숙한 민요를 안드레아 보첼리가 〈탄넨바움〉을 불러서 감흥을 줬던 유명한 노래이다.

우리나라 소나무 성지인 울진 금강소나무 숲길은 산림청이 국비로 조성한 숲길 1호인데, 현존하는 금강소나무 보존지역으로 가장 대표적 원시림이다. 숲길 1~5 전구간 예약(www. uljintrail.or.kr) 탐방제로 매일 09시부터 예약자를 대상으로 숲 해설가 인솔하에 입산을 허용하고 있다. 4구간의 집결지는 경북 울진군 금강송면 소광리 539-1이다. 숲해설가의 인원 점검과 도시락을 받은 후 너삼밭을 출발→ 대광천(0.7km)→ 아래새재(1.6km)→ 썩바골 폭포(2.7km)→ 대왕송(5.4km)→ 조령성화사(7.8km)→ 대광천(9.78km)→ 너삼밭(10.48km)까지 함께 걷는 코스다.

국립수목원장을 역임한 신준환 박사는 그의 책 《나무의 일생, 사람의 마음》(2021, 그물, 343)에서 울진 금강소나무 숲길 4구간의 장엄한 '대왕소나무'에 관해 전문가다운 소감을 피력했다. "잃어버린 것이 많다고 슬퍼하지 말자. 노거수는 오래 살아서가 아니라 오랫동안 많이 잃어버려서 장엄하게 보이는 것이다. 경상북도 울진군 금강송면 금강소나무 숲길에 가서 숭엄하게 버티고 서 있는 대왕소나무[大王松]를 보라. 가지가 얼마나 많이 죽어 떨어졌으면 저렇게 장엄한 흔적으로 치장하며 서 있겠는가."

1,600만㎡의 숲길은 200~300년 된 소나무 8만 여 그루와 500년 생 다섯 그루가 있는 금강소나무 군락지다. 삶이 팍팍하다고 느낄 때, 지친 몸과 마음에 쉼과 평안이 필요할 때, 바쁜 삶에서 벗어나 자유를 즐기고 싶을 때, 하루하루 반복하는 일상을 잠시 잊고 어디론가 떠나고 싶은가? 떠난다는 것은 탈출을 감행했던 그 일상으로 다시 돌아오는 것이기에 울진 금강소나무 숲길을 추천한다. 오세영 시인의 시집 한 권 챙겨서 떠나면 더욱 좋을 것이다.

▲ 울진 소나무 숲길

나무처럼

오세영

나무가 나무끼리 어울려 살 듯
우리도 그렇게
살 일이다.
가지와 가지가 손목을 잡고
긴 추위를 견디어내듯

나무가 맑은 하늘을 우러러 살 듯
우리도 그렇게
살 일이다.
잎과 잎들이 가슴을 열고
고운 햇살을 받아 안듯

나무가 비바람 속에서 크듯
우리도 그렇게
클 일이다.
대지에 깊숙이 내린 뿌리로
사나운 태풍 앞에 당당히 서듯

나무가 스스로 철을 분별할 줄 알 듯
우리도 그렇게
살 일이다.
꽃과 잎이 피고 질 때를
그 스스로 물러설 때를 알 듯

Chapter 2
어느 그리스도인의 여행

열 권의 책보다 열흘의 여행

우리가 여행을 하는 것이 아니라 여행이 우리를 만들고 해체한다.
여행이 우리를 창조한다.

다비드 르 브르통, 《걷기 예찬》(2002년, 현대문학, 261)

과거 출판사 경영 시 사업이 잘될 때는 바쁘다는 이유로, 또 부진할 때는 어렵다는 핑계로 무엇보다 소중한 가족과 함께하는 시간이 부족했고, 여행은 그림의 떡이었다. 한번 놓치면 다시 잡을 수 없는 것이 세 가지란다. 1)시간, 2)말, 3)기회. 돌이켜보면 무심한 세월은 빠르게 흘렀다.

그래서일까, 가능한 부부 동반 여행이 잦아졌다. 2018년 여름 울진 2박 3일과 제주도 4박 5일, 11월 베트남(다낭, 후에, 호이안) 여행. 몇 번의 해외여행 가운데 2017년 9월 26일~10월 4일 "동유럽 3국과 발칸 2국" 7박 9일 여행은 따뜻한 추억으로 남았다.

특히 크로아티아의 국립공원 '플리트비체'를 잊을 수 없다. 때로 기쁨의 순간이나 아름다운 경치를 볼 때 말하는 것이 도리어 방해가 될 때가 있다. 그럴 때 침묵은 얼마나 존귀한지…. 플리트비체는 유네스코 세계자연유산에 지정되어 전 세계에서 1년에 백만 명이 넘는 관광객이 방문한다니 그 아름다움은 말로 표현할 길이 없다. 그리고 슬로베니아 '블레드성', 헝가리 부다페스트 '다뉴브강 야간 유람선', 오스트리아 '잘츠캄머구트 유람선과 케이블카'등이 아름다웠다. 오스트리아는 하이든이 작곡한 〈시온성과 같은 교회〉를 국가로 부르다가, 1946년에 모차르트가 작곡한 선율을 다듬은 〈산의 나라, 강의 나라〉를 새로운 국가로 채택했다.

그리고 미술 전공한 아내와 함께 화가 구스타프 클림트의 〈키스〉, 에곤 쉴레의 〈죽음과 여인〉을 감상한 오스트라아 빈(비엔나)에 있는 '벨베데레 궁전' 관람은 황홀한 순간이었고, 오랜 시간 머물고 싶은 문화유산이었다. 벨베데레 미술관은 클림트뿐 아니라 수많은 화가들의 다채로운 전시를 볼 수 있다. 약 900년의 세월을 가로지르는 다양한 시대의 예술 작품이 무려 1만 8천 6백 점이나 소장된 미술관이다. 작가 정여울은 여행을 이렇게 해석한다. "여행은 내게 '앞으로 견뎌야 할 고통'에 대한 마음의 면역력을 키우는 영혼의 비타민이다."라고, 그가 〈서울신문〉(2023년 5월 22일)에 기고한 '정여울의 힐링 스페이스 13'에서 참 멋진 글을 실었기에 부분 인용한다.

"오스트리아 빈에 있는 벨베데레 미술관은 내게 100번을 가도 질리지 않는 장소다. (중략) 나는 그림 앞에서 경이로움과 감탄과 미소를 짓는 날이 좋다. 클림트의 〈키스〉앞에 서면 '이 그림은 반드시 여기 있어야겠구나'라는 느낌이 든다. 이 그림은 빈의 상징이며, 예술의 심장이며, 영원히 지속되는 사랑의 상징이 돼 우리 가슴속에서 살아 숨 쉬고 있다."

이 부분만 봐도 작가 정여울의 감출 수 없는 감동과 기쁨이 느껴진다.

빈에는 카페가 많다. 빈 사람들이 즐기는 '비엔나 커피'의 유래는 과거 오스만투르크군의 두 차례에 걸친 침략 후 튀르키예 군이 남긴 것이라고 한다. 그리고 '카페오레'라 불리는 밀크 커피의 발원지도 천년의 고도 빈이라 전한다. 수도 빈에는 오스트리아에서 가장 큰 궁전(50만 평)이자, 1996년 유네스코 세계문화유산으로 선정된 쇤브룬 궁전이 있다. 오늘날 빈을 관광할 때 빼놓을 수 없는 명소를 우리 부부는 잠깐 들렀지만 쇤브룬 궁전에서 받은 포근함과 따스한 기억은 잊을 수 없다.

쇤브룬 궁전은 프랑스의 베르사유 궁전을 보고 자극을 받아 짓게 되었으며 18세기 중엽 마리아 테레지아 여제의 여름 별장으로 1,441개의 방으로 지어졌다는데 지금은 45개 방만 공개하고 있다. 쇤브룬 궁전에서는 어린 볼프강 아마데우스 모차르트의 추억도 느낄 수 있다. 천상을 노래한 음악극의 천재 모차르트가 여섯 살 때 합스부르크 공국의 여제 마리아 테레지아와 황실 가족 앞에서 연주도 하고 응원을 받았으며, 여왕의 무릎 위에 올라 볼에 키스도 했던 역사적 숨결이 스며 있는 공간이다.

그런데 패키지 여행인 까닭에 쇤브룬 궁전 가까이 있는 카페 돔마이어를 갈 수 없어 아쉬웠다. 카페 돔마이어는 요한 슈트라우스 2세가 1844년 10월 15일 자신의 악단과 함께 데뷔한 뜻 깊은 장소로, 만약 오베르라 돔마이어(Oberlaa Dommayer)에 갔다면 입구에 있는 요한 슈트라우스 2세의 흉상을 볼 수 있었고, 그곳에서 왈츠 '아름답고 푸른 도나우', '봄의 소리 왈츠', 오페레타 '박쥐'의 작곡자 요한 슈트라우스 2세의 흔적을 맘껏 느낄 수 있었을 것이다.

나는 고교 시절부터 고전음악을 좋아했다. 그런 배경으로 모차르트의 고향이자 음악의 도시인 잘츠부르크를 걷고, 학창시절 본 영화 중 잊을 수 없는 영화 〈Sound of Music〉의 무대였던 미라벨 정원을 내 발로 걸었다는 것, 영화의 풍경 속에 잠시나마 머물렀다는 사실이 내겐 새삼 감동과 환희 그 자체였다.

긴 세월 책과 동행한 내게 체코 프라하 구시가지 광장은 그 의미가 무척 깊었다. 첫째는 '프란츠 카프카 박물관'이었고, 둘째는 종교개혁을 외치다 화형당한 '얀 후스의 동상'을 광장 중심에서 볼 수 있었기 때문이다. 국내 출판사상 최초의 논픽션 밀리언셀러 《배짱으로 삽시다》 저자인 이시형 박사는 2014년에 펴낸 《여든 소년 山이 되다》에서 이런 말을 했다. "열 권의 책보다 열흘의 여행에서 얻는 것이 더 많습니다. 삶의 지평을 넓히고 진짜 내가 누구인지, 내가 사는 세상이 어떤 곳인지를 알기 위해서는 미지의 세계의 문을 직접 두드려야 합니다."

세월이 흐르면 많은 기억들이 사라진다. 그렇게 지워진 기억들 속에서도 아주 선명하게 남아 있는 게 있다. 그 뚜렷한 기억 가운데 하나가 바로 작가 카프카다. 미지의 세계의 문을 직접 두드려서 가슴을 채운 것은 바로 카프카의 말이다.

> "망원경으로 혜성을 살피듯이 자신을 향해
> 매일 적어도 한 줄의 글을 써야 한다."
> "글 쓰는 것보다 더 나은 길은 없다."
> "나는 문학에 관심이 있는 것이 아니라 문학으로 이루어져 있다."
> "책이란 우리 안의 얼어붙은 바다를 깨는 도끼여야 한다."

아들의 선물, 베트남 여행

여행은 돌아올 수밖에 없다. 부모의 생일을 축하하며 아들이 선물한 베트남 여행, 참된 여행은 떠나는 것에 있지 않고 돌아오는 것에 있지 않을까? 모든 것은 '그리움'에서 시작한다. 내게 여행이란 또 다른 그리움이다.

에밀 아자르는 《자기 앞의 생》에서 "사람은 사랑할 사람이 없이는 살 수 없다."고 했다. 사랑하는 사람으로 만나 부부가 가정을 이룬 지 어느덧 37년이 지났다. 사계절이 교차하듯 희로애락의 세월이 빠르게 흘렀다. 프리드리히 실러는 "시간의 흐름에는 세 가지가 있다."면서 "과거는 영원히 정지하고 있고, 현재는 화살처럼 날아가고, 미래는 주저하면서 다가오고 있다." 말했다.

《나는 죽을 때까지 재미있게 살고 싶다》를 쓴 이대 이근후 명예교수는 정신과 전문의로 50여 년간 환자를 돌보고 학생들을 지도한 경험을 바탕으로 인생의 후배들에게 조언한다. "지속 가능한 인생의 즐거움은 시간이 흐를수록 가치를 발한다. 그렇다면 어떻게 해야 즐거운 삶을 이루며 나이 들 수 있을까? 나는 작은 소망을 가지는 것에서부터 출발했다. 내가 감당하고도 조금은 힘이 남을 만한 소망을 발원해본다. 어느 소망이더라도 행동이 뒤따르지 않으면 이루지 못한다. 작은 소망은 큰 소망에 비해 상대적으로 행동에 옮기기 쉽다. 소소한 소망이라도 꾸준히 오래도록 지속하면 큰 성취감을 가져다준다."

그렇다, 실러의 관점에서 미래의 행복을 확보하는 확실한 길은 오늘 허락된 행복을 한껏 누리는 것일 것 같다. 그래서 내게 여행이란? '즐거운 삶을 이루며 나이를 더하는 작은 소망'인 동시에 '오늘의 주어진 행복을 맘껏 즐기는 통로'이다.

베트남 여행(2018년 11월 2일~6일)은 "HN투어- 다낭, 호이안, 후에" 패키지였는데, 5일간의 관광은 아름다운 풍경으로 눈이 즐거웠고, 맛과 쉼이 잘 어우러진 따뜻한 기억으로 남았다. "모든 여행의 궁극적인 목적은 행복이다."라는 작가 프랑수아 롤로르의 말처럼 모든 사람이 행복하시길….

춤추라, 아무도 바라보고 있지 않은 것처럼.
사랑하라, 한 번도 상처받지 않은 것처럼.
노래하라, 아무도 듣고 있지 않은 것처럼.
살라, 오늘이 마지막 날인 것처럼.

《꾸뻬 씨의 행복 여행》(2013, 오래된미래, 212)

가슴으로 느끼는 나라, 이스라엘

20세기 끝자락에 '21세기는 문화주의 시대'라고 선언한 이어령 박사가 이런 말씀을 하셨다. "나무를 분석하고, 떨어지는 사과를 보고 만유인력의 법칙을 발견하는 사람을 '과학자'라고 합니다. 나무를 보고 시를 쓰고 노래하는 사람을 '시인'이라고 합니다. 나무를 보고 나무를 존재케 하는 이, 나무를 만든 자를 찬양하는 사람을 '신앙인'이라고 합니다." 신앙의 깊이와 넓이를 더하려고 30년의 경험을 내려놓고, 대학에 입학한지 40년이 지난 2013년 신학대학원에 입학했다. 석사 과정 3년의 학업을 다 마치고 졸업식만을 남겨둔 2016년 1월 오랜 소망이었던 이스라엘 순례를 떠났다.

9일간 갈릴리호수, 요단강, 마사다, 통곡의 벽, 사해, 가나와 나사렛, 베들레헴, 예루살렘, 가버나움, 십자가의 길(비아 돌로로사)과 골고다 언덕, 겟세마네, 감람산, 여리고, 므깃도, 가이샤라, 욥바, 쿰란동굴, 야드바셈 등을 순례했다. 가장 기억에 남은 곳은 이스라엘 남부, 유대 사막 동쪽에 우뚝 솟은 절벽에 자리잡은 고대의 왕궁이자 요새였고, 72~73년 로마와 맞서 싸웠던 유대인 저항군 전원이 자살한 '마사다'와, 나치 독일에 의한 유대인 대학살(홀로코스트)의 희생자를 추모하기 위한 이스라엘의 국립기념관 '야드바셈'이다. 순례하며 사진 촬영을 하지 않고 충분히 느낄 수 있도록 잠잠히 기다렸다. 눈에 보이는 풍경을 카메라에 담기보다 몸과 마음에 저장해야 할 것 같았기 때문이었다. 한마디로 이스라엘은 눈으로 보는 나라이기보다는 가슴으로 느끼는 나라이였다.

"유대인의 역사를 서술하는 것은 단순히 그들만의 역사를 기술하는 것이 아니라, 고난과 역경에 처해도 창조적으로 이겨내고 인류를 향한 하나님의 섭리와 목적을 좇는 독특한 유대 민족의 시각에서 혹은 고난 받은 천재들의 입장에서 세계를 다시 쓰는 작업이라"고 폴 존스는 말했다. 폴 존스는 그의 명저 《유대인의 역사》(2014, 포이에마, 939~940)에서 아이히만 재판을 언급하면서 홀로코스트에 관해 이런 말을 했다. "1983년 5월에 이스라엘 여론조사 기관 스미스 연구소는 홀로코스트에 관한 이스라엘인의 태도를 철저하게 조사했다. 조사에 따르면, 83퍼센트에 달하는 압도적 다수가 홀로코스트를 중심으로 세계를 이해했다. 연구소 소장 하노크 스미스는 이렇게 보고했다. '홀로코스트로 인한 상처는 이스라엘인의 마음속에 압도적인 자리를 차지하고 있다. 심지어 2세대와 3세대도 마찬가지다.' 사실상 홀로코스트에 관한 견해가 이스라엘 건국의 핵심에 자리 잡은 것은 적절했다."

몇 년 전 봄, 강의실에서 원로 한 분을 알게 되어 가끔 사귐이 있었다. 그 원로께서는 교수의 허락을 받아 한 과목만을 청강하시는 분이셨는데 학교 근처에서 소박한 식사와 차를 나누곤 했다. 그러다 봄 학기를 마칠 즈음에는 9월 중순 '장호원 복숭아 축제'도 구경할 겸 당신의 집으로 초대를 하셨다. 그렇게 만남의 횟수가 더해졌고 시간이 흘러 한해의 세밑이면 당신이 붓으로 쓴 연하장을 보내주셨다.

작년 12월 하순에도 어김없이 우편으로 연하장이 왔다. 그동안은 "無碍平常心, 至高至純"이라는 명구로 생활의 지혜를 전했다면, 금년에는 단어였다. 2019년을 맞아 붓으로 "존중"이라고 쓴 연하장을 보내셨다. "尊重"이라 쓴 연하장을 보고 또 보다가 3년 전 이스라엘 갔을 때 베두인이 생각났다.

성지순례를 누군가는 "몸으로 읽는 성경"이라 말했다. 이스라엘 순례 이틀째 밤은 광야에 있는 베두인족 텐트에서 잠을 잤다. 베두인들은 손님(방문객, 나그네)에게 진한 커피를 두 잔 이상 연이어 대접한다. 첫 잔은 '존중'을 뜻한다. 찾아온 것을 환영한다는 의미다. 둘째 잔은 '보호'를 뜻한다. 해치지 않고 안전하게 지켜줄 테니 마음 놓고 쉬란 의미다. 셋째 잔은 '즐기다' 가란 표현이다. 더 이상 커피를 원하지 않는 손님은 그냥 가볍게 손을 흔들어주면 된다. 그러면 커피 대접을 중단한다.

광야 같은 인생길에 베두인족의 거주지인 광야에서 하룻밤을 지낸 후 희미하지만 7천 년 베두인의 지혜에 감동했다. 그들의 지혜와 미풍양속이 다음 세대에도 계속 이어지길, 또한 형식은 달라도 그 정신이 한국인에게도 전승되길 기원해본다.

에펠탑 건립 130주년 기념일

에펠탑은 프랑스혁명 100주년을 기념해 프랑스 건축가 구스타브 에펠이 설계해서 1889년 3월 31일 완공한 세계에서 가장 유명한 철 구조물 중 하나다. 1889년 프랑스 만국박람회 때 600만 명이 관람한 에펠탑은 당시 찬사와 함께 작가 모파상 등 예술가로부터 "파리의 멋진 경관을 망치는 흉물"이라는 비판도 함께 받은 바 있다.

그러나 현재 에펠탑은 파리 시민들뿐 아니라 지구촌 세계인들이 사랑하는 철강 소재 문화의 아이콘으로 높이 324m(81층 건물 높이)의 위용으로 파리 마르스 광장에 우뚝 서 있다. 2019년 9월은 에펠탑을 건립한지 130주년기념일이다. 이틀 전에는 에펠탑을 밖에서 봤고, 어제는 에펠탑 2층에 올라 파리 시내를 전망했다. 그리고 이틀간의 파리 일정을 마무리하며 일몰 전 세느강 유람선에 올랐다. 세느강에는 37개의 다리가 있다. 유람선 코스 중엔 영화 〈퐁네프의 연인〉으로 유명한 퐁네프 다리도 지난다.

바토무슈 선착장을 떠난 유람선이 한 바퀴 도는 코스는, 콩코드 광장 ▷ 루브르 박물관 ▷ 파리 시청 ▷ 콩시에르쥬리 ▷ 시테 섬 ▷ 노트르담 대성당 ▷ 생루이 섬 ▷ 퐁네프 다리 ▷ 오르세 미술관 ▷ 앵발리드 ▷ 에펠탑 ▷ 샤이요 궁 등이다. 석양 전 유람선을 타고 한 바퀴 돌면 선상에서 본 풍경 중 백미는 유람선 투어를 마칠 즈음 어둠 속에 환하게 빛나는 에펠탑이다. 숙소로 이동하는 버스에선 낮보다 더 아름다운 밤의 에펠탑 모습이 마음에 새겨졌고, 청년 시절 읽었던 아폴리네르의 시구가 생각났다.

미라보 다리

기욤 아폴리네르

미라보 다리 아래 세느강이 흐르고
우리들의 사랑도 흘러간다
허나 괴로움에 이어서 오는 기쁨을
나는 또한 기억하고 있나니
밤이여 오라, 종은 울려라
세월은 흐르고 나는 여기 있다

서유럽 투어 첫 여행지 파리 일정을 마치고 스위스로 이동했다. 3일간의 파리 투어에서 아쉬웠던 점은, 루브르박물관 관람 시간이 많이 부족했던 것과 천사의 소리만큼 아름다운 노트르담 대성당의 파이프오르간 연주를 듣지 못하고 밖에서만 노트르담 대성당을 본 것이다. 한 번은 버스에서, 또 한 번은 유람선에서 노트르담 대성당을 본 것으로 만족해야 했다.

노트르담 대성당은 1163년부터 1345년까지 거의 182년이란 긴 세월에 걸쳐 완공되었다. 나폴레옹 대관식이 거행된 곳이고, 잔다르크의 명예회복을 심판한 곳이며, 드골 대통령의 장례식이 치러진 역사적 무대이다. 특히 빅토르 위고의 소설 《노트르담의 꼽추》로 더욱 유명해진 유서 깊은 성당이다. 서유럽 여행을 마치고 귀가한지 10일 후 2019년 4월 15일에 두 차례 봤던 성당이 지붕에서 화재가 발생해 첨탑과 그 주변 지붕이 붕괴되는 참담한 모습을 신문과 방송으로 며칠 동안 보게 되었다. 향후 재건을 위해 길고도 힘겨운 길을 걸어가야 할 것 같다. 노트르담 대성당 화재를 지켜보며 인간의 역사와 삶이 결코 녹록지 않음을 다시 한 번 생각하게 된다.

요한 볼프강 폰 괴테, 《이탈리아 기행》

고전이란 무엇인가? 고전은 오랜 시간 동안 수많은 경쟁을 물리치고 보편적 가치를 유지하며 살아남은 텍스트를 말한다. 서유럽 3국을 떠나기 전 나는 고전 단테 알리기에리의 《신곡》과 요한 볼프강 폰 괴테의 《이탈리아 기행》을 읽었고, 영화 〈로마의 휴일〉을 다시 봤다.

내가 본 영화 중 누군가 '잊을 수 없는 영화 10편'을 꼽으라면 그 가운데 하나로 〈사운드 오브 뮤직〉을 말하리라. 2017년 가을, 발칸 2국과 동유럽 3국을 여행했을 때 오스트리아 잘츠부르크를 방문했다. 잘츠부르크는 볼프강 아마데우스 모차르트의 탄생 도시로 유명한 음악의 도시다. 그곳엔 영화 〈Sound of Music〉의 촬영 무대인 미라벨 궁전 앞 정원이 있다. 그 미라벨 궁전 앞 정원에 머무는 동안 영화의 장면 속으로 내가 들어가는 것 같은 착각을 느꼈다. 이는 영화의 무대(현장)에서만이 누릴 수 있는 기쁨이 아니었을까.

이번 서유럽 3국 여행에서는 이 기쁨을 더할 수 있었다. 르네상스를 꽃피운 도시인 피렌체에서 이탈리아 최대의 시인 단테의 생가를 봤고, 베네치아에서는 수상택시에 올라 작곡가 비발디의 생가를 봤다. 옛말에 百聞而不如一見이 있다. "백 번 듣는 것이 한 번 보는 것보다 못하다."란 뜻이다. 백문이불여일견, 이 말보다 더 여행의 의미와 이유를 잘 설명할 수 있는 말이 또 있을까 싶다.

내 생애 영화 한 편을 세 번 감상한 경우는 거의 없었다. 그런데 〈로마의 휴일〉은 세 번 봤다. 첫 번째 감상은 언제, 어디서 봤는지 봤다는 기억뿐이고, 두 번째는 서유럽 여행 전 3월 집에서 봤다. 그리고 세 번째는 이탈리아 여행 중 4월에 대절한 버스에서 또 봤다. 그레고리 펙과 오드리 헵번이 주연한 영화 〈로마의 휴일〉의 무대인 트레비 분수와 광장 그리고 트레비 분수 주변 미용실로 나왔던 장소(가게), 콜로세움, 진실의 입 …. 그곳들을 보며 나는 난생 처음 가본 곳이지만 영화를 통해 이미 친숙해졌기 때문인지 전혀 낯설지 않았다.

만년의 삶 대부분을 유니세프에 헌신한 배우 오드리 헵번은 1971년 《보그》와의 인터뷰에서 "가장 중요한 것은 당신의 인생을 즐기는 것입니다. '행복하게' 그것이 가장 중요해요."라고 말했다. 우리 부부는 기쁘고 행복한 여정을 기대하며 이탈리아로 갔다. 시나브로 왔다 어느새 사라져버리는 봄, 봄의 한 가운데를 통과하며 그동안 미뤘던 이탈리아 여행을 떠났다. 인생을 즐기는 데 여행만큼 좋은 게 또 있을까. 여행이야말로 인생을 따따블로 사는 게 아닐까. 여행의 유익은, 보고 듣고, 느끼고 생각하면서 참으로 많은 것을 깨닫고, 통찰할 수 있기 때문이다.

여행 첫 코스로 프랑스 파리에서 2박을 하고, 3일 째에 프랑스 뮐루즈에서 스위스 인터라켄을 지나 스위스 산악마을을 케이블카와 기차를 타고 해발고도 1,650m의 뮈렌에 도착했다. 그날 오후 이탈리아의 북부 도시 밀라노로 이동해 3박한 후 4일째부터 본격적인 이탈리아 투어에 들어갔다.

피사, 피사의 사탑/ 로마, 바티칸 시티/ 바티칸 박물관/ 시스티나 예배당/ 콜로세움/ 트레비 분수/ 포로 로마노/ 판테온/ 피렌체, 베기오 다리/ 단테 생가/ 시뇨리아 광장/ 두오모 성당/ 베네치아, 탄식의 다리/ 산 마르코 광장/ 산 마르코 성당/ 두칼레 궁전 등을 살펴봤다.

그런데 같은 경치를 봤어도 느낌과 감동 그리고 그 영향으로 인한 자극과 적용은 사람에 따라 하늘과 땅 차이인 것 같다.

내가 '판테온'을 봤을 때는 그저 특이한 천장이었고, 너무 많은 관광객이 있었다는 정도였다. 그런데 다른 한 사람에게는 그의 평생에 가장 유익한 깨달음과 통찰의 시간이었고, '자연의 빛'은 판테온을 본 순간부터 지금까지 그의 건축의 키워드가 되었다. 그는 바로 일본의 세계적인 건축가 안도 다다오(安藤忠雄)이다. 그는 이런 말을 했다. "로마의 판테온에서 천장을 통해 빛이 쏟아져 들어오는 걸 보면서 큰 감명을 받았다." 안도 다다오가 설계한 한국의 건축물을 보면 그에게 판테온에서의 영감이 얼마나 중요했는지를 알 수 있다. 제주 섭지코지의 글라스 하우스(2008), 제주 본태박물관(2012), 원주 뮤지엄 산(2013), 서울 JCC 재능문화센터(2015), 제주 유민미술관(2017), 서울 LG아트센터(2022)가 그의 작품이다.

괴테의 이름을 독일과 전 유럽에 알리게 된 《젊은 베르테르의 슬픔》은 1774년, 그가 스물다섯 살에 쓴 작품이다. 이후 그는 속속 문제작들을 발표했으며, 바이마르 공화국의 정치가로 영예와 부를 누렸다. 그랬던 괴테가 작은 오소리가죽 가방과 평범한 여행가방을 챙겨 37세 생일을 앞둔 어느 날 새벽 3시, 아무도 모르게 집을 빠져나와 1786년 9월 3일 칼스바트를 출발해 이탈리아로 떠났다. 괴테는 '생의 절정의 순간' 그 모든 것을 내려놓고 왜 이탈리아로 향했을까?

괴테의 《이탈리아 기행 1, 2》는 괴테가 1년 9개월 동안의 이탈리아 여행을 일기 형식으로 담아낸 기행문으로, 1816년 그의 나이 67세에 1부를 완결 이후 바로 2부 집필을 시작해 1829년 80세에 《이탈리아 기행》 전편을 완결했는데, 민음사에서 펴낸 《이탈리아 기행 1, 2》는 총 906페이지 분량이다. 각설하고 괴테의 육성에 귀기울여 보자.

"내가 이 놀라운 여행을 하는 목적은 나 자신을 속이기 위해서가 아니라, 여러 대상을 접촉하면서 나 자신을 깨닫기 위해서다."
《이탈리아 기행 1》 87쪽

"위대한 것, 아름다운 것이라면 기꺼이 마음속으로부터 존경하는 것이 나의 타고난 성격이다. 그리고 이 소질을 이러한 훌륭한 대상들과 접촉하면서 매일매일, 시시각각으로 키워가는 기분은 무엇보다도 행복한 것이다."
《이탈리아 기행 1》 90쪽

"그리고 우리들은 시스타나 성당에 들어가 보았는데 그곳은 밝고 해맑게 충분한 광선을 받고 있었다. 미켈란젤로의 <최후의 심판>과 그 밖의 <천장화>를 보고 우리들은 다 같이 감탄했다. 나는 쳐다보면서 그저 경탄할 따름이었다. 거장의 내면적인 확실함과 남성적인 힘, 위대함은 도저히 필설로 다할 수 없다. (중략) 이러한 그림을 가슴에 단단히 붙들어 매둘 수단이라도 있었으면 한다. 하다못해 이 그림들의 동판화나 모사품이라도 구할 수 있는 대로 구해서 가지고 갈 작정이다."
《이탈리아 기행 1》 243쪽

"좋은 것을 즐길 수 있다는 것은 기쁨이지만 보다 좋은 것을 느낄 수 있다는 것은 더 큰 기쁨이다. 그리고 예술에 있어서는 최고로 좋은 것이라야만 비로소 만족할 수 있는 것이다."
《이탈리아 기행 1》 314쪽

"뭐니 뭐니 해도 '자연'은 전 페이지에 걸쳐서 심오한 내용을 제시하는 유일한 책이다."
《이탈리아 기행 1》 322쪽

"시칠리아 없는 이탈리아란 우리 마음에 아무런 심상도 만들어내지 못한다. 시칠리아야말로 모든 것을 푸는 열쇠를 가지고 있다."
《이탈리아 기행 1》 405쪽

"호메로스에 관해서는 눈에 덮였던 것이 벗겨진 느낌이다. 묘사나 비유를 할 것 없이 아주 시적인 느낌을 받으며, 말할 수 없는 자연미가 있고, 그러면서도 놀랄 만한 순수성과 열정을 가지고 쓰여 있다."
《이탈리아 기행 2》 89쪽

"세상에서 로마는 단 하나뿐이고, 저는 이곳에서 물고기가 물을 만난 듯, 다른 액체 속에서는 가라앉지만 수은 속에서는 맨 위에 뜨는 작은 알갱이처럼 행복하게 지내고 있습니다. 오로지 단 한 가지, 저의 행복을 제가 사랑하는 사람들과 체험할 수 없다는 생각이 저를 우울하게 합니다."
《이탈리아 기행 2》136쪽

"우리는 살아 있는 한 글을 써야 합니다. 처음엔 자신을 위해서인데, 그러다 보면 자기와 비슷한 사람들을 위해서 존재하게 됩니다."
《이탈리아 기행 2》 226쪽

"정말 현명한 사람은, 섬세하든 투박하든 간에, 순간이 전부라는 것을 알고 있으며, 그의 인생이 그에 의해 좌지우지되는 한, 합리적이고 행복한 순간을 가능한 한 많이 갖도록 행동하는 것이 합리적인 사람의 유일한 장점이라는 점을 터득해 실천하는 사람들입니다."
《이탈리아 기행 2》 236쪽

"예술에는 우리가 보통 믿고 있는 긍정적인 요소 말고도 다른 것이 있습니다. 그것은 교훈적인 요소와 전승될 수 있는 요소입니다. 그리고 정신적인 효과를 내기 위해서는 기술적인 장점들이 아주 많습니다."

《이탈리야 기행 2》 275쪽

"로마를 다 보기에는 개인의 인생이 너무 짧다."는 말은 빈말이 아니었다. 괴테가 1년 9개월에 걸쳐 두루 살핀 이탈리아를 내 짧은 여행으로 어찌 다 보고 무슨 말을 할 수 있을까. 그래서 이탈리아 여행자들에게 전설처럼 내려오는 이야기에 나는 깊이 공감할 수밖에 없다. 1주일 동안 로마에 머물렀다 가는 사람에게는 "안녕히 가십시오."라고 인사를 하지만, 그 이상 머물다 가는 사람에게는 "또 오십시오."라고 인사한다는 얘기.

신화의 나라, 그리스

그리스 여행을 예약하고 며칠째 내 가슴은 설렜다. 어찌 무지개를 볼 때만 내 가슴이 설레일까. 소년 시절 애송했던 윌리엄 워즈워스의 시 〈무지개〉처럼 아무쪼록 '나의 하루하루가 자연에 대한 경건한 마음으로 가득 차기를'! 우리에게 무지개로 친숙한 워즈워스의 시의 원제는 〈My Heart Leaps Up When I Behold〉, 번역하면 '나의 심장이 뛰다'이다.

> 하늘의 무지개를 볼 때마다 내 가슴은 설렌다.
> 나 어렸을 때 그랬고 어른이 된 지금도 마찬가지
> 쉰, 예순에도 그렇지 못하면 차라리 죽는 것이 나으리.
> 어린이는 어른의 아버지
> 바라건대 나의 하루하루가 자연에 대한 경건한 마음으로 가득 차기를.

신화란 알레고리(우화)다. 그 우화는 '여느 방식과 다르게 한 이야기'이다. 신화는 지금도 우리 생활에서 살아 숨 쉬고 있다. 프랑스 파리 오페라 극장 지붕에 서 있는 수금을 든 남성의 청동상은 예술의 신 '아폴론'이다. 그리고 프랑스 상원 건물에는 힘의 상징인 '헤라클레스'가 평화의 상징인 올리브 가지를 들고 있다고 한다. 2017년 가을, 체코의 프라하에 갔을 때 성 정문 좌측에도 기둥을 떠받치고 있는 '헤라클레스'가 있었다. 이는 그리스 신화가 그리스 민족뿐만 아니라 세계 여러 나라에 영향을 끼쳤고, 후세까지 끼치고 있음을 뜻한다.

지난 봄에 루브르 박물관에서 봤던 정복과 승리의 신 니케(그리스어)는 영어로 Nike인데, 나이키는 세계적 신발 브랜드로 유명하다. 또한 우리는 어떤 사람이 지니고 있는 치명적인 약점을 '아킬레스 건(腱)'이라고 부르는데, 이 '아킬레스'가 바로 그리스 신화의 영웅 '아킬레우스'이다. 불사신 '아킬레우스'는 그의 유일한 약점인 발뒤꿈치에 화살을 맞고 죽었기 때문에 그런 말이 생긴 것이다. 아무튼 그리스 신화에 대한 지식이 없이 유럽의 미술이나 건축을 이해하는 것은 거의 불가능한 것 같다.

이번 여행내내 '신화의 나라' 그리스의 고대 문명의 산실인 아테네에서 나그네의 가슴은 흥분했고, 끊임없이 뛰었다. 아크로폴리스 언덕에 올라 먼저 '파르테논 신전'을 본 후 '에렉티온 신전, 니케 신전, 디오니소스 극장, 신타그마 광장, 국회의사당, 초대 올림픽 경기장, 스파르타 동상, 야외 유황 온천, 마테오라' 등을 둘러봤다.

아테네는 사도 바울이 "그 성에 우상이 가득한 것을 보고 격분"(사도행전 17장 16절)했던 곳이고, 에피쿠로스와 스토아 철학자들과 쟁론했던 곳이다. 그런 까닭에 사도 바울이 아레오바고 가운데 서서 아덴 사람들에게 진리를 선포한 것이다(사도행전 17장 22~31절).

오랜 세월 내게 버킷 리스트로 자리잡은 나라 그리스, 신화의 나라 그리스는 알면 알수록 더 알고 싶고, 보면 볼수록 멋 있었다. 사실 여행이란 '쉼'이 아니던가. "사물을 볼 때 빠르게 보면 정밀하지 못하고, 천천히 보아야 미묘함까지 다 볼 수 있다."고 양촌 권근(1352~1409년)은 말했지만 우리 부부는 천천히 볼 수가 없었다. 그런 까닭에 옛것과 새것을 살피는 내 눈은 잠시도 쉴 틈이 없었다.

'공중에 떠 있는 수도원'이라는 뜻의 '마테오라(METEORA) 수도원'은 유네스코에 의해 1988년 세계복합문화유산으로 지정된 지역인데, 새벽 미명임에도 불구하고 이방인들에게 문을 열어 관람을 허락한 수도원 관계자에게 마음 깊이 감사한다. 그곳은 기둥 모양으로 우뚝 솟은 거대한 사암(沙岩)으로 이루어진 바위산들과 산 정상에 세워진 그리스 정교회 수도원들이 흩어져 있어 참 아름답고 인상 깊었다.

만약 '신화의 나라' 그리스를 다시 갈 수 있다면 두 곳에서 오래오래 머물고 싶다. 하나는 전쟁과 지혜의 신이자 아테네의 수호신이기도 한 아테네 여신을 모신 '파르테논 신전'이고, 또 하나는 '마테오라 수도원'이다. 패키지의 특성상 숨가쁜 여정으로 때론 지치고 피곤했다. 그러나 눈을 감고 그리스 투어 여러 곳을 생각해 보면 참으로 행복했고, 나의 가슴은 마구 뛴다.

인류 역사의 축소판, 튀르키예

내게 튀르키예 여행은 한 폭의 아름다운 벽화요, 설렘과 떨림이다. 튀르키예는 인류 역사의 축소판이요, 동양과 서양이 서로 섞이는 나라다. 그래서 역사학자 토인비는 튀르키예의 역사 도시 이스탄불을 일컬어 "인류 문명의 살아 있는 거대한 옥외 박물관"이라 말하지 않았을까. 2019년 가을, 튀르키예의 쌩얼을 보고 튀르키예를 오감으로 체험하기 위해 길을 떠났다.

밀리언 셀러 《배짱으로 삽시다》의 저자 이시형 박사가 쓴 《여든 소년 山이 되다》엔 이런 구절이 나온다. "열 권의 책보다 열흘의 여행에서 얻는 것이 더 많습니다. 삶의 지평을 넓히고 진짜 내가 누구인지, 내가 사는 세상이 어떤 곳인지를 알기 위해서는 미지의 세계의 문을 직접 두드려야 합니다."

미지의 세계로 떠난 나그네 길은 그리스에서 튀르키예로 갈 때 버스 이동시간이 약 12시간이나 걸렸고, 국경 통과에 한 시간 이상 대기한 것을 합하면 거의 14시간이 걸린 고난의 행진이었다. 그러나 인생이란 수없이 많은 길을 걸어가며 장애물을 만나면 우회하고 되돌아 나와야 하듯 견뎌야 했다. 그리스를 벗어나 튀르키예에 들어선 순간 내 심정은 모차르트의 피아노 소나타, 일명 '터키 행진곡'을 듣고 있는 것 같았고, 따스한 풍경 속에 붙들어 매놓고 싶은 순간이었다.

튀르키예의 고대 도시 에페소스는 BC 129년 로마의 속주로 편입되어 로마제국의 아시아 수도가 되었고, 대부분의 유적은 이 시기의 것이라 전한다. 에페소스(Ephesus)는 에게해 연안에 위치한 로마제국 4대 도시 가운데 하나였다. 그러나 AD 262년의 대지진과 AD 269년 고트족의 침입으로 신전과 도시가 약탈당했고, 이후 AD 7세기 중반 이슬람의 침입으로 많은 훼손을 입었다.

소설가 엔도 슈사쿠(遠藤周作)는 《침묵》으로 유명하다. 마틴 스코세이

지가 감독한 감동의 영화 〈사일런스〉는 엔도 슈사쿠가 원작자다. 그의 책 《그리스도의 탄생》(2022년 개정판, 가톨릭출판사, 181)에서 그는 에페소스에 관해 이렇게 말했다. “에페소는 오랜 시간 동안 그리스의 도시였다. 이 도시에 대해 알려진 것은 시인 호메로스가 살던 곳이고, 철학자 헤라클레이토스의 출생지라는 정도이다. 이 도시는 로마의 지배하에 놓이게 되는데, 바오로가 살았던 시대에도 25만의 인구가 사는 소아시아 최대의 도시였다.”

에페소스에서 헬레니즘 시대에 만들어진 원형 ‘대극장’을 봤다. 피온산 기슭 서편에 세워진 야외 연극장인 ‘대극장’은 BC 3세기에 2만 5천 명을 수용해 연극과 문화예술, 검투사들의 싸움을 관람하게 했다니 그저 놀라울 뿐이다. 그리고 두 번째로 하드리아누스 황제에게 바쳐진 ‘하드리아누스 신전’도 봤다.

내 삶의 대부분은 책과 함께 했다. 서적계와 출판계에서 일한 까닭인지 에페소스 유적 중 ‘셀수스 도서관’을 일행이 다음 장소로 간 것도 모른 채 구석구석을 살폈다. AD 2세기 초에 건축한 ‘셀수스 도서관’은 현재는 전면부의 뼈대만 남았지만 당시 약 1만 2천여 권의 두루마리 장서를 보관했던 큰 규모의 도서관이었다.

1973년에 대학에 입학했던 나는 40년이 지나 신학대학원에 들어가 3년의 전 과정을 마쳤다. 신대원 졸업 후 3년이 흘러 에페소스를 방문했으니 내게 특별한 의미로 다가올 수밖에 없다. 사도 바울이 제2, 제3차 전도 여행을 통해 세운 교회가 바로 에베소 지역의 교회(요한계시록 2장 1~ 7

절)다. 그리고 바울은 에베소에서 3년을 머물면서 〈고린도전·후서〉를 기록했다(AD 55~56년). 그리고 에페소스는 〈요한복음 〉,〈요한서신(1.2.3서)〉를 기록한 사도 요한이 밧모섬으로 유배를 가서 그곳에서 〈요한계시록〉을 기록한 후 다시 와서 살다가 죽음을 맞이한 곳이다. 그의 무덤이 있는 자리 위에 '사도 요한 교회'를 세웠다.

튀르키예 투어 중 참 감사했던 것은 지금 아내와 함께 걸을 수 있다는 사실이었고, 부부가 동행할 수 있음은 축복이었다. 그래서 순간순간이 선물이었다. 히에라폴리스의 석회층으로 만들어진 환상적 경관의 '파묵칼레', 그곳의 석양은 아름다웠고, 지중해 서쪽에 위치한 천상의 도시 '안탈리아'는 신비로웠다.

우리 일행은 꿈꾸는 지중해의 바다와 태양과 바람이 안겨오는 '안탈리아'의 구시가지를 산책한 후 '하드리아누스의 문'과 '이블리탑'과 '올림포스산'을 전망했다. 그리고 이어서 갔던 '카파도키아'를 잊지 못한다. 카파도키아는 BC 2000년경 최초의 강력한 철기문명을 꽃피운 히타이트 문명의 발상지다. '카파도키아 지프 사파리 투어'는 여행의 재미를 더하기에 충분했다. 하지만 그 유명한 '카파도키아 열기구 투어'를 즐길 기회는 없었다.

카파도키아에는 지하 도시가 중심지에만 30여 개나 있고, 전체적으로는 200여 개에 달한다고 한다. 그 중 규모가 가장 큰 게 '데린쿠유 지하 도시'라고 하는데, 지하 85m 깊이의 '데린쿠유'는 '깊은 우물'이란 뜻이다. 기독교 초대 교인들이 박해를 피해 최대 2만 명을 수용할 수 있는 피난처로 사용했던 인공 동굴에는 침실, 부엌, 우물, 창고, 마굿간, 교회, 기도실, 학교 등을 모두 갖췄다고 한다. '데린쿠유'에 들어갔을 때 몸을 움츠렸고, 때론 납작 엎드려 오리걸음으로 통과했는데, 좁은 미로였지만 환기시설이 구비되어 있었고 침입을 막기 위해 바퀴 모양의 큰 돌을 통로에 설치해 목숨을 걸고 살았을 그들의 신앙(히브리서 11:36~38)을 생각하니 순간 숙연했다. 지하 어둠 속에서 3만 명이 살았다는 사실이 믿기 어려웠다. 이어서 '괴레메', '우치사르', '메블리나 박물관'을 구경하고, 카파도키아 투어의 백미인 '파샤바 계곡'으로 향했다.

'파샤바 계곡'은 송이버섯 모양의 버섯 바위가 펼쳐진 골짜기였는데, 현지인은 버섯 바위에 요정들이 살고 있다고 믿어 '요정이 춤추는 바위'라고 부른다. 그 기이한 골짜기를 걸으면 금방 노래를 부르며 스머프가 나타날 것 같았다. '파샤바 계곡'은 피에르 클리포트가 그곳을 본 후 영감을 얻어 TV 애니메이션 〈개구쟁이 스머프〉를 그린 곳이고, 영화 〈스타워즈〉 〈혹성 탈출〉의 배경이 된 곳이기도 했다. 그날엔 튀르키예 별미 '항아리 케밥'을 배불리 먹었고, 피로도 풀겸 '소나무 벌꿀'차도 한 잔 마셨다.

세계 최대 도시 하면 떠오르는 도시는 뉴욕, 런던, 파리다. 그런데 '이스탄불'은 이들보다 더 오래 전 세계 최대 도시의 반열에 들었던 도시 중의 도시다. 투어 첫날부터(2019. 9. 13) 청명했던 날씨가 여행 8일차 이스탄불 투어를 시작하는 아침부터 비가 내렸다. 일행은 우비와 우산을 챙겨 호텔을 나섰다. 그런데 튀르키예인은 우산도 쓰지 않고 걷고 있었다. 튀르키예인들은 비는 하늘의 은총이라 생각해 웬만한 비는 그대로 맞는다고 한다. 우중에도 거리에서는 구운 옥수수와 군밤 장사가 사는 사람도 없는데 부지런히 굽고 있었다.

투어 9일차(9월 21일)는 이스탄불 비행장에서 1시 40분 비행기를 타고 인천공항에 17시 40분에 도착했으니, 실제로 8일차가 투어 마지막 날이었다. 역사의 숨결이 배어나는 곳 이스탄불에서는 로마시대의 전차 경기장 '히포드럼'에서 서로의 몸을 감고 오르는 뱀 세 마리의 청동상과 오벨리스크를 본 후 '블루 모스크'에 도착하니 입장 대기자가 정말 많아 외관만 본 후, 바로 '아야 소피아'로 갔다. 그리스어 하기아 소피아는 '거룩한 지혜'란 뜻인데, 원래 4세기에 지어진 대성당이었지만 15세기 오스만튀르크가 정복해 파괴하지 않고, 모스크로 증축해 성당과 모스크가 공존한다.

《한국경제》 이주현 기자의 2023년 5월 12일자 〈성모 마리아와 알라가 한 공간에 '아야 소피아'...명소마다 '믹스매치'〉란 제하의 보도를 보면 현장의 모습을 참 잘 담아냈다. 그 부분을 인용하면, "아야 소피아는 537년 기독교 대성당으로 완공돼 오스만튀르크 치세에선 이슬람 성당으로 쓰였다. 아야 소피아에 들어선 사람은 직경 30m가 넘는 원형 돔의 풍경에 압도당한다. 성경 속 성모 마리아와 천사를 묘사한 그림과 이슬람 유일신 '알라'를 뜻하는 글귀가 한 공간에 어우러진 모습은 두 종교가 맞댄 경계가 어떠할지를 보여준다."

아시아와 유럽을 가로지르는 곳에 '돌카프 궁전'이 있다. 15세기부터 19세기까지 약 400년 동안 오스만제국 군주가 거주한 궁전으로서 현재는 박물관이다. 박물관에는 다양한 볼거리가 있는데, 아브라함의 국그릇, 모세의 지팡이, 다윗의 칼, 무함마드의 옷과 칼, 마호멧의 수염 등이 전시되어 있다. 그리고 실크로드의 종착지인 '그랜드 바자르'와 '이스탄불 야간 투어'로 여행의 대미를 장식했다.

비바람이 세차게 불었던 그날 오후 우리 일행은 이스탄불 전경을 보기 위해 '보스포루스 해협 크루즈'를 승선했다. 보스포루스 해협은 서울의 한강처럼 이스탄불 도시를 남북으로 가르며 흐른다. 유람선은 유럽과 아시아의 경계선이자 흑해와 지중해를 사이에 두고 흐르는 해협을 미끄러지듯 달렸다. 멀리 '아야 소피아', '돌카프 궁전', '블루 모스크', '돌마바르체 궁전', '갈라타 탑' 등이 희미하게 보였는데, 선상에 부는 바람에 나는 갑자기 밥 딜런(Bob Dylan)의 노래 "Blowin' in the Wind"를 불렀다. 가수 밥 딜런은 당당히 노벨문학상 수상자 반열에 오른 시인이 아닌가.

> 얼마나 많은 길을 걸어가야
> 사람이 사람답다는 말을 들을까요
> 얼마나 많은 바다를 건너다녀야
> 흰 비둘기는 백사장에서 잠들 수 있을까요
> 얼마나 많이 날아다녀야
> 포탄은 영원히 멈출 수 있을까요
> 친구여, 그 대답은
> 바람 속에 있어요
> 바람 속에 흩날리고 있답니다

희고 긴 구름의 나라, 뉴질랜드

모든 동물과 풀들/ 모든 것을 사랑하라/ 네 앞에 떨어지는/ 빗줄기까지도...
만일 네가 모든 것을 사랑할 수 있다면
모든 것 속에 담긴 신비를/ 보게 되리라
만일 네가 모든 것 속에 담긴 신비를 본다면
날마다 더 많이/ 모든 것을 이해하리라.
그리고 마침내/ 모든 것을 받아들이고
너 자신과 세상 전체를/ 사랑하게 되리

도스토예프스키, 〈모든 것을 사랑하라〉

희고 긴 구름의 나라(Aotearoa), 아름다운 뉴질랜드로 여행을 떠날 때 '우한 폐렴'으로 KF94 마스크를 쓰고 인천공항 출국장으로 가는 나와 아내의 마음은 납처럼 무거웠다. 2020년 2월 4일 19시 25분 인천을 이륙

한 대한항공 KE9129 비행기는 2월 5일 11시 5분에 뉴질랜드 북섬 오클랜드공항에 착륙했다. 1953년 에베레스트산을 최초로 등정한 에드먼드 힐러리(1919~2008) 경이 태어나고 별세한 곳이 오클랜드이기에 등산을 즐기는 내겐 반가웠다. 뉴질랜드의 수도는 웰링턴이지만 총인구의 30% 이상이 살고 있는 오클랜드는 경제와 문화의 중심 도시다. 첫 관광 명소는 '비아덕트 하버(Viaduct Harbour)'. 세계에서 요트를 가장 많이 볼 수 있는 도시인 그곳에서 오클랜드의 상징이자 세계적인 전망대 '스카이 타워'와 '하버 브리지'를 봤다. 잊을 수 없는 영화 중 〈피아노〉를 기억한다. 뉴질랜드 출신 제인 캠피온 감독이 〈피아노〉를 촬영한 카레카레 해변이 바로 오클랜드 와이타케레 산맥 서쪽에 펼쳐져 있다는데 그곳을 가보지 못해서 아쉬웠다. 그리고 이틀째 오후 로토루아로 이동해 아늑한 숙소에서 휴식을 취했다. 로토루아는 "비바람이 치던 바다/ 잔잔해져 오면/ 오늘 그대 오시려나/ 저 바다 건너서…"로 이어지는 1950년 한국전쟁에 참전했던 뉴질랜드 병사가 불렀다는 마오리족의 전통 민요 〈연가(Po karekare Ana)〉의 고장이다.

여행 3일차 첫 코스는 '후카 폭포'였다. 마오리어로 후카는 '물거품'이라는 뜻. 와이카토강을 따라 흐르던 강물이 갑자기 좁아진 강폭 아래로 몰려 내려감으로써 물살이 호쾌하게 흘러내려가는 모습을 볼 수 있다. 특히 고운 옥빛 물이 빠르게 넘실거리며 출렁거리는 풍경은 여행의 백미다. 후카 폭포 다음으로 그 유명한 마오리족의 연가가 탄생한 곳인 '로토루아 호수'로 갔다. 노래 〈연가〉의 바다는 바다가 아니라 큰 호수다. 로토루아는 마오리어로 두 번째 호수라는 뜻인데, 잔잔한 로토루아 호수는 풍광이 수려하고 고요하여 평화로웠다. 물이 사람의 인생을 맑게 해주기 때문일까, 호수를 좋아했던 헤르만 헤세는 여름이면 오스트리아의 보덴 호수에 머물며 몇 달씩 집필을 했다고 한다. 아무튼 산과 물이 있는 도시는 한결같이 무드가 있다. 로토루아 호수를 둘러보고 북섬의 대표적인 번지점프장이 있는 '타우포 번지점프'로 직행했다. 번지점프는 뉴질랜드가 원조인 까닭에 인기가 대단하다. 역동적 번지점프 현장을 본 후 로토루아에서 가장 큰 지열 지대이며 마오리족의 문화공간인 '테 푸이아'로 갔다. 달의 분화구를 연상시키는 포호투 간헐천은 한 시간에 한 번 정도 분출한다는 데, 그 높이가 20~30미터에 이른다고 한다. 유황 냄새가 풍기는 테 푸이아를 걷고 유턴해 돌아올 무렵 땅을 박차고 허공에 곧추 솟으며 간헐천이 분출을 시작했다. 저절로 탄성이 나왔고, 그 풍경 속으로 빠져듦과 동시에 느닷없는 기쁨의 순간을 민첩하게 사진으로 남겼다. "인생은 추억을 먹고 산다." 했던가, 기억을 보살피는 기록으로는 사진이 단연 으뜸일 것이다.

소, 양, 알파카, 사슴, 말은 뉴질랜드의 5대 동물이다. 테 푸이아의 감동을 간직하고 바로 '로토루아 헤리티지 팜'으로 갔다. 가축에게 직접 먹이를 주면서 뉴질랜드 전통 농장을 약간 경험한 후 농장에서 양몰이 쇼를 관람했다. 이어 '아그로돔'으로 이동해 양털 깎기 쇼를 관람했고, 또 새끼 양에게 젖 주기와 소에게 먹이 주기 등 목장 체험을 했다. 그리고 로토루아 호숫가에 있는 정원인 '가버먼트 가든'을 거쳐 3일차 마지막 코스인 '폴리네시안 스파'로 갔다. 폴리네시안 스파는 뉴질랜드에서 가장 유명한 온천으로, 세계 10대 스파로 선정된 심신을 치유하는 유황 온천이다. 온천수는 근육통, 관절염과 피부에 효과가 있다고 해서 약 15분씩 세 곳에 몸을 담갔다. 그리고 로토루아 호텔에서 마오리족의 전통 음식인 항이(Hangi)를 먹은 후 마오리 콘서트를 관람했다. 위압적인 문신을 한 마오리족 전사가 창을 들고 추는 춤인 '하카'와 여성 중심으로 이뤄진 '포이댄스'를 봤다. 마오리족의 춤과 노래를 처음 접했지만, 그들의 음악성은 참으로 놀라운 수준으로 느껴졌다.

4일차 아침 뉴질랜드 최상의 삼림욕장 '레드우드 수목원'으로 갔다. 로토루아 근교에 위치한 레드우드 수목원은 영화 〈쥬라기 공원〉의 촬영지로도 유명하다. 나무가 우리나라보다 3~4배 빨리 자라기 때문인지 엄청난 수목들이 하늘을 찌를 듯이 솟아, 빽빽한 나무들이 하늘을 가릴 정도였다. 트래킹 코스는 1시간, 8시간 코스와 2박 3일 코스가 있는데, 숲이 주는 치유와 심리적 안정감을 얻기 위해 많은 탐방객들이 찾는 수목원이다. 그렇게 울창한 숲을 가꾸고 보존한 까닭에 유엔식량농업기구(FAO)는 뉴질랜드를 세계 4대 조림국(독일, 영국, 한국, 뉴질랜드)의 하나로 선정했을 것이다. 미국의 시인 로버트 프로스트는 〈눈 내리는 저녁 숲가에 멈추어 서서〉에서 "숲은 아름답고 저물었고 깊은데/ 그러나 나는 지켜야 할 약속이 있어/ 잠들기 전에 가야 할 먼 길이 있다."라 했지. 나는 가야 할 먼 길이 있기에 레드우드 수목원을 나와 로토루아에서 와이토모로 일행과 함께 두 시간 버스로 이동했다. '와이토모 동굴'은 북섬 와이카토 지방에 있는 관광 명소다. 개똥벌레의 일종인 글로우 웜(Glow Worm)이 서식하고 있는 동굴로, 동굴 아래 냇물이 흐르고 있어 칠흑 같은 어둠 속에 배를 타고 그로우 웜을 볼 수 있다. 캄캄한 암흑 속에 개똥벌레가 마치 밤하늘의 은하계를 보는 것 같이 찬란히 빛나기 때문에 신비롭고 아름다웠다.

5일차 아침 북섬 오클랜드 공항에서 9시 45분 뉴질랜드 항공 NZ617편을 타고 1시간 50분을 비행한 후 남섬 퀸스타운 공항에 도착했다.

"금강산도 식후경"이라 했던가, 남섬 골드러시의 유적 애로우타운으로 가기 전 점심을 먹었다. 가을 단풍이 아름답다는 '애로우타운'은 남섬 타고지역에 있는 역사적인 금광 마을이다. 세월이 더께로 붙어 굳어 있는 그곳에는 당시 중국인 광부들의 토굴 같은 움막이 아직도 보존되어 있었다. 선조들의 고생 덕분에 후손들은 지금 청과상과 세탁소의 상권을 장악하고 있다고 한다. 이어 퀸스타운 관광 명소 중 하나인 '카와라우 번지점프대'로 갔다. 카와라우 다리의 번지점프대 높이는 43m. 이곳이 한국영화 〈번지점프를 하다〉를 촬영한 장소라는데, 찰나의 쾌감을 위해 16만 원을 내며 젊은이들이 계속 하강한다.

테아나우에서 하룻밤을 보내고 6일차 일정을 위해 버스로 3시간 걸려 밀포트 사운드로 이동했다. 인간은 발은 굳건히 대지를 딛고 있으나 머리는 당당히 푸른 하늘을 이고 있다. 6일 첫 코스로 '에그링턴 계곡'으로 갔다. 에그링턴 계곡의 푸른 하늘은 별천지 같았다. 에그링턴 계곡은 과거 '데이콤 국제전화 002의 광고-달리기 편(전원주)' 촬영지라고 한다. 온 세상이 고즈넉하고 주변이 고요한 황금 들판에서 기념사진을 찍고 서둘러 '거울호수'(Mirror Lake)로 갔다. 바닥에 낀 투명한 이끼가 반사되어 물빛을 더욱 맑게 하여 거울처럼 풍경이 반사되기 때문에 거울호수라 부른다. 바람이 없을 때는 하늘과 호수가 하나로 이어져 어디가 하늘인지 어디가 호수인지 모른다는데, 그날은 청명하고 바람도 없어 맑고 깨끗한 거울호수를 봤다.

스릴 만점 '퀸스타운 제트 보트' 체험 후 6일차 일정의 마무리는 놀라웠다. 태초의 아름다움을 간직한 피요르드 랜드 국립공원의 '밀포드 사운드'가 잡혔기 때문이다. 빙하의 침식 작용으로 이루어진 이 날카로운 계곡을 뉴질랜드에서는 '신의 조각품'이라 부른다. 밀포드 사운드에서의 관광은 대부분 크루즈로 이뤄지는데, 쭉 돌아보는 데 1시간 40분 정도 걸렸다. 그런데 밀포드 사운드의 풍경이 왠지 낯설지 않았다. 헐리우드 영화 〈반지의 제왕〉, 〈호빗〉의 주 촬영지가 이 협곡 지대였기 때문일 것이다. 아름다운 풍경과 시원한 바람 가운데 갑판 위에서 때로는 멀리 수평선도 바라보았고, 때론 크루즈 아래 물결도 바라봤다. 물결은 유리알처럼 부서지며 끓어오르는 것 같았다. 갑판에서 문득 옛 시인의 시가 생각났다. "구름은 달리지만 하늘은 움쩍 않고/ 배는 흘러가도 언덕은 그냥 있네."

뉴질랜드는 크게 북섬과 남섬으로 나뉜다. 북섬이 여러 개의 화산으로 이뤄진 '불의 섬'이라면, 남섬은 빙하의 영향으로 형성된 '얼음의 섬'이다. 뉴질랜드 사람들은 자연에 둘러싸이고 자연에 안기어 살아간다. 뉴질랜드의 대자연은 속태(俗態) 한 점 없는 어린이의 마음 같았다. 시인 조정권은 그의 책 《청빙》에서 "시인이 공부할 책은 대자연 속에 있다."라고 말했고, 시인 김용택은 어느 인문학 강좌에서 "자연이 말하는 것을 받아쓰다."라고 했다. 미국의 시인 헨리 워즈워스 롱펠로는 "자연은 하나님의 작품이요, 예술은 사람의 작품이다. 자연은 신의 묵시이며, 예술은 인간의 묵시다."라고 했다. 나는 과연 뉴질랜드에서 하나님의 작품과 신의 묵시를 제대로 보고, 온몸으로 느끼고, 바르게 깨달아, 가슴에 새겼을까.

7일차 아침, 퀸스타운에서 약 1시간 30분을 버스로 이동해 와나카로 갔다. '와나카 호수'는 남섬 오타고 지방에 있는 해발 300m의 호수다. 수정처럼 맑은 호수를 둘러싸고 있는 산맥의 봉우리마다 보이는 만년설이 깨끗한 호수와 조화를 이룬 비경이다. 호숫가 산책로는 평화로운 쉼을 갖기에 그만이다. 호숫가를 저벅저벅 걸어 '에지워터 리조트'로 갔다. 남섬 와나카는 세계적인 휴양 도시로, 호수 건너편에는 배우 톰 크루즈의 별장이 있다. 호수를 배경으로 한 에지워터 리조트에서 뉴질랜드 청정 스테이크를 우적우적 먹었다. 우리 조상들은 집을 지을 때 '차경'(借景: 경치를 빌린다)이라는 개념을 중요하게 생각했다. 창문으로 보이는 바깥 풍경을 집의 일부로 여긴 것이다. 에지워터(edgewater)는 선조들의 차경 개념을 잘 살린 건축물이다. 느긋한 중식 후 일행은 다시 버스에 올랐다. 와나카에서 오마라마까지는 2시간 30분이 소요됐다. 차(좌측 운행)도 없고 사람(좌측 보행)도 보기 힘든 한산한 길을 달려 도착한 곳은 '퍼즐링 월드(Puzzling World)'. 재미있고 신기한 착시의 세계와 신기한 미로 찾기 등을 즐기는 놀이시설이다.

8일차 첫 코스로 뉴질랜드 여행의 하이라이트인 '마운트 쿡 국립공원'으로 갔다. 남섬의 상하를 가로지르는 서든 알프스산맥 중 최고봉이 마운트 쿡이다. 뉴질랜드 지폐 5달러에는 에드먼드 힐러리 경과 구름 덮인 마운트 쿡이 있다. 마운트 쿡(Mt. Cook)의 마오리어 '아오라키(Aoraki)'는 '구름 봉우리'란 뜻이고, '쿡'이란 이름은 뉴질랜드를 탐험한 영국 해군 장교 제임스 쿡의 이름을 딴 것이다. 높이는 3,764미터였으나 1991년 이후 얼음층 등 정상이 붕괴되어 현재는 3,724미터이다. 시인 오세영은 〈1월〉에서 “1월이 색깔이라면/ 아마도 흰색일게다.”라고 노래했는데, 마운트 쿡은 흰색으로 내 가슴에 오래오래 남을 것이다. 이어 ‘테카포 호수’(Lake Tekapo)와 ‘선한 양치기 교회’로 향했다. 테카포 호수는 1930년부터 수력발전을 위해 댐을 만들면서 생긴 호수로, 원래 빙하 계곡으로 호수의 물이 푸른빛을 발하는 밀키블루(Milky Blue) 색을 띠고 있다. 나는 엷은 눈꺼풀을 살포시 치켜뜨고 밀키블루색 호수에 취했다. 이 호수는 둘레가 총 32km이고, 가장 깊은 곳은 수심이 120m라고 한다. 테카포 호수를 간 시간은 점심 무렵이었다. 유네스코 세계자연유산에 등재된 테카포 호수의 밤하늘에 쏟아지는 별을 본 후 어느 시인은 “멀리 하늘에서/ 우주의 잔잔한 박수 소리가 들린다.”라고 표현할 수밖에 없었을 것이다.

테카포 호수 남쪽 자락의 마을과 인접한 호수에 자리 잡은 선한 양치기 교회는 세계에서 5번째 작은 교회로, 1935년 종파간의 화합을 목적으로 세워졌다고 전한다. 교회 주변에는 루핀스 꽃이 흐드러지게 피었고, 교회 옆에는 양몰이 개의 동상이 있다. 마운트 쿡 국립공원 산책을 마치고 크라이스트처치로 약 4시간 이동하며 차창 밖으로 펼쳐진 뉴질랜드에서 가장 넓은 평원인 ‘캔터베리 대평원’을 봤다. 대평원은 방목 목장의 초지와 감자, 옥수수 등의 경작지인데, 지평선까지 뻗어 있는 포도밭을 쉽게 볼 수 있었다. 그 광활한 포도밭 가에는 장미가 심어져 있다. 장미를 심은 이유는 포도나무나 토양의 건강 상태를 체크하기 위한 수단이라고 한다. 크라이스트처치는 정원의 도시라고 할 만큼 아름다운 정원이 많은 곳으로, 특히 ‘모나 베일’(Mona Vale)은 그림 같은 영국 스타일의 아름다운 정원이다.

귀국 하루 전 IBIS 크라이스트처치 호텔에서 뉴질랜드에서 마지막 밤을 보내고, 9일차 아침(2월 12일)에 남섬 최대의 박물관인 '캔터베리 박물관'으로 갔다. 네오고딕 양식의 건물로 캔터베리 지방의 개척 역사, 마오리 문화, 유럽 이민자들의 역사 등을 역사적인 자료와 함께 전시한 박물관이다. 뉴질랜드의 국조(國鳥)는 키위 새다. 뉴질랜드에서 키위(Kiwi)란? 세 가지를 가리킨다. 즉, 1) 키위 새, 2) 뉴질랜드에서 태어나고 자란 사람, 3) 참다래. 뉴질랜드에서는 뉴질랜드의 상징인 은고사리와 키위 새 그림을 어디서나 볼 수 있다. 내가 캔터베리 박물관에서 가장 인상 깊었던 것은 지금은 멸종된 모아(Moa) 새의 유골과 알바트로스(신천옹, 바보새) 박제였다.

모아 새는 키 3m, 몸무게 150~240Kg의 날지 못하는 거대한 새이다. 1000~1300년께 마오리족이 뉴질랜드에 상륙한 뒤 1세기가 지나기 전에 모두 멸종됐다고 전한다. 그러나 투어 코스가 아닌 관계로 오타고 지역 더니든에 갈 수 없어 살아 있는 알바트로스는 볼 수 없었다. 남섬의 두 번째로 큰 도시 더니든은 '남반구의 에딘버러'로 알려졌는데, 더비든 끝에 바다를 향해 돌출된 절벽 위에 위치한 '알바트로스 센터'가 있단다. 내 마음은 그곳에서 3m가 넘는 날개로 푸드덕푸드덕 하늘을 나는 알바트로스를 보고 싶었다. 그러나 몸은 귀국을 위해 크라이스트처치 공항으로 이동해 14시(Local Time) 이륙, 인천공항에 22시 20분에 도착하는 대한항공 KE9128기에 탑승해야 했다. 뉴질랜드를 향해 갈 때는 한 편의 영화도 보지 않았지만 귀국길에는 네 편의 영화를 보며 일상으로의 복귀를 준비했다. 그 중 제92회 아카데미 '남우주연상'과 '음악상'을 수상한 〈조커〉와 에

단 호크 주연의 〈어답트 어 하이웨이〉는 다시 보고 싶은 작품이다. 특히 중국의 1960년 에베레스트 북면 초등정 실화를 담은 영화 〈반등자(장예모 감독, 오등과 장쯔이 주연)〉는 마운트 쿡과 오버랩됐다.

인천공항 출국장으로 갈 때는 서울 기온이 영하 6도였다. 그런데 뉴질랜드 날씨는 여름이었고, 투어 기간 하루도 빠짐없이 청명했다. 인천공항 입국장의 날씨는 비가 그치고 포근한 봄날 같았다. 신종 코로나 바이러스 감염증과 대기 오염으로 마스크를 쓰고 광명행 막차 공항버스에 올랐다. 탑승 후 창밖을 보니 새록새록 솟아나는 상념들이 스쳐지나간다. 여유롭고 풍요로운 뉴질랜드 대자연을 가슴에 담고 귀가길에 내게 묻는다. "이제부터 모든 것을 사랑할 수 있니? 모든 것을 이해할 수 있어?" 묻고, 묻고, 또 물었다.

뉴질랜드, 와나카 호수

봄 새벽

맹호연

봄 잠은 새벽을 느끼지 못하는데
여기저기서 새소리 들려오네
간밤은 비바람소리 사나웠는데
꽃은 얼마나 떨어졌는지

김원중, 《당시감상대관》(1993, 까치, 418)

오늘 새벽 《서울신문》 보도 〈호수 속에서 홀로 자라던 뉴질랜드 유명 버드나무 훼손〉(2020. 3. 23.)을 읽고 지난달에 다녀온 9일간의 뉴질랜드 북섬과 남섬 여행 때 본 와나카 호수의 그 아름다운 모습을 기억하며 심란했다. 호수 속 버드나무가 유명해진 이유는 수면에 가로로 드리워져 있는 그림 같은 모습으로 2014년 뉴질랜드 지질협회 '올해의 사진작가상'에서 '최우수 풍경 사진상'을 수상한 게 계기가 됐다고 한다. 아무튼 무릇 생명이 있는 곳에는 혼돈과 뒤틀림이 있다지만 어떻게 그럴 수가! 모든 생명체는 서로 관련되어 있는데, 세계인들이 즐겨 찾는 절경을 무엇 때문에 훼손하는 극단적 행동을 했을까? 종교철학자 마르틴 부버(1878-1965)는 "불가해한 일이지만 우리는 상호 관계의 흐름 속에 살고 있다."고 말했다. 상호 관계 속에 그 누가 이성을 잃은 극단적 행동을 했을까?

마음을 달래려 산에 올랐다. 죽은 것 같았던 산은 생명의 빛깔로 변신하고 있었고, 봄꽃들은 예쁘게 피어나고 있었다. 산길을 걷노라니 어디선가 딱따구리 소리가 들린다. 높은 산도 아니요 울창한 숲도 아닌데 웬 딱따구리? 하산 길에 생각해 본다. 혹시 그 딱따구리가 뉴질랜드 와나카 호수의 잘린 버드나무와 그 절경을 봤거나 보고 싶은 사람들을 위로하는 소리는 아니었을까.

딱따구리 소리

김선태

딱따구리 소리가 딱따그르르
숲을 맑게 깨우는 것은
고요가 소리에 환하게 길을
내어주기 때문이다. 고요가 제 몸을
짜릿짜릿하게 빌려주기 때문이다.

딱따구리 소리가 또 한 번 딱따그르르
숲 전체를 두루 울릴 수 있는 것은
숲의 나무와 이파리와 공기와 햇살
숲을 지나는 계곡의 물소리까지가 서로
딱, 하나가 되기 때문이다.

2019년 제주, 봄에서 여름으로

올해 붉은오름 자연휴양림에서 보낸 7박 8일의 쉼은 작년 4박 5일과는 사뭇 달랐다. 한마디로 제주를 재발견했다. '가서 보고 돌아오니 별다른 것이 없네',란 소동파의 시구와는 달랐다. 아니, 제주도는 그대로인데, 내 가슴 언저리가 변한 것 같다.

여산(1,474m)은 중국 제일의 담수호인 파양호 주변에 있는 명산이다. 단층운동에 의한 융기 작용으로 생긴 산으로, 곳곳에 단애와 폭포가 산재해 있고, 비와 안개가 많아 신비한 명산으로 알려졌다. 그리고 절강은 중국 절강성의 성도 항저우(항주)에 있는 하류이다. 절강의 조수는 강물과 바닷물이 교차하면서 바닷물이 역류해 풍광이 웅장하고 기세가 절묘한 곳이라 한다. 소동파는 〈여산연우(廬山煙雨)〉라는 시에서 여산과 절강을 구경하기 전과 후의 심경을 이렇게 노래한다.

> 여산의 안개비와 절강의 물결이여
> 가보지 못했을 땐 천만 가지 한이었는데
> 가서 보고 돌아오니 별다른 것이 없네
> 여산의 안개비와 절강의 물결이여

뭍사람들에게 삼다도(三多島) 제주는 아름답다. 그러나 1689년 3월 3일 제주에 유배됐던 권력자 송시열은 "살 만한 곳이 못 된다."고 했고, 151년 뒤 유배 온 김정희도 제주를 "수선화를 귀히 여기지 않아 소와 말이 씹

어 먹고 밟아버리게 하는 사람들이 사는 곳"이라고 했던 기록에 비추어 봤을 때 선조들에게 제주도는 오래 머물 수 없는 곳이었던 것 같다.

시인 이상(1910~1937)은 〈거울〉이란 시에서 "거울속에는소리가없소/ 저렇게까지조용한세상은참없을것이오"라고 거울 속의 세상이 조용하다고 노래했다. 다시 찾은 제주도는 조용하고, 고요했다. 마치 뤽 베송 감독의 영화 〈그랑블루〉의 최고의 잠수부 엔조 몰리나리(장 르노)와 자크 마욜(장마르크 바)이 들어가본 그 바닷속 세계처럼 아득한 적막과 고요함이 선물처럼 다가왔다.

위풍당당한 풍광의 '한라산'은 그 자체가 신성(神聖)이었고, '비자림'과 '사려니숲길', '이시돌목장'의 숲의 향기는 황홀하기까지 해서 빈센트 반 고흐의 작품 〈덤불 숲〉을 생각나게 했다. 그리고 '성산 일출봉', '만장굴', '거문오름', '붉은오름'은 세상에 있지만 세상 밖의 공간 같았다.

자연은 대개 비슷하다고 말한다. 그러나 제주도 3대 폭포를 보고도 그런 말을 할 수 있을까? '천제연폭포', '정방폭포', '천지연폭포'는 언제나 새롭고 시원했다. 그리고 멀리 떨어진 곳의 외로움이 깃들인 '마라도'와 '우도', 섬 속의 섬이라는 '비양도', 특히 우도의 '검멀레' 풍경은 처음 본 순간 갑자기 다른 세상에 온 듯한 착각에 빠져들기도 했다. 또한 시야가 확 트인 '주상절리', '외돌개', '용머리해안', '섭지코지', '용두암', '수월봉', '쇠소깍', '협재해변'에서 바라본 바다는 내 영혼을 정화시켜주기에 충분했다.

어쨌건 제주도의 고요함에 잠겨 가족과 함께 행복한 7박 8일을 보냈다. 그 행복은 사치스럽고 호들갑스럽지 않았고, 약간은 한가롭고 넉넉하며 고요한 행복이었다. 튀르기예의 시인 나짐 히크메트가 〈진정한 여행〉이란 시에서 노래한 것같이 "가장 먼 여행은 아직 끝나지 않았고…" 나의 여행은 어쩌면 이제부터가 진정한 여행의 시작인지도 모른다.

소록도, 모든 시작은 사랑이었습니다

남도 여행은 몇 번 다녀왔지만 전남 고흥 땅은 밟지 못했었다. 그런데 마침 1박 2일 모임이 있어 처음으로 고흥엘 갔다. 2018년 11월 28일 8시 서울 강남 센트럴시티를 출발한 금호고속은 약 4시간 20분 후 고흥 터미널에 도착했고, 먼저 온 분들과 반갑게 인사를 나누고 잠시 기다렸다가 나중 도착한 분들이 합류한 후에야 여행을 시작했다.

일행은 작은 배를 빌려 '활개바위'를 향해 출항했는데, 세상의 그 어떤 위대한 조각가도 그렇게 아름다운 형상을 창조할 수 없을 것이다. 두 번째 코스인 '나로도'로 발걸음을 옮겼는데, 일정을 맞춘 것은 아니었지만 마침 그 시간이 누리호 발사 시간 직전이었다. 해서 동행한 7명은 나로도 우주센터 부근 포스코 고흥수련원에 도착해 16시에 예정된 '누리호 발사' 장면을 보기 위해 전망 좋은 곳에서 대기했고, 몇 분 후 감격적인 순간을 현장에서 지켜보는 기쁨을 누릴 수 있었다.

그리고 그날 저녁, 고흥읍 '수라상'에서의 만찬은 "여행은 눈이 즐겁고 또 입이 즐거워야 한다."는 말에 마침표를 찍었다. 이틀째에는 '녹동항, 거문도, 금산해양 경관, 소원동산, 김일기념체육관' 등을 구경했다. 고흥을 다녀온 지 한 달이 가까운데도 기억에 각인된 곳은 '소록도'이다.

국립 소록도병원 한센병박물관 관람 후에 한 중앙공원 산책은 고요해서 숙연하기까지 했다. 11월 29일 16시 고흥 터미널을 떠난 버스는 어제처럼 정확히 4시간 20분이 지나 강남 센트럴시티에 내려주었다. 이 글을 쓰면서 그때 챙긴 인쇄물과 사진을 살피다가 다음 구절 앞에 오래오래 내 마음이 머문다.

> 희망은 드러나야 한다.
> 희망은 느낄 수 있어야 한다.
> 희망은 살 수 있어야 한다.
> 우리 모두는 희망을 살아야 한다.

마리안네 스퇴거(오스트리아 출신 간호사, 1962년~2005년 소록도에서 43년간 자원봉사)의 삶의 고백이다. 귀한 감동과 도전은 소록도 100주년 기념 영화 〈마리안느와 마가렛〉으로도 만나볼 수 있다. '소록도 천사' 마가렛 피사렛은 오스트리아 인스브루크에서 2023년 9월 29일 88세로 선종(善終)했다.

양산, 통도사의 홍매화

> 뭐니 뭐니 해도 '자연'은 전 페이지에 걸쳐서 심오한 내용을 제시하는 유일한 책이다.
>
> 괴테, 《이탈리아 기행 1》

매년 2월부터 3월 사이 만개한 홍매화를 촬영하기 위해 사진작가들이 통도사를 찾는다. 나는 작가가 아니다. 그러나 윤기 도는 홍매화의 모습을 보려고 졸음이 나비처럼 곱게 쏟아지는 어느 봄날에 몇 번이나 통도사에 갔다.

통도사는 합천 해인사, 순천 송광사와 함께 '삼보 사찰'로 꼽히며, 특히 자장이 당나라에서 가져온 석가모니 진신사리를 봉안한 까닭에 '불보사찰'이라 불린다. 진신사리를 모셨기 때문에 대웅전 안에는 불상을 안치하

지 않고 큰 불단만 마련했으며, 통도사는 646년 신라 자장율사가 창건한 것으로 전해진다. 통도사의 대웅전 및 금강계단은 국보 제290호이며, 봉발탑은 보물 제471호이다.

그리고 영각 앞에는 매화나무가 있는데, 이 홍매화를 자장매라 하는 이유는 통도사 창건자 자장율사의 법명에서 비롯했기 때문이라고 한다. 매화는 난초, 국화, 대나무와 함께 '4군자'에 속하며, 또한 매화는 소나무, 대나무와 함께 '세한삼우'라 하여 절개를 상징하며, 그 고고한 자태를 한껏 뽐내는 꽃이라 우리 선조들의 사랑을 받던 꽃이다.

매화는 네 가지 고귀한 성품을 지니고 있다고 알려져 있다. 함부로 번성하지 않아 희소가치가 있으며, 어린 나무라 할지라도 가지가 옆으로 펴져 고태가 있다. 줄기는 너무 비대하지 않고 날렵하며, 한꺼번에 활짝 피지 않고 반쯤 개화한 것이 헤프지 않다. 그런 성품 까닭인지 매화가 피는 봄이면 옛 선비들의 탐매 여행이 이루어졌나 보다.

영축산 통도사를 몇 번 답사할 때 등산을 좋아하는 내가 통도사만 다녀온 것은 아니다. 무섭도록 고요한 어느 봄날 홍매화를 몰래 훔쳐보곤 바로 영축산을 올랐고, 후일 다시 신불산도 친구와 함께 올랐다.

통도사는 '영남 알프스'라 불리는 산악군 중 하나인 영축산(취서산) 아래 있다. '영남 알프스'란 이름은 울산, 양산, 밀양, 청도, 경주 등 5개 시, 군의 경계지역에 솟아 있는 1,000m 이상의 7개 주요 봉우리를 통칭하는

데, 이는 유럽의 알프스 산맥에 빗대어 이르는 말이다.

7개 주요 봉우리는 영축산(1,081m), 신불산(1,159m), 가지산(1,241m), 천황산(1,189m), 운문산(1,188m), 재약산(1, 108m), 간월산(1,083m)이다. 그러나 고헌산(1,032.8m), 문복산(1,015m)을 포함해 9개 봉우리를 지칭하기도 한다.

한 번도 찾지 않았던 통도사. 한 번도 보지 않았던 통도사의 홍매화. 그런데 왜 갑자기 수차례 통도사를 찾았고, 나는 무슨 이유로 홍매화를 보려고 양산에 갔을까? 그것은 한 편의 시가 내 등을 떠민 덕분이었다.

자, 이제 나희덕의 시 〈너무 늦기 전에 그에게 놀러 간다〉를 함께 감상하시라! 눈으로 읽고, 소리 내어 거듭 읽고, 마지막으로 마음에 새겨 보시길, 그리고 시인을 따라 길을 나서 보자. 어쩌면 여러분도 꽃샘 봄바람이 부는 날 '너무 늦기 전'인 새봄, 싱싱한 초록에 안겨 양산 통도사에서 홍매화를 보고 있지 않을까.

우리 집에 놀러 와, 목련 그늘이 좋아.
꽃 지기 전에 놀러 와.
봄날 나지막한 목소리로 전화하던 그에게
나는 끝내 놀러 가지 못했다.

해 저문 겨울날
너무 늦게 그에게 놀러 간다.

나 왔어.
문을 열고 들어서면
그는 못 들은 척 나오지 않고
이봐. 어서 나와.
목련이 피려면 아직 멀었잖아.
짐짓 큰소리까지 치면서 문을 두드리면
조등(弔燈) 하나
꽃이 질 듯 꽃이 질 듯
흔들리고, 그 불빛 아래서
너무 늦게 놀러 온 이들끼리 술잔을 기울이겠지.
밤새 목련 지는 소리 듣고 있겠지.

너무 늦게 그에게 놀러 간다.
그가 너무 일찍 피워 올린 목련 그늘 아래로.

나희덕, 詩 〈너무 늦게 그에게 놀러 간다〉 전문

양산, 원동의 매화와 미나리

자연은 하나님의 지문이라고 하지 않는가?
자연 곳곳에 하나님의 존재와 능력을 보여주는 흔적들이 널려 있다.

정요석, 《믿음 수업》

매년 봄마다 두 곳에서는 매화 축제가 펼쳐진다. 하나는 '광양 매화 축제'이고, 다른 하나는 '양산 원동 매화 축제'다. 사실 꽃구경은 까마득히 오래 전이다. 아내가 그림을 그릴 때 꽃 사진이 필요해서 1997년 봄 제1회 '고양 국제 꽃박람회'에 동행한 이후, 2018년에야 봄나들이 겸한 꽃 구경을 갔던 것이다.

작년 봄, 양산 신기동에서 2박 3일을 머물 때 지인 덕분에 하루는 낙동강을 옆에 끼고 양 옆으로 둘러싸인 산 아래 원동의 매화꽃을 봤고, 또 하루는 통도사 홍매화를 구경했다. 거미줄에 매달린 이슬 방울 같은 아침 양산 물금역에서 출발한 기차는 금방 원동역에 도착했다. 낙동강 쪽이든 마을 방향이든 원동역 사방은 온통 만개한 매화로 가득했다.

풋풋한 봄내음 속에 그냥 걸으며 순매원, 영포마을 일대를 천천히 산책했다. 상당 시간을 걸었지만 불편하지 않았다. 불편함보다 오히려 낙동강 강바람이 불어와 뺨을 스칠 때 약간은 쾌감을 느껴 좋았다. 한참을 걸었을까, 허기가 느껴질 무렵 원동면 원리 어느 식당에 들어 갔다. 모름지기 여행은 눈과 입이 즐거워야 한다. 원동은 '매화'만 유명한 곳이 아니라 '미나리'가 특산물이다. 해서 대부분의 식당은 미나리 삽겹살이 주 메뉴다.

봄맛에는 향긋하고 아삭한 미나리만 한 것도 없을 것 같다. 특히 원동 미나리는 원동면 배내골 천혜의 자연환경에서 풍부한 지하수를 이용해 무농약으로 재배하여 그 맛과 향이 일품이다. 든든히 먹고 식당을 나와 왔던 길, 그 길을 걸어 원동역으로 향했다.

내 고향 부산엔 낙동강이 흐른다. 그런데 '낙동강변'을 걸으며 김용택 시인의 〈섬진강 매화꽃을 보셨는지요〉 시가 생각났을까? 출생지가 부산이긴 하지만 초등학교 입학 전 상경해 한강변 노량진에서 어린 시절을 보냈고, 초량을 떠난 지 60여 년 세월이 흐른 까닭인지도 모르겠다.

창 앞의 나팔꽃 넝쿨이

구스타보 A. 베케르

창 앞의 나팔꽃 넝쿨이 흔들림 보시고
지나가는 바람이 한숨 짓는다 의심하실 양이면
그 푸른 잎 뒤에 내가 숨어
한숨 짓는 줄 알아 주시오.

그대 뒤에서 무슨 소리 나직이 나며
그대 이름 멀리서 부른다 의심하실 양이면
좇아오는 그림자 속에 내가 있어
그대를 부른 걸로 생각하시오.

한밤중에 그대 가슴 이상하게도
산산히 흩어져 설레이고
불타는 입김을 입술에 느끼시거든
눈에는 안 보여도 그대 바로 곁에
내 입김이 서린다고 생각하시오.

순천만국가정원과 순천문학관

> 하나님을 만날 때, 우리는 하나님의 세상을 만난다.
> 하나님이 우리에게 얼마나 놀라운 세상을 주셨던가!
>
> 레너드 스윗, 《관계의 영성》

백 마디 말이 달을 가리키는 손가락 하나를 당해내지 못할 때가 있다. 순천은 몇 차례 갔지만 업무 목적이라 땅만 밟았지 제대로 된 구경은 하지 못했다. 그러다 작년 봄 순천 여행은 매우 만족스러웠다. 당시 2박 3일간 순천, 벌교, 장흥, 보성, 여수를 돌 때 순천만국가정원을 산책했다.

첫날 오후 송광사와 불일암을 본 후 '낙안민속자연휴양림'에서 하룻밤을 쉬었다. 이튿째 새벽 낙안읍성을 걸었는데, 지금까지도 아쉬운 점은 서적계와 출판계에서 종사하며 존경했던 인물인 한창기 선생의 숨결을 살피지 못한 것이다. 낙안읍성 부근에 있는 '뿌리깊은나무박물관'은 개관 시간을 한참을 기다려야 했기 때문에 다음 행선지 '순천만 국가정원'을 가기 위해서는 '뿌리깊은나무박물관'은 밖에서 언뜻 보고 돌아설 수밖에 없었다.

2013년 순천만 국제정원박람회 폐막 후 그 회장을 개조하여 조성하고 2014년 4월 '순천만정원'이란 이름으로 개장했다. 그리고 2015년 9월 국가정원 1호로 지정됨에 따라 '순천만국가정원'으로 개칭했다. 전체

넓이가 1,112㎢(336,380평)로 광대한 면적을 다 둘러보려면 4~5시간이 걸리며, 한국을 비롯한 세계 11개국의 특색 있는 전통 양식과 멋을 자랑하는 정원이 있고, 한방약초원, 수목원, 국제습지센터, 저류지, 동물원 등 주요 시설이 있다.

특히 스카이큐브(무인궤도열차)를 타고 문학관역에 하차하면 '순천문학관'이 있는데, 그곳에 가면 소설가 김승옥과 동화작가 정채봉의 생애와 문학세계를 한눈에 볼 수 있다. 필자는 출판사 창업 전인 1987년 작가 김승옥 선생을 목동 찻집에서 만났다. '무식하면 용감하다' 했던가, 유명 출판사도 원고 청탁이 어렵다는 그를 책 한 권도 펴낸 적이 없는 신생 출판사가 동인문학상, 이상문학상을 수상한 그와의 만남은 파격이었다. 그리고 10여 년 세월이 흐른 후 다시 김승옥 선생과 역삼동 출판사 근처에서 소박한 밥상을 함께한 추억이 있다.

그때 김승옥 선생과 나는 얘기 중에 "철 없던 젊은 시절에 쓴 《무진기행》을 고등학생인 아들이 읽는 것을 본 순간 작가로서 막중한 책임감을 느꼈고, 글쓰기에 더욱 신중하게 되었다."고 한 말씀은 세월이 흘러 세기가 바뀌었지만 그때 그 진지한 모습과 더불어 아직도 선명하다.

그리고 2000년 샘터 부근 커피숍에서 정채봉 선생을 한 번 만났다. 시간은 여전히 맥없이 흐를 뿐 무덤덤한 일상으로 곤고하거나, 켜켜이 놓인 생의 국면들에 의해 쉽게 흔들려 마음이 황폐한 날에는 그의 맑은 눈과 밝은 미소, 그리고 청량한 목소리가 무척이나 그립다. 아동문학가 권정생 선생에게 어머니는 마음의 뿌리였고, 가슴이 시릴 때마다 떠오르는 고향이었던 것처럼 정채봉 선생 역시 그토록 만나고 싶었던 엄마 곁으로 떠났다. 이제 조용하고 나지막하게 들려오는 그의 고운 음성에 귀 기울여 보자.

엄마가 휴가를 나온다면

정채봉

하늘나라에 가 계시는
엄마가
하루 휴가를 얻어 오신다면
아니 아니 아니 아니
반 나절 반 시간도 안 된다면
단 5분
그래, 5분만 온대도 나는
원이 없겠다.

얼른 엄마 품속에 들어가
엄마와 눈맞춤을 하고
젖가슴을 만지고
그리고 한 번만이라도
엄마!
하고 소리내어 불러보고
숨겨 놓은 세상사 중
딱 한 가지 억울했던 그 일을 일러바치고
엉엉 울겠다.

정채봉, 《너를 생각하는 것이 나의 일생이었지》(2020, 샘터)

대관령

시인이 공부할 책은 대자연 속에 있다.

조정권, 《聽氷》

평소 부모가 자녀에게 줄 수 있는 소중한 것 중 하나는 '따뜻한 추억'이라 생각한다. 그리고 그 따뜻한 추억을 만드는 데 여행만큼 좋은 게 없을 것 같다. 해서 대관령삼양목장은 두 번 찾았다. 한 번은 평창 그린피아에서 쉬며 3박 4일 동안 강원도를 여행할 때 여름에 네 식구가 처음으로 동양 최대 600만 평 규모의 대관령삼양목장에 갔고, 두 번째는 가을에 아내와 두 처제가 함께 오대산 단풍 구경 갔을 때 들렀다.

목장 버스에 승차해 정상에 오른 후 산에서 멀리 동해를 바라보니 마침 부는 바람과 탁 트인 전망으로 상쾌함에 절로 노래가 깃발처럼 흘러나왔다. 그러나 내 입을 열어 노래하지 않고, 핸드폰에 저장한 가곡 〈대관령〉을 조용히 들음으로써 만족하기로 했다.

가곡 〈대관령〉의 작시자는 강릉 출신 신봉승(1933~2016년) 선생이다. 신봉승 선생은 1960년 《현대문학》에 시와 문학평론을 추천 받았고, 등단 후 《조선왕조 5백년》, 《한명회》, 《사모곡》 등 정통 사극을 집필하며 역사 드라마를 대중화시킨 작가다. 그리고 박경규가 작곡한 가곡 〈대관령〉은 바리톤 송기창의 연주가 일품이다.

대관령

신봉승

저기 물안개 소낙비 아련한 산은
그려도 움직이는 한 폭의 비단
저기 빨간 단풍으로 색칠한 산은
의연히 손짓하며 우릴 부르네
대관령 아흔아홉 대관령 굽이굽이는
내 인생 초록물 드리면서 나그네가 되라네

저기 찬 바람 하얀 눈 소복한 산은
누구를 기다리나 봄은 머언데
저기 진달래 철쭉으로 불타는 산은
구름도 수줍어서 쉬어 넘는데
대관령 아흔아홉 대관령 굽이굽이는
내 인생 보슬비 맞으면서 나그네가 되라네

한참을 산 위에 머물다가 하산은 걸어서 가기로 했다. 걷다 보면 차 타고 이동할 때 보이지 않았던 풍경도 볼 수 있어 좋고, 몸에도 유익하니 두 아들과 아내가 '그만' 할 때까지 걸었다. 걷다 보면 《걷기 예찬》에서 다비드 르 브르통이 언급한 "걷기는 미친 듯한 리듬을 타고 돌아가는 우리들의 삶 속에서 질러가는 지름길이요, 거리를 유지하기에 알맞은 방식이다."라고 한 말을 몸으로 깨달아 알게 된다.

처음 평창 대관령삼양목장을 찾았을 때는 여름이라 강릉으로 발길을 옮겼고, 두 번째 갔을 때는 가을이라 오대산 월정사를 갔다. 단풍 구경치곤 늦게 갔는데도 주차장엔 차 댈 만한 틈이 보이질 않아 애를 먹었다. 주차 후 숨가쁘게 월정사를 둘러보고 바로 전나무 숲길을 산책했다. 나는 오대산 단풍의 다채로운 빛깔에 하염없이 마음이 설렜고, 마침 쏟아지는 햇빛 사이로 단풍은 찬란하게 빛났다.

"색은 갓 딴 블랙베리를 한 입 가득 먹고 손가락 끝에 남은 베리 즙 얼룩이다. 그것은 가을 숲이나 통통한 호박밭의 보석같이 눈부신 빛이다. 색은 바다와 하늘의 짙푸름이고 나무들을 뒤덮은 에메랄드빛 이끼의 물결이다." 크리스틴 발터스 페인트너는 그의 책 《마음, 사진을 찍다》에서 어쩌면 '색'에 대해 그토록 아름답게 표현할 수 있었을까.

아무튼 숲이 뿜어내는 깨끗한 공기와 겨울을 앞둔 나무의 아름다운 색에 취해 떠나기 싫었지만 귀가를 서둘러야 했다. 아마도 나 혼자 평창에 갔다면 단 하루라도 더 있으면서 다음날 월정사의 말사(末寺)인 상원사를 갔을 텐데, 그 숲길을 홀로 걸었을텐데…. 아쉬움은 지금도 마음 한 구석에 다소곳이 남아 있다.

북촌 풍경

> 온 세상은 하나님의 흔적이다.
>
> 칼 바르트, 《로마서》

원서동 '고희동 가옥'으로 가는 길에 먼저 수송동으로 갔다. 최초의 서양화가 춘곡 고희동은 1918년 원서동 16번지에 집을 짓고 1959년까지 거주했다. 춘곡은 원서동 시대 이전에 1915년 일본에서 귀국한 후 수송동에서 작품 활동을 했다. 춘곡의 수송동 시절을 기념하여 문화체육관광부에서 표석(表石)을 세웠다.

수송동을 거쳐 소격동 '국립현대미술관'을 관람하고, 국립현대미술관 후원에 있는 '경근당'과 '옥첩당'으로 갔다. 종친부(宗親府)는 조선시대의 관아로 지금 '이승당'은 남아 있지 않다. 국립현대미술관에서 북촌 산책의 첫 코스는 '정독도서관'으로 정했다. 북촌은 청계천과 종로의 윗동네라는 뜻에서 '북촌'이라 불렸다고 한다.

정독도서관 입구 표석은 오래 전부터 거기에 있었을 텐데 나는 왜 보질 못했을까? 공짜 지하철을 타는 시기가 되었기 때문인지 전에 눈에 들어오지 않았던 것들이 이제는 들어온다. 그래서 때론 나이 듦이 고맙다.

언제부터인가 보이는 것 바깥(현상, 대상)을 통해 보이지 않는 안(본질, 정체)을 살피고 그 의미를 생각하게 되었다.

정독도서관 입구 왼쪽에 표석이 하나 있다. 세종대왕을 도와 집현전에서 훈민정음 창제에 참여했고, 단종 복원에 힘씀으로 인해 사육신의 한 분이 되신 매죽헌 "성삼문(1418~1456)이 살던 곳"(화동 23번지)이란 표석(表石)이다. 그 길을 따라 '서울교육박물관'을 밖에서 둘러본 후 '정독도서관'으로 갔다. 그곳은 1900년 중등교육 발상지란 특별한 뜻이 숨 쉬는 장소였는데, 나는 수령 320년 된 회화나무 근처 벤치에 잠시 앉았다.

한자어 신(信)은 人(사람)과 言(말)의 합성으로 '믿을 신'이란 "사람이 하는 말은 믿음이 있어야 한다."는 뜻으로 해석할 수 있다. 요즘 정치 지도자들의 말을 국민들이 얼마나 믿을까? 작금 시절이 하 수상한 때문인지 성삼문이 무척이나 그립다. 매죽헌을 생각하다가 함석헌의 시 〈그 사람을 가졌는가〉가 생각났다.

"온 세상의 찬성보다도/ '아니' 하고 가만히 머리 흔들 그 한 얼굴 생각에/ 알뜰한 유혹을 물리치게 되는/ 그 사람을 그대는 가졌는가" 생각이 꼬리에 꼬리를 물었고, 멜 깁슨이 감독 · 주연한 영화 〈브레이브 하트〉의 명장면 · 명대사가 생각났다. 스코틀랜드의 독립을 이끌던 윌리엄 월레스가 영국군에게 사로잡힌 후 처형장에서 죽기 전에 한 마지막 말은 '자비'가 아니라 "freedom"이었지.

이 몸이 죽은 뒤에 무엇이 될까 생각해 보니
봉래산 제일 높은 봉우리에 우뚝 솟은 소나무가 되어서
눈이 온 세상을 뒤덮을 때 홀로 푸른 빛을 발하리라.

성삼문, 《봉래산가(蓬萊山歌)》

정독도서관을 나와서 가회동 '백인제 가옥'과 '중앙중고등학교'를 지나 원서동 '고희동 가옥'에서 한참을 머물며 그림과 유물을 감상했다. 춘곡 고희동은 조선미술협회, 대한미술협회 회장과 대한민국 예술원 초대회장을 역임한 인물이다. 우리나라의 첫 번째 서양화가를 기념한 종로구립 '고희동 미술관'을 나와 계동 '배렴 가옥'을 구경하고 이어 '대동세무고등학교'로 이동했다. 학교에서는 아쉬운 대로 문이 굳게 잠겨 있는 '인촌 김성수 옛집'을 밖에서 어렴풋이나마 볼 수 있었다.

외지인이 북촌 구석구석을 다 본다 한들 북촌 거주자와 비교할 수 있겠는 가? 몇 번이나 북촌 길을 걸은 후에야 시인 신달자의 시집 《북촌》을 다시 읽었다. 시인은 수년째 북촌에 살면서 북촌을 그의 시에 고스란히 담았다.

감각

아르튀르 랭보

푸른 여름 저녁에 오솔길 가리니
보리 향기에 취하여 풀을 밟으면
마음은 꿈꾸듯, 발걸음 가볍고
맨 머리는 부는 바람에 시원하리라.

아무 말 없이, 아무 생각 없이
가슴에는 한없는 사랑만 가득 안고
멀리 멀리 방랑객처럼 나는 가리니
연인과 함께 가듯 자연 속을 기꺼이 가리라.

Chapter 3
어느 그리스도인의 인물 탐구

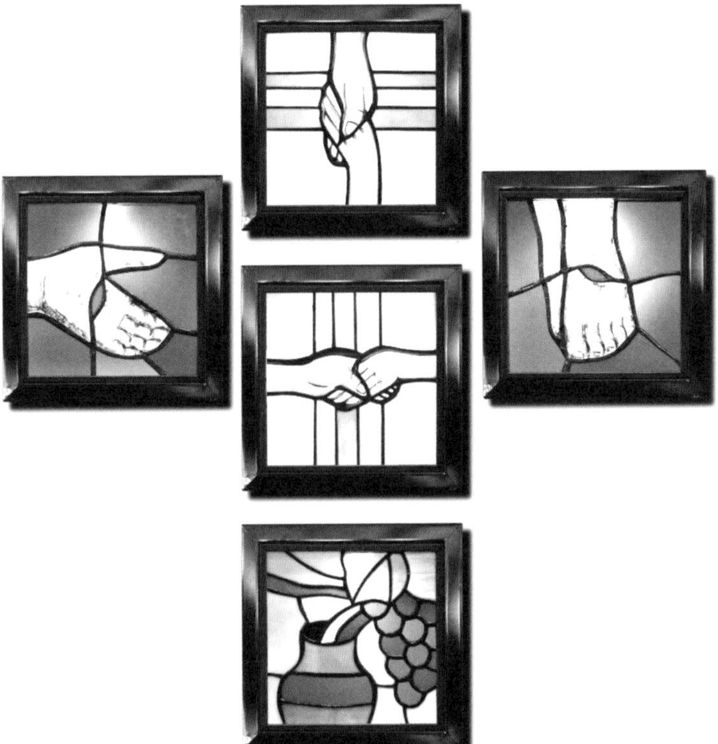

내가 만난 하나님의 사람

1. 김수웅 장로 : 내 구주 예수를 더욱 사랑

살다 보면 그저 그렇게 만났다가 헤어지는 사람이 있는가 하면, 한 번을 만나도 감동과 도전이 되는 사람이 있다. 기독교방송과 극동방송에서 그분의 간증을 듣고, 출판을 염두에 두었는데 6년의 시간이 흐른 후 그분과의 만남이 이루어졌다. 김수웅 장로님과의 첫 만남은 작년 가을이었다. 제주도에 살고 계신 그분을 뵙기 위해 새벽에 전철을 타고 공항으로 가는 동안 그리고 비행기를 탑승하고 가는 동안, 제주공항에 도착한 후 서귀포로 공항버스를 타고 이동하는 동안, 지속적으로 한 가지를 생각했다. 이토록 오랜 기다림을 통해 주님은 어떤 은혜를 새롭게 경험하도록 인도하실까 하는 기대였다.

제주는 월드컵 준비로 아름답게 단장되어 가고 있었다. 승리를 염원하는 거리 풍경을 바라보며 서귀포 칼호텔 앞에 도착해서 김 장로님이 보내준 승용차에 올라 시원한 바다를 구경하며 가노라니 어느새 회사 정문이

눈에 들어왔다. 입구 문 좌우 기둥에는 '감람원'과 '천양'이라고 쓴 간판이 세로로 붙어 있었다. 파란 바다가 보이고, 이국 풍경을 연상시키는 나무가 울창한 그곳 농원에서 김수웅 장로님과 첫 인사를 했는데, 그분의 인상이 주는 무언의 메시지는 '나의 나 된 것은 전적인 하나님의 은혜다.'라는 강력한 느낌이었다.

김 장로님의 집무실 현관에는 빌립보서 4장 13절 "내게 능력 주시는 자 안에서 내가 모든 것을 할 수 있느니라" 말씀 액자가 있다. 그 액자를 보는 순간 이는 오직 주님 안에서, 주님과 함께 선한 싸움을 싸우고 달려갈 길을 달려가는 하나님의 사람인 김 장로님의 신앙고백인 것 같았다. 명함을 교환하고, 기도를 한 후에 그 날 방문한 목적을 이야기하며 대화를 이어갔다. 그리스도 안에서 만나 서로 사랑하며 사는 복이 무엇인지 다시 생각하며 회장실을 둘러보았다. 그런데 회장실이 마치 작은 기독교 서점 같았다. 성경과 찬송가가 많이 있어 다수의 책을 통해 장로님의 복음 중심의 삶을 느낄 수가 있었다.

점심 식사를 가기 전, 잠시 양식장 구석구석을 둘러보았다. 바다 곁 전망 좋은 농원에는 해외에서 활동하던 선교사들이 안식년을 쉬기 위해 고국으로 돌아왔을 때 무료로 안식할 수 있는 숙소인 감람원 오픈을 위한 마무리 공사로 한창 분주했다. 오대양 육대주로 복음을 증거하러 다니시는 김 장로님의 귀한 전도자의 삶이 이제는 더욱 풍성하고, 성숙해져서 이렇게 나누고 베푸는 삶으로 복된 열매를 맺고 있구나 하는 생각이 들었습니다. 장로님을 통해 보여주신 임마누엘 하나님의 심오한 계획과 경륜 그리고 에벤에셀 하나님의 신비한 섭리와 인도하심에 감사와 찬송을 할 수밖에 없었습니다.

과거 '소금 장로'라는 별칭으로 더 잘 알려지신 김 장로님은 현재 염전 세 곳을 정리해서 지금은 그곳을 벼농사로 전환했다고 하셨습니다. 그러니까 이전의 삶은 바닷물로 소금을 생산했었다면, 오늘의 삶은 바닷물을 파이프를 통해 지상으로 끌어올려서 땅에다 바다 같은 환경을 조성, 치어로 큰 생선으로 키운 후에 활어 상태로 국내와 해외로 판매하는 양식장 〈천양〉과 활어 유통회사 〈천해수산〉을 경영하는 것입니다. 김 장로님과 만나고 돌아오는 귀경길에는 가을비가 내리고 있었지요. 빗길을 걸으며 주님께 화살기도를 드렸습니다. "은혜의 단비를 주시니 감사합니다. 이 만남이 오직 주님을 높이는 만남이 되도록 피차를 주님의 장중에 붙잡아주세요..."

김수웅 장로님과의 두 번째 만남은 다음 해인 2002년 설날을 며칠 앞둔 날에 서귀포에서 있었습니다. 김 장로님은 64년 전 평양에서 태어나 자랐으며, 월남 후 운수업으로 젊은 시절에 제법 돈을 많이 벌었다고 합니다. 그러나 잘 나가던 그가 재일교포의 꾐에 빠져 1960년대 비료사업에 투자했다가 자기 자금과 타인의 돈까지 다 탕진하고 폐인으로 전락해서 마침내는 병원 신세를 지게 되었답니다. 벼랑 끝, 위기의 순간에 예수 잘 믿는 의사를 만났고, 그를 통해 예수님을 나의 구주로 영접한 후 드디어 소금장수로 새롭게 인생을 시작하게 된 것이지요. 그는 비록 늦게 예수님을 영접했지만 복음을 순수하고, 단순하게 믿음으로 복음을 의심하지 않았고, 성경 말씀과 선포되는 말씀을 그대로 믿었다고 고백했습니다.

믿음의 순례를 떠난 이후부터는 매사 하나님의 영광을 먼저 생각했고, 세상 그 무엇보다 하나님 신앙을 삶의 핵심가치로 가장 귀하게 여겼다고 합니다. 까닭에 주님의 은혜와 사랑에 감사해서 몇 번이나 교회 건축에 앞장섰던 헌신된 종이었습니다. 불신 가정에서 태어나 가장 먼저 주님을 영접했기에, 천국에 가지 못할 부모님의 영혼이 불쌍해서 주님이 하신 겟세마네 기도처럼 '부모님이 예수를 구주로 믿고, 영접하여 저 천국에 가시도록' 뜨겁게 기도했는데, 그 부모님이 결국 예수 믿었고, 함께 신앙생활하게 되었다는 기쁨의 간증을 하셨지요.

시편 119편 71절에서 시편 기자는 "고난 당한 것이 내게 유익이라"라고 말씀하고 있지요. 그렇지만 누구나 그 고난이 자기에게 찾아오거나 자기가 겪게 될 경우에는 대부분 피하고 싶고, 자기는 예외였으면 하는 게 솔직한 마음일 것입니다. 한 때 그는 사업 실패로 모든 재산을 다 잃었고, 거기다 업친데 덮친 격으로 육신의 병까지 얻어 자살만을 생각했던 불행의 시절이 있었습니다. 그리고 예수를 나의 구주로 영접한 후 신앙생활을 잘할 때, 사업이 번창해져서 형통의 때를 보내고 있을 바로 그 시절에 장남이 앉은뱅이 불치의 병에 걸려 눈물과 한숨으로 긴긴 어둠의 터널을 지났습니다. 그러나 그 고통의 세월 한복판에서도 김 장로님은 금식하며 하나님 앞에 입을 크게 열어(시 81:10) 전심으로 기도했다고 고백했습니다.

그리고 고난이 언제 끝날지 알 수 없는 상황 속에서도 신학을 공부하며 후퇴하기보다 더욱 진리를 배우고, 진리이신 주님에게 더 가까이 가려 힘쓰고 애썼던 김 장로님의 고난의 시절에 그는 세상의 사람을 의지하지 않았고, 오직 신실하신 하나님만을 신뢰하고 의지했던 믿음의 사람이었습니다. 내 힘으로 할 수 있는 게 없었기에 전능하신 하나님을 더욱 더 의지하셨겠지요. "내가 산을 향하여 눈을 들리라 나의 도움이 어디서 올까 나의 도움은 천지를 지으신 여호와에게서로다" 시편 121편의 말씀을 붙들고 주님 안에 거하셨던 것입니다.

방 한 칸 없이 가난했던 그에게 풍성하신 주님은 한국 최대의 염전을 경영하도록 역사하셨고, 이제는 복음의 빚진 자로서 전국과 열방을 다니면서 살아계신 하나님, 역사의 흥망성쇠와 인간의 생사화복을 홀로 주관하시는 삼위 하나님을 증거하고, 아직도 믿지 않는 그리스도 밖에 있는 자들에게 기쁜 소식을 전하며 복음을 외치는 거룩한 사명자로 살아가고 있습니다. "너희는 온 천하에 다니며 만민에게 복음을 전파하라"(막 16:15) 말씀하신 주님의 명령을 실천하는 순종의 본을 보이고 있습니다.

기독교방송사 인기 프로그램 〈새롭게 하소서〉의 60분 방송 실황 테이프를 60개 한 세트로 묶었습니다. 그 60개의 모든 간증 테이프 가운데 단 한 편, 단 한 사람의 간증을 추천할 경우 저는 주저함 없이 '김수웅 장로의 간증 테이프'를 뽑을 것입니다. 작년 최대 히트 광고 문구는 '여러분, 부자 되세요.'였다고 합니다. 예수 믿기 전 젊은 시절에 김수웅은 물질 잃고, 건강도 잃었습니다. 그런 김수웅이 예수 그리스도를 구주로 영접한 이후 세상이 부러워하는 굉장한 부자가 되었습니다. 그러나 그의 엄청난 재산이

나 높아진 명예보다 진정으로 놀라운 재산은 그가 예수님을 구주로 믿어 신분이 변화된 것이요, 긍휼의 목자이신 주님은 늘 은혜와 평강으로 김수웅 장로님을 보호하시고 인도하신 것입니다. 그렇기 때문에 김수웅 장로님은 오늘도, 내일도 내 구주 예수를 더욱 사랑할 수밖에 것을 것입니다.

(2002년 9월)

2. 정우현 장로 : 사람의 향기

"형제 사랑하기를 계속하고 손님 대접하기를 잊지 말라 이로써 부지중에 천사들을 대접한 이들이 있었느니라"는 히브리서 13장 1~2절 말씀을 대할 때면 반드시 떠오르는 얼굴이 있습니다. 10년 전 장남이 목동아파트 3단지 영도초등학교 다닐 때였지요, 어느 날 '아버지 교실'에 참석하라는 통지가 아들을 통해 왔기에 조금 일찍 퇴근해서 곧바로 강의실로 갔습니다. 그날 초청 강사는 고려대학교 교육학과 정우현 교수이셨고, 강의 내용은 주로 '아버지 노릇 어떻게 할 것인가?' 그리고 '자녀와 어떻게 대화할 것인가?' 등에 관해 교육학자의 관점에서 아버지들에게 실천하기 쉽고, 가정에서 도움이 될 이야기를 전해 주셨습니다.

몇 년이 지나 경영하던 출판사에서 교육에세이 책을 기획할 즈음에 전화를 고대 연구실로 했지요. 그러나 저의 몇 번의 설득에도 불구하고 계속 사양하셨습니다. 그래서 학교로 찾아가서 다시 출간 의도와 배경을 설명하면서 거듭 원고 청탁을 부탁드렸습니다. 그러자 진심을 읽으셨는지 "당신의 삶을 중심으로 '가정교육, 부모교육, 자녀교육'에 관한 교육학적 핵심 메시지를 알기 쉽게 정리해 보시겠다."는 답변을 듣고 나서야 연구실을 나왔습니다.

한 해 정도의 시간이 흐른 후 드디어 1997년 봄에 《더불어 사는 지혜》란 책명으로 세상에 나왔지요. 유명 출판사도 아니고 그렇다고 자금이 넉넉한 회사도 아니었기에 좋은 책을 세상에 알릴 방법이 없었습니다. 그렇게 애태우고 있을 무렵 마침 주변의 도움으로 KBS TV '아침 뉴스' 시간에 《더불어 사는 지혜》가 신간으로 소개가 되었고, 교수님 제자의 도움으로 MBC TV '임성훈입니다' 프로에 스승의 날 즈음해서 직접 출연하셔서 자녀교육에 있어 부모들에게 유익한 지침을 방송을 통해 전해주셨습니다. 긴 세월 정우현 장로님과 함께 할 수 있었던 것에 대하여 주님께 감사드립니다.

그동안 가끔 뵙고 배운 인생의 지혜와 교훈을 어찌 다 헤아릴 수 있겠습니까? 제 영혼의 자양분이 되었고, 자극을 받았던 깨달음이야 수도 없이 많았습니다. 지난 가정의 달이었지요. '조 사장, 얼굴 잊어 먹겠는데...' 전화를 주셔서 이내 수원 소재 아주대학교 교육대학원장실을 방문했지요. 정 장로님은 고려대 정년은퇴 하신 후 아주대 석좌교수로 부임하셨고, 계속해서 교육대학원장으로 재직하고 계셨습니다. 정우현 장로님을 뵐 때마다 느끼는 것은 그의 담백하고 넉넉한 인격에서 비롯한 사람의 향기입니다. 해서 뵙고 싶고, 만나면 그 자리를 떠나는 게 아쉬웠습니다. 그래서 일까요, 정 장로님과 만남의 회수가 쌓여 갈수록 상큼한 사연들이 생겼고, 가슴 따뜻한 이야기들이 늘어났습니다. 그렇게 풍요롭던 감동의 순간들 가운데 오늘은 제가 경험한 한 사연만을 소개함으로서 하나님의 사람, 정우현 장로님을 전하겠습니다.

1996년12월, 정동제일교회에서 정우현 장로님의 따님 결혼식이 있었습니다. 누구나 살다보면 많은 결혼식에 참석하기 때문에 어느 정도 시간이 흐르고 나면 대부분은 기억에서 지워지게 되지요, 그런데 그 결혼식은 달랐습니다. 지금 회상해 봐도 생생하게 그 풍경이 재연되는 이유는 당시 내가 받은 충격 때문입니다. 선명한 풍경 하나는 신부의 제자들의 합창이고 또 하나는 결혼예식 후 식당에서 본 노숙자들이었지요. 안산 D고등학교 교사인 신부를 위해 제자들이 합창한 축가는 스승과 제자의 친밀한 정을 느끼기에 충분한 감동의 노래였고, 그 축가를 듣고 있던 신부의 눈에서는 어느새 눈물이 흘렀는데, 그런데 눈물의 힘인지 모르겠지만 그 눈물로 인하여 신부는 더욱 예쁘게 보였습니다.

결혼 예식이 끝나고 나는 가족과 함께 점심을 먹기 위해 별관으로 이동했습니다. 접시에 음식을 골라 식탁에 앉으면서 멀리 바라보니 한쪽 구석에 남루한 옷차림을 한 사람들이 서로 간 대화도 없이 골똘히 먹고 있었지요. 그들의 허름한 복장으로 봤을 때 분명 초대 받은 사람들은 아닌 것 같았습니다. 식사를 마치고 가족과 함께 한국 기독교의 역사와 함께한 문화재교회에서 기념촬영을 하고 정동을 벗어났지요. 집으로 온 후에도 의문은 풀리지 않았습니다. 보통 때도 거지가 오면 문전박대하는 게 우리네 사회 분위기이지요, 하물며 하나뿐인 딸의 결혼 예식에 '거지들이 온다면' 그 누가 거지를 들어오게 하겠습니까? 그래서 생각하고 생각해도 이해할 수가 없었습니다. 해서 정 장로님께 묻고 싶었지만 그 날은 묻는 게 실례인 것 같아 후일 신년 인사차 방문했을 때 여쭈었고, 그래서 전후 사정을 알게 되었습니다.

"결혼식에 노숙자들이 많이 왔던데요..." 그렇게 제가 말하자, 언제나 그러셨던 것처럼 밝은 웃음으로 답해 주셨습니다. "안내하는 분들에게 그 분들이 식당에 입장하는 것을 막지 말라고 사전에 당부를 했습니다. 아니 그들이 먹는 것을 환대하라고 얘기했지요..." 정 장로님으로부터 그 말씀을 듣는 순간 저는 부끄럽고, 죄송했습니다. 어떻게 살면 '이론과 실천'이 동일할 수 있을까? 어떻게 믿으면 '신행일치'(信行一致)의 삶을 살 수가 있을까?

딸의 결혼식에서 이 세상에서 멸시와 천대를 받는 노숙자들에게 주님의 사랑을 베푸시는 행동하는 믿음을 보면서 저는 이런 생각으로 연결되었습니다. '어쩌면 정 장로님은 하늘의 천사들을 대접했을지도 모르지...' "잔치를 베풀거든 차라리 가난한 자들과 몸 불편한 자들과 저는 자들과 맹인들을 청하라" (눅14:13) 말씀을 실천한 것이 정 장로님 복음의 삶이요, 바로 빛과 소금의 삶이라는 생각입니다. 작금 전도와 선교가 어려워졌다고 많은 사람들이 말합니다. 그러나 정우현 장로님처럼 그리스도를 본받아 살아간다면 전도와 선교가 어렵기만 하지 않을 것입니다. 이 땅의 그리스도인들이 정 장로님처럼 살아간다면 그리스도 예수의 생명과 평화로 세상도 변하고, 세상 사람들도 변화할 것이라 믿어봅니다.

(2002년 12월)

3. 차경섭 장로 : 칭찬과 기도로 세워지는 삶

'내가 만난 하나님의 사람'이란 주제로 글을 쓰면서 그의 삶이 말씀과 기도로 세워져간 믿음의 사람, 아울러 사회적으로 자신의 분야에서 정상을 걸으면서도 동시에 가정에서 훌륭한 아버지가 누굴까? 생각이 꼬리에 꼬리를 물고 이어진 순간 금방 떠오른 인물이 차병원 설립자 차경섭 장로님이었습니다. 차 장로님은 오래전, 대한주부클럽연합회가 제정한 제10회 '훌륭한 아버지상'을 받은 적이 있지요. 저와 차 장로님과의 첫 만남은 분당 차병원 산부인과 특진실에서 이루어졌습니다. 대형 병원 설립자의 방이라고 하기에는 검소한 분위기의 작은 방이었는데, 정중히 찾아 온 목적을 말씀드린 후 차 장로님을 통해 듣고 싶었던 이야기를 여쭈었습니다.

조유성) 서울 차병원과 분당 차병원 그리고 중문의과대학 개교 준비(현재, 차의과학대학교) 왕성한 활동을 하시는데요, 의사로서 큰 성공을 하시기까지 잊을 수 없는 분은 누구셨고, 어떤 내용입니까?

차경섭) 칭찬과 기도가 가장 큰 힘이었습니다. 내 인생에 결정적인 영향을 주신 분은 두 분이지요, 한 분은 일제시대 초등학교 시절 선생님입니다. 어느 날,

시험을 본 뒤 선생님이 교단으로 저를 부르셨습니다. 그 때 급우들 앞에서 "경섭이처럼 공부 열심히 하면, 너희들도 산수를 잘 할 수 있어"라는 칭찬을 들었습니다. 그런데 다른 과목은 신통치 않았습니다. 해서 선생님의 칭찬 후부터는 성적을 더 올리기 위해 더 노력했지요. 또 한분은 아버지입니다. 아버지는 이북에서 목사님으로 목회를 하셨습니다. 어린 시절 나는 평소 놀기를 좋아했었지요, 그래서 그 날도 친구들과 밖에서 실컷 놀다가 집에 돌아왔습니다. 집에 들어서는 순간 방문 사이로 아버지의 기도 소리가 들렸습니다. "하늘에 계신 하나님 아버지시여, 우리 경섭이를 인도하여 주시옵소서. 하나님의 귀한 일꾼으로 만드시어 하나님의 영광만 나타나게 하시옵소서…" 아버지는 내게 단 한 번도 "너 공부 열심히 해야 나중에 훌륭한 사람이 된다."고 말씀하시지 않으셨지요, 그런데 하나님 아버지께는 기도로 아들을 부탁하셨습니다. 오늘날 내가 있기까지는 우리 아버지의 간절한 기도가 있었기에 가능했습니다.

그날의 만남이 있은 후 분당 차병원을 오가며 분당에서 살았던 지난 6년, 그리고 세월이 흐른 지금도 차 장로님을 생각할 때면 '아버지의 기도'와 '선생님의 칭찬'이 기억에 새롭습니다. 그 기억의 끝에는 주님이 내게 이렇게 말씀하시는 것 같았습니다. "아무개야, 차경섭 장로의 아버지가 내게 기도한 것 같이 너도 그렇게 두 아들을 위해 간절히 기도하고 있니?"

몇 년 전, 차병원에서는 불임 여성을 대상으로 연구한 결과를 세상에 공개 발표했지요, 그 연구는 두 그룹으로 구별해서 진행했는데, 한 팀의 불임 여성들에게는 의학적 노력만을 취한 채 일정 시간을 기다렸고, 또 한 팀의 불임 여성들에게는 의학적 노력에 더하여 세계 각 나라의 얼굴도 모르는 사람들에게 임신을 위해 중보기도를 계속하면서 일정 시간을 기다렸다고 합니다. 연구 결과는 두 팀이 많은 차이를 나타냈지요, 그러니까 의학적 노력만을 했던 팀에 비해서 중보기도를 더했던 두 번째 그룹이 월등하게 임신율이 높았던 것입니다. 그 연구 결과는 〈타임〉지에 실렸고, 그래서 미국의 의사들은 수술실에 들어가면서 수술 전에 기도하게 되었다는 이야기를 후일 재미교포로부터 들었습니다. 이 연구결과는 중보기도의 위력을 과학적인 통계로 증명한 확실한 사례였습니다. 하늘 문을 여는 능력이 있는 중보기도, 이는 결코 미룰 수 없는 크리스천의 의무요, 그리스도인의 사명이기에 무릇 믿음의 사람이라면 기쁨으로 감당해야할 것입니다.

(2003년 3월)

4. 김혜자 권사 : 끈질긴 딸의 기도

한국인이라면 배우 김혜자를 모르는 사람은 아마 없을 것입니다. 1980년 10월부터 2002년 12월까지 총 1,088부작으로 방송된 MBC TV 장수 드라마 프로그램 〈전원일기〉를 한 번쯤 시청하지 않은 사람 역시 없을 것입니다. 언제가 봉준호 감독의 작품인 영화 〈마더〉를 본 적이 있었지요. 그런데 배우 김혜자는 천상 배우인 것을 거듭 확인한 아주 인상 깊은 영화였습니다. 그렇게 온유하고, 한국인 어머니의 모델이라 말할 수 있는 배우가 어떻게 그토록 강한 어머니로 변신할 수 있었을까? 그래서 배우는 천의 얼굴을 가진 사람이라 말하는지도 모르겠습니다. 영화 〈마더〉의 스토리를 간단히 소개하면 이렇습니다. 읍내 약재상에서 일하며 아들과 단 둘이 사는 엄마(김혜자), 그녀에게 아들 도준은 온 세상과 마찬가지다. 스물 여덟. 도준(원빈). 나이답지 않게 제 앞가림을 못 하는 어수룩한 청년으로 자잘한 사고를 치고 다니며 엄마의 애간장을 태운다. 어느 날, 한 소녀가 살해당하고 어처구니없이 도준이 범인으로 몰린다. 아들을 구하기 위해 백방으로 뛰는 엄마. 하지만 경찰은 서둘러 사건을 종결짓고 무능한 변호사는 돈만 밝힌다. 결국 아들을 구하기 위해 믿을 사람 하나 없이 범인을 찾아 나선 엄마의 이야기입니다.

지금으로부터 약 30년 전 초여름 어느 날 극동방송 근처에 있는 탤런트 김혜자 선생 집을 방문했습니다. 첫 만남인지라 그분의 근황과 연극과 드라마 이야기로 어색함을 달랬지요, 그날 김 선생의 얘기 가운데 기억하는 스토리는 '도올 김용옥이 자신이 출연한 연극을 관람했고, 연기를 마치고 무대를 내려온 후에 도올이 찾아와서 자신이 쓴 책을 건네면서 대화를 했다.'는 등이었지요. 잠시 주변 이야기를 끝내고, 그 날의 본론인 출판 얘기를 시작했습니다. 저는 김혜자 선생 집을 찾아가기 전에 이미 그의 언니를 만나 그들의 아버지 김용택 박사에 관해 한 권의 책을 만들고 싶다는 제안을 한 바 있지만, 언니의 동의만으로는 부족한 것 같아서 동생의 동의를 얻기 위한 만남이었습니다.

배우 김혜자의 아버지 김용택 박사(1907~1984)는 일본 메이지대학교를 졸업하고, 1937년 미국 노스웨스턴대학교에서 경제학 박사를 취득했으며, 8.15해방 후 미군정시에 장관급인 재무부 부장을 역임하셨습니다. 김용택 박사가 별세한 소식을 1984년 7월 21일자 〈동아일보〉는 '6평 철거 판자집서 살다 간 어느 화려했던 공직자'란 제목의 기사로 실었습니다. 우리가 살고 있는 한국 사회가 점차 혼탁해져가는 세태이고, 시절이 하 수상한 까닭에 오히려 청렴한 인물과 큰 바위 얼굴처럼 본이 될 수 있는 어른이 절실하게 필요하다고 생각한 것입니다. 해서 그런 훌륭한 인생의 선배를 통해 후배들은 그를 인생의 나침판과 목표로 삼아 오늘의 팍팍한 삶을 견디어 낼 수 있을 것 같아 출판을 기획한 것이었지요.

당시 안방에서 거실로 나온 탤런트 김혜자 선생은 담배 냄새를 물씬 풍겼습니다. 그가 골초라는 소문이 사실임을 직접 확인한 것이지요. 김 선생이 후일 공개적으로 간증한 바 있듯이 오랜 흡연으로 자신도 고통의 심연에서 힘들었다고 합니다. 금연이 얼마나 힘들고 어려우면, '담배 끊는 사람은 독한 사람이니 상종할 수 없다.'라는 말이 생겼겠습니까? 과거 배우 김혜자는 애연가였지요, 그러나 현재는 금연에 성공한 〈마더〉입니다. 금연이 어떻게 가능했는지 역시 간증을 통해 상당히 알려졌지만, 그래도 다시 한 번 소개하자면, 그 비법은 바로 '중보기도'입니다. 즉, 하늘을 움직이는 중보기도 덕분이었지요, 김 선생의 출가한 딸이 지금 해외에서 살고 있는데, 그 따님은 신실한 믿음의 기도용사였던 것입니다. 그러니까 "엄마의 금연"이라는 기도 제목을 하나님 앞에 놓고 정한 시간에 반드시 기도를 계속했다는 얘기입니다. 그렇게 해외 거주하고 있는 딸이 어머니를 위해 끊임없이 기도하고 있던 어느 날, 한국의 엄마는 갑자기 흡연이 싫어지더니 마침내 담배를 피울 수 없는 상태로 자신을 주님이 만들어주셨다는 기적 같은 이야기인데, 세상에서는 기적이라 말하지만 그러나 전능하신 주님 안에서 주님이 기뻐하시는 기도하는 그리스도인이라면 기적이 아닌 상식인 것입니다.

최근 김혜자 권사께서 펴낸 책을 읽으면 아름다운 모녀 사이를 보고 감동과 도전을 받을 수밖에 없을 것입니다.

"생에 감사합니다. 나는 그런 행복을 누릴 자격이 천성적으로 없는 사람입니다. 내 딸 임고은이 언젠가 내 대본 뒤에 써 놓은 글이 있습니다. '나는 엄마가 이 세상에서 가장 아름다운 인간이라고 생각해. 나도 엄마 같은 인간으로 성장하고 싶어.' 그 대본은 지금도 보관하고 있습니다. 내 딸은 모든 것이 부족한 이 엄마를 왜 그렇게 좋아하는지 모르겠습니다." 《생에 감사해》(2022, 수오서재, 223~4)

2002년 코미디언 이주일이 금연홍보대사로 활동하기 시작한 후 금연 인구가 많이 늘고 있는 추세라고 말합니다. 그러나 금연에 성공하기는 무척 어려운 게 현실이지요, 그렇다고 금연을 포기할 수 있습니까. 그런데 불가능한 금연을 확실히 성공할 수 있는 길이 있습니다. 바로 당신이 먼저 주님께 기도하고 동시에 용기를 내서 가까운 이웃이나 공동체에게 중보기도를 부탁하는 것입니다. 고린도전서 3장 16, 17절에 "너희는 너희가 하나님의 성전인 것과 하나님의 성령이 너희 안에 계시는 것을 알지 못하느냐 누구든지 하나님의 성전을 더럽히면 하나님이 그 사람을 멸하시리라 하나님의 성전은 거룩하니 너희도 그러하니라"는 말씀과 로마서 12장 2절 "너희는 이 세대를 본받지 말고 오직 마음을 새롭게 함으로 변화를 받아 하나님의 선하시고 기뻐하시고 온전하신 뜻이 무엇인지를 분별하도록 하라."라는 말씀을 마음에 새김으로, 언제나 마음을 새롭게 함으로 변화를 받은 새사람으로 살고 계신 김혜자 권사님을 가끔 텔레비전과 영화를 볼 때면 필자는 지금도 그해 여름의 김 선생과의 만남을 기억하고 그리고 간절한 딸의 중보기도에 응답하신 긍휼의 목자이신 주님을 찬송합니다.

5. 박대선 목사 : 예수님처럼

하나님은 당신을 있는 그대로
사랑하신다.
그러나 그대로 두시지는 않는다.
하나님은 당신이 예수님처럼 되기 원하신다.

맥스 루케이도, 《나도 예수님처럼》

그대 눈빛은 여름날 태양으로 다가오네.
그대 손길은 거칠고도 부드러워
내 머리끝에서 발끝까지 한 줄기 생명의 빛으로 휘두르네.
늘 함부로 말하지 않는 참 생명 참 사랑으로
이리저리 금간 나의 하루를 어루만지네.
내 온몸에 그리움으로 소용돌이치네.

그대는 화평의 긴 강(長江)이었습니다.
태백산 험한 데서 태어나 평양 창광산에서
푸른 하늘 높이 빛나는 목회의 첫 걸음을 떼었습니다.
남북을 넘나들며 하나님을 높이고 사람을 세우셨지요.
화해의 구름기둥과 화목의 불기둥을 세우셨지요.
그대는 큰 바위 얼굴이었습니다.
성경 말씀을 그대의 이야기로 만드시어
눈 먼 우리들을 옳은 길로 인도하셨으며
꽃을 피워 열매 맺게 하셨지요.
그대는 아낌없이 주는 나무였습니다.

희생과 섬김의 모판을 꾸미시어
둥지 떠난 새들을 불러들였지요.
새들을 온몸으로 감싸 안고 모이를 주셨지요.

그대는 평생을 수고하신 석공(石工)이었습니다.
반석 위에 말씀의 집을 세우시고도
자리에서 일어나실 때 돌아가 머물 집 한 채 없었지요.
한 자락 옷깃으로 바람 부는 겨울 강을 건너셨지요.

그대는 견고한 산성(山城)이었습니다.
끊임없이 남에게 옷을 벗어 주어
여름에는 장맛비를 겨울에는 눈보라를 막아주었지요.
마지막엔 헐벗은 육신마저도 그냥 남에게 주어 버렸지요.
언제나 한겨울인 우리는
그대 눈빛으로 뜨거워지고
그대 손길로 금간 육신을 기워가지요.
우리는 머리가 아닌 온전한 몸부림으로 고백하지요.

주: 2010년 5월 3일 오전 10시 루스채플에서는 연세대학교 의과 대학생들에게 자신의 시신을 연구용으로 기증하여 죽어서도 학교를 사랑한 전 연세대학교 총장(1964~1975) 박대선 목사(1916~2010)의 천국 환송 예배가 있었습니다. 외할머니 김인순(1903~1987)전도사는 1931년부터 1949년 평양에서 전도사로 사역하셨고, 1968년 정년 은퇴하셨습니다. 성역 37년 중에서 박대선 목사님과는 평양 중앙감리교회(1943~1945)에서 동역하셨습니다.

6. 이준재 목사 : 주님의 사랑을 보여주신 고귀한 삶

목동에서 만나 주님 안에서 사랑의 사귐을 가졌던 이준재 목사님의 장례예식이 2006년 6월 12일 고양시 덕양구 화정동 한은교회에서 있었습니다. 필자는 적지 않은 장례예식에 참석했었지만 이 땅에서의 이별을 진정으로 슬퍼하며 흘리는 눈물과 거룩한 장례예식의 기억은 희소하게 남아 있습니다. 그런 까닭인가요, 이준재 목사님의 천국환송예배는 지금도 제 가슴에 남아서 생전 이 목사님의 온유한 성품과 단아한 모습은 가끔 솟아나는 잔잔한 미소로 꽃처럼 피어납니다. 해서 주님이 모델이 되시고, 긍휼의 목자 예수 그리스도를 보여주셨던 이 목사님은 제게 마음의 풍경으로 아직도 살아 있습니다.

1988년 출판사를 개업하고 몇 달이 지난 어느 날 이 목사님이 제 사무실을 방문하셨고, 당시 펴낸 신간 김정빈의 《감꽃마을》과 《봄똥 이야기》를 한 묶음 사가지고 가셨지요. 몇 년이 흘러 장로님(1988년 당시 장로)의 집을 찾아갈 기회가 생겨 서재 구경을 할 때였습니다. 오래 전 구입하신 책이 서가에 다수가 쌓여 있었습니다. 두 가지 신간을 출판사에서 구입하신 것은 평소 어려운 이웃이나 타인에게 베풀기를 좋아하셨던 소리 없는 사랑의 실천이었습니다.

그리고 1993년 봄 분당신도시 아파트로 입주하면서 저는 목동아파트를 떠났지만 이 목사님과의 만남은 계속 이어졌습니다. 언젠가 아내가 집사 임명을 자꾸 다음으로 미뤘는데, 제가 아내를 설득하는데 실패해서 목사님에게 상황을 설명했더니 흔쾌히 분당 집으로 심방을 오시겠다고 약속하셨고, 그 주간에 먼 길을 오셔서 교회의 집사 임명을 받을 것을 권면하셨습니다. 아내는 불신 가정에서 태어나 결혼 전해인 1981년에 학습과 세례를 받은 성도였으니까 성도로 보낸 세월이 길었던 셈이지요. 약간의 우회의 과정을 통과해서 지금은 권사로 교회를 잘 섬기고 있으니 이는 먼저 하나님의 은혜요, 그리고 이준재 목사님의 사랑 덕분입니다.

2005년 101일 성경 통독때는 아내가 〈갈라디아서〉 4~6장을 암송했구요, 2006년 101일 성경 통독때는 〈룻기〉, 〈아가서〉, 〈갈라디아서〉 전장을 암송했습니다. 성경 66권 가운데 3권을 암송했으니 이야말로 크신 하나님의 은혜와 사랑이 아니고 무엇이겠습니까.

제가 매일 읽는 〈열린 노트 성경〉의 고린도후서 6장 10절 여백에는 와싱톤사귐의 교회 김영봉 목사의 기도문이 써 있습니다.

> 영원하신 주님,/ 저희에게 흔들리지 않는 나라를/ 보게 하시고
> 믿게 하시며/살게 하시니/감사합니다./저희에게/그 믿음을 더 하소서.
> 모든 것을 가진 사람처럼/이 땅에서 살게 하시고/주님 부르실 때
> 아무것도 없는 사람처럼/기쁘게 떠나게 하소서.
>
> 김영봉, 《사람은 가도 사랑은 남는다》

선한 목자이신 주님 안에서 만나 서로 사랑하며 동행할 수 있었던 이준재 목사님, 감사했습니다! 또한 함께 했던 지난 세월(1987년~2006년), 행복했습니다! '이 나라'에서 주님과 동행하셨던 이준재 목사님, 이제 '그 나라'에서 영존하시는 주님 곁에서 영원한 안식을 누리소서.

7. 구두회, 김경환 장로 : 호흡이 있는 자마다 여호와를 찬양할지어다

해마다 12월 16일에 열리는 헨델의 오라토리오 〈메시아 연주회〉는 한국 성도들의 기쁨입니다. 지난 1984년 제17회 메시아연주회는 세종문화회관에서 남산교회 주관으로 있었습니다. 그날 지휘자이셨던 구두회 장로님과 36회와 2004년 제37회 〈메시아 연주회〉를 세종문화회관 대극장에서 함께 본 기쁨은 제게 잊을 수 없는 소중한 기억입니다. 특별히 남산교회 60주년 설립 주일에 초연한 칸타타 〈주는 나의 하나님이시라〉를 필자 부부가 연합찬양대의 일원으로 부르면서 "하나님 나라의 언어는 찬양이다" 후안 카를로스 오르티즈의 말을 몸으로 느낀 행복감 또한 오래 기억될 것입니다.

찬송가 271장, 559, 579장의 작곡가이신 구두회 장로님이 오늘이 있기까지에는 그분의 스승 이유선 장로님의 공이 컸다고 합니다. 찬송가 323장, 597장의 작곡가이신 이유선 장로님(1911~2005)은 1911년 8월 2일 평양 남산현교회 목사 사택에서 출생하셨습니다. 이유선 장로님은 후일 장춘덕 장로님 후임으로 1959년, 1972년~1974년, 1978년~1979년에 남산찬양대를 지휘하시다가 제자인 구두회 장로님께 남산찬양대

지휘자(1962~1965, 1975~1977, 1980~1984)자리를 잇게 하셨습니다. 1957년부터 1976년 중앙대학교 음악대학 교수, 1976년부터 1981년까지는 총신대학교 종교음악과 교수로 후학들을 지도하셨던 이 장로님은 오늘의 남산찬양대가 있기까지 아름다운 전통을 만드신 주역이셨고 두 분 장로님, 스승과 제자의 아름다운 섬김은 오래오래 기억돼야 할 것입니다.

아래 인터뷰는 구두회 장로님의 부인이신 김경환 장로님을 그의 양재동 자택에서 2004년과 2005년에 필자가 인터뷰한 것을 요약한 것입니다.

조유성 : 음악가의 길을 어떻게 걷게 되셨습니까?

김경환 : 유년 시절 아버지의 영향과 초등학교 4학년 무렵 합창 연습에서 알토를 했던 나를 이관용 선생님이 뽑아 주시고, "경환아, 너는 앞으로 음악을 공부해라." 격려하시고, 방과 후에 풍금을 연습하는 기회를 주셨습니다. 6학년 때는 최경애 선생님이 〈오르간 교본〉을 한 권 사주셨는데, 그 선물을 받은 후 열심히 피아노 연습을 했고, 이후에 평양과 도쿄에서 피아노를 전공해서 평생 음악인의 길을 걷게 되었습니다.

조유성 : 결혼 58년, 음악가의 일생을 함께 하시고 있는 구두회 장로님과는 언제, 어디서 만나셨습니까?

김경환 : 나의 모교회인 평양 서성리 소재 창광산감리교회에서 찬양대 지휘자와 반주자의 관계로 처음 만났고, 그때로부터 7년간 서로 사귀어 오다가 해방 후 나보다 먼저 월남하여 대전사범에 재직 중이던 구 박사를 목숨을 걸고 내가 뒤따라 홀로 38선을 넘어왔습니다. 해서 1946년 9월 17일 대전제일감리교회(인동교회)에서 남천우 목사님 주례로 결혼했습니다.

조유성 : 슬하에 자녀를 몇 두셨고, 현재 무슨 일을 하고 있습니까?
김경환 : 하나님은 우리 부부에게 딸 하나와 아들 둘을 주셨습니다.
첫째, 장녀 구진경은 4살 때부터 바이올린을 배우기 시작, 서울예고를 거쳐 서울음대 3학년(1968년) 때 도미, 미국 Boston 대학, Juliard 음악대학원(석사) Manhattan 음악대학원 박사과정을 밟고 현재는 New York Metropolitan 교향악단의 바이올리니스트로 일하고 있습니다.
둘째, 장남 구자경은 서울대 수학과, 미국 Emory 대학, 미국 John's Hopkins 대학에서 대수학(정수론) 전공으로 이학박사를 취득했고, 1985년 국가 유치 박사로 귀국해서 현재 KAIST 수학과 교수로 근무하고 있습니다.
셋째, 구자윤은 서울대 전기공학과, 프랑스 ENSEEIHT 공학대 석사, 프랑스 ENSIEG 절연재료 및 고전압공학을 전공해서 공학박사를 취득한 후 프랑스 국립전력회사 EDF 선임연구원 재직 시에 국가 유치박사로 귀국해서 KAIST 교수를 거쳐 현재는 한양대학교 안산캠퍼스 전자컴퓨터 공학부 교수로 근무하고 있습니다.

조유성 : 신앙인으로서 평생 잊지 못할 인물 한 사람이 있다면 누굽니까?
김경환 : 일본에서 공부할 당시 나는 평양 시절처럼 교회에서 반주를 했습니다. 유학시절 가가와 도요히코(賀川豊彦) 선생의 빈민촌에서 있었던 특별 강연에 두 번을 찾아가서 그의 모습을 가까이 보면서 강연을 듣게 되었습니다. 그 무렵 가가와 도요히코는 폐결핵을 앓으면서도 자신을 돌보기보다는 소외된 이웃들이 거주하는 빈민촌에 찾아가 선교와 봉사의 삶을 통해 가난한 자들과 고통 가운데 있는 이들에게 자신의 신앙 간증으로 복음을 전하며 신실한 섬김의 삶을 살았습니다. 그의 희생적인 헌신의 삶을 직접 보고 나는 깊은 감동과 교훈을 받았습니다. 가가와 도요히코는 그 당시 세계 각지를 다니며 뚜렷한 족적을 남긴 하나님의 사람이요, 참된 크리스천이었습니다. 내가 아직도 기억하는 말은 "불쌍한 사람을 보게 되거든 외면하지 말고 냉수 한 잔이라도 갖다 주면서 그의 필요를 채워줘라."는 아주 쉬운 이야기였는데, 그러나 가가와 도요히코처럼 행하기는 쉽지 않았습니다.

조유성 : 고령에 미국의 대학에서 석사 학위를 받으셨는데, 어떻게 그게 가능합니까?

김경환 : 구두회 박사가 1992년 미국 St. Louis 근교에 있는 Midwest College and Theological Seminary 교회음악과 초빙교수로 해마다 도미하게 되었는데, 그때마다 동행하여 교회음악대학원에 적을 두고 수년간 다니면서 정규 과정을 모두 밟아서 모든 학점을 취득했습니다. 나중에 피아노 전공자로서 독주회까지 그곳에서 열어 현지 심사를 받고 통과된 이후 2000년 6월 '교회음악 석사 학위'를 받았습니다.

조유성 : 최근 김 장로님은 불어 성경을 통독하셨는데, 프랑스어 공부는 언제 시작하셨고, 현재는 어떤 활동을 하고 계십니까?

김경환 : 나는 음악가인 동시에 어학에도 많은 관심이 있습니다. 불어 공부는 60세가 되던 해 충무로 소재 '앙리앙스'에 다니면서 기초 공부를 시작한 이래 꾸준히 불문학을 공부했고, 올 2월부터 〈불어 성경〉을 읽기 시작해서 11월 불어 성경 통독을 마쳤습니다. 그리고 지금까지 〈영어 성경〉은 8번이나 통독을 끝냈습니다. 1981년부터 주한 불어권 외교관 부인들의 모임인 '한불협회' 회원으로 참여해서 지금까지 활동하고, 또한 YWCA 명예이사로, 월간 《새가정》 재정위원으로 힘써 봉사하고 있습니다.

조유성 : 성경 말씀 가운데 제일 좋아하시는 세 구절과, 찬송가 중에서 가장 즐겨 부르시는 세 곡을 믿음의 후배들에게 소개해 주시겠습니까?

김경환 : 하나님의 말씀은 〈아모스〉 8장 11절, 〈시편〉 18편 1절, 〈시편〉 90편 10절 말씀이구요, 찬송가는 〈90장, 주 예수 내가 알기 전〉, 〈549장, 내 주여 뜻대로〉, 〈559장, 사철에 봄바람 불어 잇고〉입니다.

조유성 : 끝으로 오랜 신앙생활을 통해 믿음의 후배들과 다음 세대들에게 꼭 하시고 싶은 말씀을 부탁드립니다.

김경환 : 삼위 하나님을 확실히 믿으세요. 하나님은 만물을 창조하신 창조주 하나

님이시고, 예수님은 내 죄를 사해 주시기 위해 십자가를 지신 나의 구주이시며, 성령님은 성부와 성자에게로 나를 인도하시어 믿음, 사랑, 소망의 삶을 살게 하시는 신실하신 나의 하나님이심을 무조건 믿으시기 바랍니다.

*구두회(1921~2018), 김경환(1921~2022)

불후의 명장 채명신 장군, 참 그리스도의 제자 채명신 장로

"범은 죽어서 가죽을 남기고, 사람은 죽어서 이름을 남긴다."는 속담이 있습니다. 범[호랑이]이라면 죽어서 가죽을 남길 수 있지만, 사람은 죽고 난 후에 이름과 업적[작품] 외에는 아무 것도 남는 게 없으니 살아 있을 때 훌륭하게 살아 그 이름을 후세까지 남길 수 있도록 최선을 다하라는 교훈이겠지요. 우리가 살면서 두고두고 그리워하고, 존경하고, 보고 싶은 사람이 있다면 그가 좋은 흔적을 남긴 까닭일 것입니다.

2019년 11월 25일, 채명신 장군이 별세하신 지 6주기(周忌)가 됩니다. 그분을 생전에 만난 적은 없지만 어느 날 신문 보도를 읽고 좀 더 알고 싶어 자료를 찾고, 서울 국립현충원을 다녀왔습니다. 인물평은 결국 역사가의 몫이겠지만, 인물에 관한 바른 평가는 가까이서 그분을 겪은 사람들이 속살과 감추고 싶은 면까지를 많이 알 것 같습니다.

내가 만났던 예비역 장군이 몇 분이 계십니다. 그 가운데 이대용 장군(1925~ 2017)에 대해 육사 7기 동기이신 김국주 장군께 "육사 총동문회 명예회장이신 이대용 장군을 제가 가끔 뵙고 있다."는 말씀을 드렸지요. 당시 광복회 회장이셨던 김국주 장군께서는 동기생에 대해 짧게 인물평을 하셨습니다. "참 군인이요, 훌륭한 사람이야." 인생 길, 사노라면 많은 사람을 만나며 살아가지만 존경할 인물은 손꼽기가 힘든 게 현실이지요. 두 원로와의 사귐이야말로 내 삶에 크나큰 복이 아닐 수 없습니다.

작가 복거일은 2018년 1월 15일 《펜앤드마이크》 '영웅을 쓸쓸히 보내며'라는 칼럼에서 "이대용 장군은 어떤 기준으로 보더라도 영웅이다. 대한민국 국민에겐 특히 그러하다."고 이대용 장군 사후에 존경과 안타까운 마음을 기록하고 있습니다.

예비역 준장 박경석은 12.12 군란 직후 군복을 벗고 필명 한사랑으로 시인, 소설가로 등단해 다수의 시집과 소설집, 수필집을 출판한 전업작가인데, 그는 채명신 장군이 1965년 8월부터 1969년 5월까지 수도사단장(맹호부대) 겸 주월한국군사령관 재임 시 맹호사단 제1진 보병 대대장(중령)으로 15개월 동안 전투를 지휘하며 채명신 사령관 가까이에서 참 군인

정신과 인생철학, 그리고 리더십을 배운 부하입니다.

채명신 장군을 지근거리에서 모셨던 박경석 장군이 쓴 《불후의 명장 채명신》(2014년, 팔복원)에서 두 부분을 인용합니다.

"...그리고 채명신 장군이 창안한 군사교리는 채명신 장군을 백전백승 월남전 신화 창조의 명장으로 부상시켜 마침내 미군 지휘관들에게까지도 군신(軍神)으로 불리는 전사를 남겼다. (중략) 채명신 장군의 공적을 말할 때 월남전에만 한정하는 듯하지만 6.25전쟁에서 적진 깊숙이 침투하여 인민군의 후방을 교란하면서 발군의 공을 세운 백골병단의 활약상은 '6.25전생사'의 압권이다." -'책머리에' 중에서

"...채명신 장군은 6.25전쟁 시 육군 중령의 계급장을 달고 후방에 백골병단 유격대를 이끌고 잠입해 인민군 현역 중장이자 대남 유격대총사령관 길원팔을 생포한 당사자였다. 더구나 나는 육군대학에서 6.25전쟁사를 전공하면서 M1고지 탈환전 등으로 38선 이북 강원도 넓은 땅을 점령 확보하는 데 직접 기여한 채명신 제60연대장을 기억하고 있었다. 그 장본인을 나의 직속상관으로 모실 수 있다니. 나는 직업 군인으로서 축복이라 생각했다." -'에필로그' 중에서

채명신 장군이 늘 식구들에게 당부했던 말씀인 "내가 장군이 된 것은 전쟁터에서 조국을 위해 목숨을 버린 사병들이 있었기 때문이니 내가 죽으면 나를 국립묘지의 장군묘역에 묻지 말고 월남에서 전사한 사병들의 묘역에 묻어달라."는 생전의 유언을 사후에도 지킨 '언행일치'(言行一致)

의 사람입니다.

채명신 장군은 비록 5.16 군사 쿠테타에는 가담했지만 박정희 대통령의 3선개헌에 반대하여 중장으로 예편당한 '의로운 군인'입니다. 채명신 장군은, 때로는 질시와 모함을 겪으면서도 사랑과 관용의 기독정신으로 선한 싸움을 싸운 '진정한 영웅'입니다.

채명신 장군은 청와대 중장 신고식 전, 월남전에서 죽은 사병묘역을 먼저 찾아가 잠든 부하들 앞에서 대성통곡한 '부하 사랑의 사령관'이었습니다. 채명신 장군은 8평 장군 매장묘역을 스스로 거부하고 그의 간절한 소원대로 부하 사병 971명과 함께 1평 사병묘역에 안장됨으로써 "내가 세상 끝날까지 너희와 항상 함께 있으리라"(마태복음 28:20)한 말씀처럼 주님이 걸어가신 그 길을 좇아 걸었던 '주님의 참 제자'입니다.

작금 우리나라는 미세먼지와 초미세먼지, 황사로 공기 질이 점차 나빠지고 있습니다. 자연환경처럼 경제 여건 역시 좋아질 것 같지 않습니다. 감동이 메마른 시대, 민달팽이 기어가듯한 힘겨운 시간, 뜨악한 현실 앞에 힘겨운 고투로 살고 있기에 더욱 그리운 사람이 바로 채명신 장군님, 채명신 장로님입니다. 각설하고, 광주광역시 '오방로'를 지나며 우리는 독립운동과 사회운동, 나환자 치료에 일생을 바친 五放 최흥종 목사(1880~1966)를 생각해야 하듯이 서울 국립현충원을 오가며 채명신 장군(1926~2013)을 기억해야 하고, 동시에 그를 기념해야 할 것입니다.

(2019년 11월)

화성, 제암리 3.1운동 순국기념관

'아버지'하고 부르면 언제나 쉽게 사그라지지 않는 그 무엇이 있다. 나의 아버지는 평안남도 대동군 부산면 남궁리 111번지에서 1919년 3월 28일에 출생하셨다. 올해는 3.1운동 백주년이라 학술대회, 각종 행사 등 다양하게 3.1운동 100주년을 기념하고 있다. 며칠 전 나는 두 명의 사역자와 함께 경기도 화성 '제암리 3.1운동 순국기념관'을 찾았다. 가는 길에 25년 전 돌아가신 '아버지'와 이스라엘 순례 때 방문했던 '야드바셈'을 회고했다. "옛날은 가는 게 아니고 이렇게 자꾸 오는 것이었다"는 시인 이문재의 시처럼 화성 가는 길 내내 가슴속에서 여울져 자꾸 다가왔다.

1919년 3월 1일 서울 탑골공원, 3월 4일 평안남도 강서, 3월 16일 경상남도 합천 등에서 만세운동이 벌어졌고, 이어서 경기도 화성에서는 3월 28일 송산지역, 3월 31일 향남지역, 4월 3일 장안, 우정지역에서 장날을 기해 수천 명의 화성주민들이 만세운동을 벌였다.

제암리, 고주리 학살사건은 1919년 4월 15일, 화성 지역 3.1운동의 근거지였던 제암리와 고주리에서 아리타 도시오(有田俊夫)를 비롯한 일본군이 주민들을 학살하고 마을을 불태운 사건이다. 이들은 제암교회에 15세 이상의 남자들을 몰아넣은 뒤 사격을 가하고 불을 질러 23명을 학살했다. 그리고 이웃마을 고주리로 넘어가 독립운동 지도자인 김흥열 일가 6명을 난도질하여 죽이고 불을 질렀다.

고요한 듯하지만 폭력과 학살이 있었던 제암교회, 평화로운 듯하지만 23명이 물방울처럼 짧은 생을 마친 땅에 지금은 제암교회(www.

jeamch. com)가 재건됐고, 제암리 3.1운동 순국 기념관(2001년), 3.1운동 순국기념탑(1959년), 23인 순국묘지, 23인 상징 조각물, 3.1운동 순국기념탑(1983년), 3.1정신교육관과 스코필드 박사 동상이 세워졌고 당시 예배당 터에 공원이 조성됐고, 기념탑이 세워졌다.

3.1운동 당시 우리나라 인구는 1600~1700만으로 추산한다. 3.1만세운동은 연인원 200만 명이 참여한 민족적 거사였다. 당시 우리나라 기독교인은 20~22만 명뿐이었는데도 민족대표 33명 중 16명이 기독교인이었다. 숫자를 확대하여 3.1운동을 점화한 사람들로 인정되는 48인 가운데 24명이 기독교인이었다.

당시 총인구의 1,5% 정도가 크리스천이었다. 소수의 크리스천들이 3.1운동 투옥자의 57%에 해당했던 사실은 기독교가 3.1운동의 핵심이었음을 실증한다. 그리고 캐나다 선교사인 프랭크 윌리엄 스코필드(석호필)가 '민족대표 34인'이라 불린 까닭은 탑골공원과 제암리 등에서 벌어진 만세운동과 일제의 무자비한 탄압 현장을 생생한 보고서와 사진으로 전 세계에 알렸기 때문이다. 그런 근거로 스코필드 박사는 국립현충원 애국지사묘역에 안장된 유일한 외국인이다.

"4월 15일 이른 오후, 군인들이 기독교인과 천도교인들을 교회로 불러들여 29명이 모이자, 교회를 포위하고 창문으로 사격을 가해 사람들이 죽거나 부상당하자 교회에 불을 질렀다. 몇 명이 탈출했으나 도중에 사살되었고, 예배당 밖으로 도망치다 사살된 시체 6구도 발견되었다. 남편의 생사를 알려고 달려온

마흔 넘은 여인은 사살되고, 19세 여인은 칼에 찔려 죽었다. 군인들은 마을에 불을 지르고 떠났다."

프랭크 윌리엄 스코필드 선교사의 《제암리 대학살 보고서》 중에서

1982년 9월25일, 화성 제암리에서는 생존자 전동례(안진순의 아내)와 최응식의 증언을 토대로 진행된 발굴 조사가 있었다. 그곳에서는 조끼단추, 동전, 병, 철사 등이 발굴 되었고, 한 덩어리로 엉킨 채 발견된 20여 구의 유해가 발굴되었다.

"뒷 동산에서 (한 여자가) 울고 있어서 왜 우냐고 물으니까...'우리 남편이 저기(교회) 들어가더니 나오질 않는다'고..."

"그 이튿날까지 여기서 30리 밖까지 재가 날아 가고 송장 탄내가 나더래요..."

"(일본군이) 교회 안팎에 짚을 늘어놓고 석유를 끼얹어 불을 질렀다...위쪽 집들은 군인들이 다니며 불을 질렀다." -제암리 생존자, 전동례 증언

로마제국이 10만 명의 유대인 포로를 끌고 와서 콜로세움 건축 노동자로 혹사시켰다는 사실은 기록에 있다. 그러나 건축에 동원된 유대인 10만 명을 공사가 끝난 날에 다 죽였다는 설은 비사로 전해질 뿐이다. 홀로코스트 같은 재앙이나 비극은 쉽게 설명할 수 없다. 그래서 우리는 아무 대답도 못한 채, 현실을 그대로 묘사할 수밖에 없다. 몇 장의 사진을 촬영하며 나는 제암리 3.1운동 순국기념관 벽에 전시된 시인 박목월(1916~1978년)의 시 〈제암리의 참살〉를 봤다. 그날 이후 나는 핸드폰을 열어 〈제암리의 참살〉 시를 읽고 또 읽으며 가슴속에 고동치며 말갛게 들려오는 소리에 귀 기울인다.

무슨 소리를 해 보았자/ 그들이 지른 제암리의 불은/ 이제 와서 끌 수 없고/
교회 안에 모였던/ 스믈 여덟명의 형제를/ 살려 낼 수 없다. //
왜병 중위가 이끄는/ 악마의 한 떼거리가 어진 백성을/ 교회당 안에 몰아 넣고/
난사했다. 살해했다./ 이유는 단순했다. //
우리나라를 우리가 사랑하기 때문에/ 제 나라를 사랑하기 때문에/
죽음을 당한 형제가 제암리의 그 분들 뿐이랴마는/
나는 죽지만 어린 것만은 살려달라고/ 죽음의 창틈으로 내미는//
천진한 어린 아기의/ 무심한 눈을 겨냥하며/ 방아쇠를 당기는 놈들의 손/
모성애의 마지막 애원조차/ 귀에 들리지 않는 귀머거리의//
미친 악마 귀머거리의 악마/ 무슨 소리를 해보았자/ 죄과는 죄과/
상처는 상처/ 씻을 수 없다. //
왜족이 어떻다는 것을/ 그들의 불거진 이마와/ 튀어나온 관골과/
미간에다 붙은/ 새까맣게 반들거리는 눈이/ 어떻다는 것을/ 우리는 안다. //
제암리를 태운 불이/ 제암리만 태운 것이 아니기 때문에/ 아마 지금/
우리의 의젓한/ 자주국의 백성으로서/ 환하게 웃는 얼굴로 그들을. //
대할 수 있음은/ 협량하지 않기를 다짐하는/ 아량과 냉대와/
내일의 천란한 앞날이/ 우리를 밝게 하기 때문이다./ 무슨 소리를 해보았자//
그들이 지른 제암리의 불은/ 이제 와서 그들이/ 끌 수 없으며/
죽음 당한 우리의 형제가/ 살아날 수 없다./ 뉘우치는 것은 그들의 덕
우리의 문제가 아니다. //
하지만/ 자주국의 백성으로서/ 환하게 웃는 얼굴로 그들을/
대할 수 있음은/ 지난날보다 오늘 날이 소중하고/ 어제보다 내일이 귀하고/
과거를 되새기기보다/ 내일의 꿈이 부풀고/ 조국의 산하에/
철철 넘쳐 흐르는/
오늘의 햇빛이 밝기 때문이다.

(2019년 2월)

송죽처럼 꿋꿋이 살아온 위대한 스승 함석헌

마음에 부치는 노래

함석헌(1901~1989)

세상이 거친 바다라도
그 위에 비치는 별이 떠 있느니라
까불리는 조각배 같은 내 마음아
너는 거기서도 눈 떠 바라보기를 잊지 마라

역사가 썩어진 흙탕이라도
그 밑에 기름진 맛이 들었느니라
딩구는 한 떨기 꽃 같은 내 마음아
너는 거기서도 뿌리 박길 잊지 마라
인생이 가시밭이라도
그 속에 으늑한 구석이 있느니라
쫓겨가는 참새 같은 내 마음아
너는 거기서도 사랑의 보금자리 짓기를 잊지 마라

삶이 봄 풀에 꿈이라도
그 끝에 맑은 구슬이 맺히느니라
지나가는 나비 같은 내 마음아
너는 거기서도 영원의 향기 마시기를 잊지 마라

평양 태생인 큰형과 부산에서 출생한 나의 나이 차이는 11년입니다. 내가 어렸을 때 형님이 대학시절 읽었던 월간 《사상계》를 엿장수에게 주고 엿과 강냉이로 바꾸어 먹었지요. 그리고 세월이 흘러 고등학생 때 독서에 재미를 붙였고, 청년시절 난 과월호 《사상계》를 사 모으기 위해 헌책방을 부지런히 찾아다녔습니다. 돌이켜보면 《사상계》는 "내 인생관과 세계관의 기초와 같다."고 말할 수 있습니다.

내 평생 도서관에서 빌린 책을 반납하지 않은 책은 《뜻으로 본 한국역사(삼중당)》가 유일합니다. 대학시절 책을 빌려 읽던 중 마침 서울YMCA '시민논단'에서 함석헌 선생이 말씀을 전한다는 소식을 듣고 수업을 마치고 바로 종로로 갔습니다. 논단이 끝난 후 빌린 책에 함 선생님 서명을 받았으니 반납할 수가 없었지요. 이후 학교 도서관 게시판에 내 이름이 올랐고, 며칠 후 책값을 도서관에 갚고서야 사고(?)를 해결했습니다. 그 해, 1973년 11월 5일 함석헌 선생을 비롯해 김재준, 지학순, 법정, 천관우, 계훈제, 이호철, 김지하 등이 시국선언을 발표한 곳도 바로 서울YMCA였습니다. 《사상계》에서 만난 다수의 필자 가운데 내가 딱 한 분만을 꼽는다면 함석헌 선생입니다.

2019년 12월 마지막 주에 쌍문동 '함석헌 기념관'을 방문했습니다. 함 선생께서는 1983년부터 차남(함우용)의 집인 쌍문동 가옥에서 작고하실 때까지 거주하셨는데, 그 집을 개조해 2015년 함석헌기념관으로 개관한 것입니다. 함석헌 선생 90 평생의 긴 생애 동안 영향을 주고받은 스승과 동료 그리고 후학들을 살펴보면, 먼저 스승으로는 다석 유영모, 우찌무라

간조(內村 鑑三), 마하트마 간디가 있습니다. 동료로는 김교신, 장공 김재준이 있으며, 후학이자 도반으로는 장준하, 문익환, 안병무 등이 있지요.

함석헌기념관 전시실을 둘러본 후 그곳 근무자가 건넨 그윽한 향의 모과차를 영상실에서 마시며 함 선생 생전에 당신이 쓰신 친필 "無慾淸淨"(욕심이 없고 맑고 깨끗하다) 메시지를 생각하고 또 새김질했습니다. 1970년 4월 '4.19 혁명' 열돌에 맞춰 창간한 월간 《씨알의 소리》(Voice of the people)에 함석헌 선생의 글은 50년이 지난 2020년에 다시 읽어도 신선한 감동으로 다가옵니다.

> "나는 민족주의는 아닙니다. 세계주의입니다. 하지만 아무리 세계라도 인격 없는 역사 문화는 없을 것입니다. 그리고 인격은 특정적이지 일반적이 아닙니다. 세계의 일원이 되기 위해 나는 나여야 할 것입니다. 세계적이 되면 변할 것입니다. 민족성도 달라지고 문화도 달라질 것입니다. 그러나 달라질 때는 달라져도 그때까지는 나의 서는 자리가 있어야 할 것입니다. 溫古知新입니다.

씨알보다 더 좋은 말이 있거던 고칠 셈 치고 우선은 써 봅니다. 民대로도 좋지만 民보다는 좀 더 나가기 위해서 民은 봉건시대를 표시하지만 씨알은 민주주의 시대를 표시합니다. 아닙니다. 영원한 미래가 거기 압축되어 있습니다. 우리는 한 씨알입니다!"

씨알사상연구소 소장 박재순 박사는 그의 책《과학주의와 국가주의를 넘어서》(2024, 나눔사, 236)에서 "함석헌은 스스로 호를 거부한 이였으니까 호가 없다고 하는 것이 옳다. 굳이 다른 이름을 쓰자면 '씨알'이라고 하는 것이 옳다고 생각한다. 함석헌은 평생 옹근 씨알이 되기를 갈구했고 온몸과 맘을 다해서 씨알이 되려고 했다. 그는 평생 씨알을 위해 살고 씨알이 되려고 살았다. 그리고 스스로 이름 없는 하나의 씨알로 살고자 했다. 씨알은 보통명사이니까 함석헌의 호가 될 수 없다는 주장도 있다. 그러나 함석헌을 나타내는 말로 씨알보다 좋은 말이 없다. 씨알이야말로 호 아닌 호다. 씨알은 아주 겸허하면서 가장 위대한 함석헌의 다른 이름이다." 라고 평했습니다.

사학자 노명식(1923~2012)이 엮어 2002년 '인간과 자연사'에서 펴낸《함석헌 다시 읽기》머리말에서 노명식 박사는 이렇게 해설했습니다.

"그는 지난 한 세기의 고난의 한국 역사가 낳은 의인이었으며 위대한 사상가였다. 위대하기 때문에 이모저모로 오해를 받아왔고, 아직도 일부에 의해 오해를 받고 있기도 하다...야인(野人)이었던 그가 20세기 한국의 고난의 역사 위에 남긴 발자국은 남달리 특이하다. 그는 광야에서 외치는 20세기 한국의 세례 요한과 같은 존재였다."

아버지의 마음 1. (Ⅰ. Ⅱ)

Ⅰ 나의 가정을 보면, 한국 현대사의 한 단면을 볼 수 있다. 즉, 민족 분단의 아픈 역사가 부모님과 형제의 출생을 통해 극명하게 드러나게 된다는 얘기다. 아버지의 고향은 평안남도 대동군, 어머니의 고향은 평안남도 중화군, 큰형은 평양, 작은형은 서울, 누나와 필자가 부산이 출생인데, 사실 나는 고향에 대한 그리움은 거의 없다고 얘기할 수도 있다. 그 까닭은 태어난 곳이 부산시 초량동 789번지인 것은 분명하지만 한국전쟁 무렵 부모님이 피난 가셔서 잠시 살았던 게 전부이고, 대부분의 어린 시절을 서울 노량진에서 보냈기 때문이다. 큰형과는 11년, 작은형과는 5년의 나이 차이가 나기 때문에 성장기에는 두 형님이 울타리가 되었고, 평소 조용한 성격인지라 큰 탈 없이 어린 시절을 보냈다.

초등학교 입학 전에 상경한 이후 짧은 세월 부산 사투리 때문에 힘들기도 했지만 부모님의 고향이 이북이시고, 부모님이 부산과 서울에서도 평안도 말씨를 사용하신 덕분에 별로 어려움 없이 서울 생활에 적응할 수 있었다. 그 시절 노량진은 논과 밭이 있었고, 당시 내가 살았던 집은 이제는 사육신공원으로 확장했기 때문에 그 흔적도 찾을 수가 없다. 그러나 그 시절 한강에서 물고기 잡고, 샛강과 백사장에서 뛰어 놀며, 한강 다리 밑에서 스케이트를 타고, 논에서 썰매 타고, 동산에 올라 연 날리며, 불놀이 하던 아름다운 기억들은 그대로 살아 있다.

지금도 가끔 사육신공원을 지나갈 때면 그 시절이 생각나곤 한다. 어쩌면 내게 동작구 노량진동 177번지는 고향과 같다. 아마도 이북은 3.8선 철책이 막혀 있어 갈 수가 없고, 부산은 어렴풋한 옛 기억 뿐, 이렇다 할 사연도 없어 오래 전 마음에서 멀어졌기 때문인지도 모른다. 나는 노량진에서 4.19와 5.16 등 민족의 격변기를 살았고, 그곳에서 월남전에 참전하는 용사들의 시가행진을 지켜보았으며, 어쩌다 국립서울현충원으로 향하는 전사 장병들의 운구도 볼 수도 있었다. 아련한 추억의 편린들로 남아 있기 때문인지, 지금도 1호선 지하철을 타거나 차에 올라 한강을 지날 때면, 그 옛날 어린 시절로 추억 여행을 떠나곤 한다. 그래서일까, 나이가 환갑이 지났는데도 어쩌다가 한강을 지날 때면 가슴이 설레는 것은 고향의 힘인 것 같다.

할아버지 조치환 목사는 평양장로회신학교를 졸업하시고 이북에서 목회를 하셨고, 외할머니 김인순 전도사는 평양고등성경학교를 졸업하신 후 1931년 평양 신양리교회에서 사역을 시작하신 이후 1968년 서울 남산교회에서 성역 37년을 마치셨으며, 원로 전도사로 교회를 섬기시다가 1987년에 하나님의 부르심을 받으셨다. 외할머님의 결혼 생활은 불과 4년이었다는데, 외할아버지가 별세하신 후 외동딸인 어머니 한 분을 키우시며 평생을 신랑 되신 주님과 동행하셨기 때문에 정년 은퇴 이후 외할머니와 우리 가족은 늘 함께 살았고, 덕분에 내 신앙에 있어 자연스럽게 외할머니(딤후 1:5)는 큰 바위 얼굴이셨다. 그래서 가정 예배는 쉬는 날이 별로 없었고, 때론 젊은 시절에는 싫었지만 주일에는 외할머니를 모시고 N교회로 발걸음을 옮겨야 했다.

청년기를 지나면서 나의 믿음이 그래도 모래 위에 지은 집은 아닌 줄 알았는데, 심한 흔들림이 있었다. 그렇게 방황의 세월을 보내다가 1982년 2월 15일 N교회에서 결혼예식을 통해 새롭게 마음을 고쳐먹는 기회를 맞이했고, 영적 게으름에서 벗어나는 전기가 마련된 것은 전적인 하나님의 은혜였다. 그렇지만 새로운 출발이 지속적 평강과 성장하는 믿음을 담보하지는 않았다. 입술로는 "믿음의 역사, 사랑의 수고, 소망의 인내"를 고백했지만 동태적 믿음 생활에 근거하지 아니한 신앙생활이었기에 행복의 순간은 그리 오래 가지 못했고, 되풀이되는 부부 싸움은 결국 파국 직전까지 가고야 말았다. 추석을 앞두고 부부가 충돌한 그 순간은 참으로 기억하기도 끔찍한 고통의 시간이었다.

그러나 고통만으로 기억되는 게 아니었던 것이, 그 사건, 즉 8박 9일의 첫 가출은 내 인생의 중요한 전환점이 되었고, 그것은 측량 못할 하나님의 은혜였기 때문이다. 청계산 기도원에서 보낸 1996년 9월 27일~10월 5일은 내가 회심을 경험한 날이요, 고난이 유익이 된 날이기도 하다. 그 이후 나 중심의 삶에서 주님 중심의 삶으로 태도의 변화가 있었고, 살든지 죽든지, 먹든지 마시든지, 말에나 일에나 주 예수의 이름으로 사는 게 나의 핵심 가치가 되었다. 즉, "주는 그리스도시요 살아 계신 하나님의 아들이시니이다" (마 16:16)라는 베드로의 고백이 나의 신앙고백이 되었고, "나의 주님이시요 나의 하나님이시니이다"(요 20:28)란 도마의 고백이 나의 신앙고백이 되는 놀라운 은혜를 받았으며, 동시에 지금까지 그 은혜와 복을 누리게 되었으니, 참 감사한 일이다.

나 같은 죄인에게 죄를 자백하도록 인도하사 "우리 죄를 사하시며 우리를 모든 불의에서 깨끗하게 하실"(요일 1:9) 주님의 사랑에 감사드리고, 부족하고 연약한 종을 택하셔서 믿음(히 11:1~8)으로 살게 하사 "믿음이 없이는 하나님을 기쁘시게 하지 못하나니 하나님께 나아가는 자는 반드시 그가 계신 것과 또한 그가 자기를 찾는 자들에게 상 주시는 이심을" 확실히 믿게 하시니 감사 드린다. 날마다 순간마다 삼위 하나님을 의지할 때에 세상을 넉넉히 이길 능력(고전 1:18~24)을 주실 터이니 "구원을 받는 우리에게는 하나님의 능력"으로 살아가노라면, 상황과 여건을 뛰어넘는 감사(살전 5:18)의 삶을 통해 "그리스도 예수 안에서 너희를 향하신 하나님의 뜻"을 이루는 삶을 살게 될 것을 믿음으로 고백한다. 하나님의 사람은 삼위 하나님 앞에 순종(삼상 15:22)의 삶으로 영광을 돌릴 것이요, 그 귀한 삶은 마침내 현재에 만족하고 주저앉는 게 아니요 끊임없이 도전(수 14:6~12)하여 주님을 기쁘시게 할 수 있을 것이다.

II 마태복음 20장 6절에서 오후 다섯 시면 여섯 시에 일을 마치니까 일할 시간이 한 시간밖에 남지 않은 시간이다. 오후 5시에 포도원에 들어온 품꾼 같은 나야말로 부족하고 연약한 사람이다. 그럼에도 불구하고 하나님 나라의 고용 조건은 세상과 다르기에 하나님 아버지의 은혜와 주님의 사랑으로 여기까지 인도하신 것에 감사할 뿐이다. 현실적으로 졸업 후 내가 사역할 수 있는 분야가 제한적이다. 그래도 주님의 선하신 계획과 미래에 대한 기대를 갖고 오늘의 삶에 충실하려 한다. 환갑이 지난 나이에 비전을 얘기하기는 간단하지 않다. 그러나 현실적 한계를 인정하고 나의 비전을 조심스럽게 전망해 본다. "인생 30-30-30"이라는 말이 있다. 첫째 30은 태어난 후 30년으로 부모님의 영향 아래서 꿈을 키우고,

두 번째 30은 노력의 결실을 맺으며, 세 번째 30은 퇴직 후 인생을 아름답게 마무리한다는 의미일 것이다. 《노인심리학》에서는 세 번째 시기를 잘 보내기 위해 인생의 갱신(renewal)이 꼭 필요하다고 말한다.

"인생 30-30-30"에서 나는 세 번째 시기를 잘 보내기 위해 신학을 3년 공부하려 한다. 지금까지 세월이 빠르게 흐른 것처럼 곧 육십 대 중반, 바랄 수 없는 가운데 바라는 게 현실이다. 그러나 조급하거나 포기하지는 않겠다. 여기까지 인도하신 주님의 계획과 섭리에 예민하게 반응하면서 중단하지 않고, 꾸준히 나아가련다.

빌리 그레이엄이 《새로운 도전》(2011, 두란노)에서 "하나님이 주신 시간 중에서 목적이 없는 시간은 단 한 순간도 없다."고 한 말처럼 지난 세월 서적계와 출판계의 30여 년 경험을 하나님이 장래 어떻게 사용할지 나는 알 수가 없다. 다만 C. S. 루이스가 《피고석의 하나님》(2011, 홍성사)에서 말했듯이 "세상은 10분 후 멈출 수도 있습니다. 하지만 그동안 우리는 자신이 맡은 일을 계속 감당해야 합니다. 매일을 그날이 마지막 날인 것처럼 살아가되 세상이 백 년도 더 유지될 것처럼 계획을 세우며 자기 자리를 지키는 하나님의 자녀, 얼마나 멋집니까." 그렇다. 하루하루가 마지막 날인 것처럼 살아가되 세상이 백 년도 더 유지될 것처럼 계획을 세우며 자기 자리를 지키는 하나님의 자녀로 살고 싶다.

미국 에모리대학교 신학부의 설교학 교수였던 크래독(Fred B. Craddock)은 은퇴 후 이런 말을 했다고 한다. "청소년 시절의 나의 꿈은 설교자가 되는 것이었다. 이십 대 후반의 나의 꿈은 좋은 설교자가 되는 것이었다. 그러나 이렇게 나이가 든 지금, 나의 한 가지 소원은 오로지 크리스천이 되는 것이다. 그리고 단순하게 살고, 따뜻하게 사랑하고, 진실하게 말하고, 성실하게 봉사하고, 모든 것을 하나님께 맡기고 싶다." 하여 나의 비전의 기반과 궁극적 목표는 크리스천이 되는 것이다. 그 바탕을 근거로 해서 일차적 비전은 신학대학원의 과정을 성실하게 마치는 것이고, 이차적 비전은 풍부한 경험을 기반으로 주님의 인도하심을 따라 "아버지의 마음"으로 사역을 기쁨으로 감당하는 것이다. 모든 것을 하나님께 맡기면서 "내 발이 그의 걸음을 바로 따랐으며 내가 그의 길을 지켜 치우치지 아니하길"(욥 23:11) 기원한다. 그리고 비록 인생 이모작이란 내 비전이 이루어지지 아니할지라도 바울처럼 자족하기를 소원한다(빌 4:11).

-2013년 3월, 입학한 신학대학원 지원을 위해 한 해 전에 쓴 글

아버지의 마음 2. (Ⅰ)

Ⅰ 1975년 봄, 상도동 집을 떠나며 부모님과 동네 어귀에서 헤어졌던 필자의 군 입대와는 달리 2003년 12월 22일 이른 아침에 아버지인 나와 아들은 진주행 고속버스에 올랐습니다. 오후 2시 공군교육사령부 연병장, 신병 교육대로 들어가는 아들의 뒷모습을 보고 서울행 고속버스를 타고 돌아오며 많은 생각을 했습니다. 논산행 입영열차 안에서의 내 모습... 어느덧 세월이 흘러 입대하는 아들의 모습. 그리고 주님께 기도드렸습니다. "에벤에셀의 하나님이 임마누엘로 붙들어 주사 때마다 일마다 여호와 샬롬으로 현태를 인도하여 주시옵소서."

아들이 겨울에 훈련을 받게 되니, 평상시 무심하게 지나갔던 '일기 예보'에 비상한 관심이 갔습니다. 내일 기온이 떨어지는 게 아닌지? 내일 혹시 눈이 많이 오는 건 아닌지? 기상 변화에 민감해진 제 모습을 느끼면서 새벽, 아버지의 기도는 깊어 갔습니다. 그리고 몇 번의 편지를 주고받았고, 비슷한 시간에 서울의 아버지는 〈또 하나의 열매를 바라시며〉를 부르며 은혜를 받았고, 진주에서 훈련 중인 아들은 〈당신은 사랑 받기 위해 태어난 사람〉을 부르며 은혜를 경험했는데, 참 묘한 것은 아들과 아버지가 하나로 묶인 노래를 거의 동시에 부르며 은혜를 누렸다는 사실이지요.

"아버지의 생명과 아이의 생명이 하나로 묶여 있거늘" 창세기 44장 30절 말씀이 더욱 은혜가 되기도 했습니다. 아들을 군에 보내고 나서야 많은 깨달음이 있었습니다. 무엇보다 큰 깨달음은 하늘 아버지의 그 크신 사랑이었습니다. 아들이 신병 훈련을 받기 시작한 이후 일기 예보를 집중해서 보는 나의 변화를 감지하며, "그래, 하나님 아버지께서 당신의 독생자를 세상에 보내시고 얼마나 마음을 기울이셨을까?" 아주 희미하게 하나님 아버지의 마음을 느낄 수 있었습니다. 말년 휴가를 온 아들을 보며 생각해 봅니다. '너의 훈련소 시절 그 감동은 아마도 희미해졌거나 벌써 잊었겠지, 그러나 아버지는 그 때의 감동을 잊을 수 없구나.' 가끔 그날의 감동을 되풀이 하려 조용히 다시 불러 봅니다.

감사해요 깨닫지 못했었는데 내가 얼마나 소중한 존재라는 걸
태초부터 지금까지 하나님의 사랑은 항상 날 향하고 있었다는 걸
고마워요 그 사랑을 가르쳐준 당신께 주께서 허락하신 당신께
그리스도의 사랑으로 더욱 섬기며 이제 나도 세상에 전하리라
당신은 사랑 받기 위해 그리고 그 사랑 전하기 위해
주께서 택하시고 이 땅에 심으셨네 또 하나의 열매를 바라시며

아버지의 마음 2. (II)

II 성경에서 아버지의 마음을 선명히 볼 수 있는 장면 하면 연상되는 구절은 복음 중의 복음이라는 누가복음 15장 11~32절 〈탕자의 비유〉라고 생각합니다. 아버지 하나님의 긍휼과 자비, 끝없이 기다리시는 아버지, 한없는 사랑으로 감싸주시는 하나님 아버지의 마음이 느껴지는 까닭입니다. 네델란드의 화가 렘브란트가 그린 〈돌아온 탕자〉 그림을 러시아 상트 페테르부르크의 에르미타주 박물관이 소장하고 있다고 합니다. 어느 날 헨리 나우웬이 〈돌아온 탕자〉 그림 앞에서 몇 시간이고 세세한 부분까지 음미했습니다. 그리고 아들을 품는 아버지의 자비로운 모습에 감동을 받아 하버드대학 교수직을 버리고 장애가 심한 사람들과 함께 일하는 '라르슈 공동체'에 들어가 일하게 되었다는 실화를 더하면 누가복음 '탕자의 비유' 말씀의 감동이 더욱 배가되기도 합니다.

2006년 4월 14일, 예비역 공군 병장이 되어 집에 돌아온 아들이 며칠 쉬고는 바로 아르바이트를 했습니다. 일을 해서 생긴 수입으로 가족

을 〈난타〉 전용 극장으로 초대를 했고, 관람 전 네 식구는 오랜만에 아들이 대접하는 저녁식사를 함께 나누며 행복한 시간을 보냈습니다. 재미있는 〈난타〉 공연이 끝나고 집으로 돌아오는 버스 안에서 아들 덕분에 제 가슴은 기쁨으로 충만했습니다.

며칠이 지나 양재천을 산책하며 생각했습니다. 육신의 아들이 긴 시간 돌본 부모에게 잠시 마음과 시간 그리고 물질을 바친 것이 그토록 기쁘고 고맙거늘, 나를 양자 삼아 주시고 구원하여 주신 하나님 아버지를 내가 과연 기쁘시게 했는지? 성부 하나님께 나의 초점과 관심을 집중했는지? 하나님 아버지가 나의 삶의 중심이고, 우선인지? 그렇기에 가장 좋은 것으로, 가장 귀한 것으로 바쳤는지? 대치동 집을 나서며 시작한 생각은 어느덧 경부고속도로를 지나 귀가길까지 끈질기게 나를 향해 반문하고 있었습니다. 그러나 부끄럽게도 하나님 아버지를 기쁘시게 했던 기억은 떠오르지 않았습니다.

그저 상한 갈대 같고, 질그릇같이 깨어지기 쉬우며, 아침 안개와 풀잎 위 이슬 같은 연약하고 부족한 내 모습만 보였습니다. 이런 죄인에게도 잃었던 아들이 집으로 돌아왔을 때 아버지는 아들을 보고 측은히 여겨 달려가 목을 안고 입을 맞추셨듯이 지금도 하나님 아버지께서 기다리시고 위로하여 주실 것을 믿기에 소망 가운데 다시 힘을 낼 수가 있었습니다. 긍휼과 자비를 베푸시고 소생하게 하시는 성부 하나님께 감사했습니다. 그러자 어느덧 나의 입술엔 찬송가 304장 〈그 크신 하나님의 사랑〉을 찬송하고 있었습니다.

1) 그 크신 하나님의 사랑 말로 다 형용 못하네
저 높고 높은 별을 넘어 이 낮고 낮은 땅 위에
죄 범한 영혼 구하려 그 아들 보내사
화목제물 삼으시고 죄 용서하셨네

2) 괴로운 시절 지나가고 땅 위의 영화 쇠할 때
주 믿지 않던 영혼들은 큰 소리 외쳐 울어도
주 믿는 성도들에게 큰 사랑 베푸사
우리의 죄 사했으니 그 은혜 잊을까

3) 하늘을 두루마리 삼고 바다를 먹물 삼아도
한없는 하나님의 사랑 다 기록할 수 없겠네
하나님의 크신 사랑 그 어찌 다 쓸까
저 하늘 높이 쌓아도 채우지 못하리

(후렴) 하나님 크신 사랑은 측량 다 못하네
영원히 변치 않는 사랑 성도여 찬양하세

십자가 (Ⅰ)

우리가 지는 '십자가'는 우리가 처한 상황의 우연의 산물이 아니다. 그것은 사랑으로 자기 십자가를 지고 우리에게도 그와 같이 하라고 부르시는 예수님의 사랑을 닮아 가려는 의지적인 선택이다.

마크 래버튼, 《제일 소명 (2014, IVP, 147)》

그리스도의 십자가는 창조 이전부터 하나님의 계획이었다.

십자가는 악에 대한 궁극적 승리를 말하며, 부활은 십자가에서 일어난 승리를 증명해 주는 예표다. 십자가는 하나님이 세상을 얼마나 사랑하시는지를 보여주는 증거요, 하나님이 우리의 죄를 친히 책임지고 해결하셨다는 증거다. 십자가에서 생명을 얻는 유일한 방법은 십자가에서 죽는 것이다. 십자가는 우리의 의가 무익함을 증거 한다. 십자가는 인간을 향한 하나님의 무한한 긍정과 은총을 의미한다. 십자가는 인간을 버리지 아니하시는 하나님의 계시이고, 인간을 향한 하나님의 무한한 긍정의 계시이다.

십자가는 능력이다. 십자가는 감동이다.
십자가는 하나님의 참 사랑이다. 십자가는 사랑의 극치다.

이보다 큰 사랑의 증거는 없다. 십자가는 역사상 가장 중요한 사건이다. 모든 유익이 궁극적으로 십자가에서 비롯된다. 십자가는 우리를 죄에서 구원하시는 하나님의 능력이요, 또 우리를 사랑하사 하나님과 화목하게 하는 하나님의 사랑이요, 하나님께서 베푸시는 은혜다. 십자가는 구원을 받은 우리와 부르심을 받은 자들에게는 하나님의 지혜다. 십자가는 죄로 물든 우리의 존재를 보혈로 씻어 주며, 우리를 새롭게 해주는 능력이다. 바울의 영혼에 불을 당긴 불쏘시개는 십자가의 사랑이었다. 십자가의 사랑이 아니면 그토록 뜨거운 영혼 사랑의 열정이 쏟아질 수가 없었다. 사랑은 또 다른 사랑을 낳는다.

우리는 십자가 안에서 우리의 진정한 죄와,
그 죄에 대한 진정한 용서를 발견한다.

우리가 다가갈 수 있도록 하나님께서 먼저 다가오셨다. 우리가 하나님을 사랑하도록 하기 위하여 예수님이 먼저 우리를 사랑하신 것이다. 하나님의 사랑은 선물이다. 십자가는 우리를 향해 두 팔을 활짝 벌리고, “여기 너희를 위한 선물이 있다. 와서 그 선물을 값없이 가져가라.”고 말하고 있다. 사도 바울은 평생 십자가만 자랑했다. 그러나 그의 십자가 자랑은 말이나 노래로 이루어지지 않았다. 그의 십자가 자랑은 자신을 십자가에 못 박는 삶으로 나타났다. 십자가의 그늘은 우리의 영혼을 쉬게 하는 포근한 품이다. 십자가는 두 팔을 활짝 벌린 하나님의 팔이다. 우리가 달려가 안길 수 있는 넓은 품이다. 십자가에서 예수님의 보혈과 영원히 목마르지 않는 생수가 나온다. 십자가에서 하늘의 영광이 나온다. 까닭에 십자가는 기독교 신앙의 상징이며, 기독교 교회의 상징이며, 예수 그리스도 안에 있는 계시의 상징이다.

십자가만큼 단순한 모양이 있을까?

가로 막대기 하나에 세로 막대기 하나. 하나는 양옆으로 뻗는다. 하나님의 사랑처럼. 하나는 위로 향한다. 하나님의 거룩하심처럼. 하나는 그분의 사랑의 넓이를 가리키고, 다른 하나는 그분의 거룩하심의 높이를 보여준다. 십자가는 죄의 상징이었다. 하지만 예수님은 그것으로 죄인을 구원하셨다. 십자가는 증오의 상징이었다. 하지만 예수님은 그것을 가지고 사랑을 드러내셨다. 십자가는 극악한 사람의 상징이었다. 하지만 예수님은 그 십자가로 하나님의 구속하심을 드러내셨다. 피 묻은 십자가 앞에 서면 우리는 세상에 속한 헛된 것들을 내려놓게 된다. 우리가 자랑하는 것들이 얼마나 하찮은 것들인지를 알게 된다. 매일매일, 순간순간을 인생 최고의 걸작품으로 만들고 싶은가? 십자가로 가십시오. 그리고 십자가를 바라보십시오.

십자가는 비우는 것이고, 내려오는 것이고,
지극히 낮아지는 것이다.

십자가는 철저한 순종과 절대적인 의존의 정신이다. 우리가 그의 십자가에 깊이 참여하지 않고서는, 그리스도께서 우리를 자신과 연합하게 하실 수 없다. 날마다 자아를 꺾고, 날마다 내 고집을 꺾고, 날마다 묵묵히 용납하고 살아내는 것, 고운 가루가 되어 날마다 죽는 것이 십자가이다. 십자가는 자신이 누구인지를 보여주는 렌즈다. 우리는 십자가를 통해 자신의 진정한 모습을 봐야 한다. 뿐만 아니라 십자가를 통해 사랑의 본체이신 하나님의 모습을 봐야 한다. 복음의 삶이란 자신을 의지하는 삶이 아니라 십자가를 의지하는 삶이다.

오, 그 은혜의 풍성함이여! 오, 그 사랑의 충만함이여!

십자가 (II)

> 하늘이 열리고 그리스도께서 내려오셨고, 하나님은 십자가의 그리스도 안에서 자신을 계시하셨다. 십자가는 나의 사랑의 보증이다.
>
> 존 스토트, 《존 스토트의 기독교 강요(2023, 비전북, 570)》

그리스도의 십자가는 기독교 신앙의 중심이요, 기독교 신학의 근거다.

십자가는 하나님의 뜻이 이루어진 장소다. 십자가는 그 무엇으로도 설명할 수 없는 하나님의 고귀한 낭비다. 인간은 자신이 살기 위해 예수님을 십자가에 죽였고, 성부 하나님은 인간을 살리기 위해 성자 예수를 십자가에 죽이셨다. 십자가는 인류를 포기하지 않기 위해 하나님이 자신을 내어주신 사건이다. 십자가는 은혜와 정의, 긍휼과 진노를 동시에 나타낸다. 이 사실은 너무나 놀라워 다 이해하기 어렵다. 십자가는 하나님의 구원의 능력이다. 원수 된 자를 하나님과 화목하게 만들었다. 십자가로 말미암아 하나님께로 가까이 나아가게 되었다. 십자가는 언덕 위의 등대처럼 절망 속에서 희망의 상징으로, 죽음 가운데서 생명의 상징으로, 어둠 속에서 빛의 상징으로 우뚝 서 있다.

십자가는 과거를 파묻고 미래를 바라보며
다시 일어서는 곳이다.

예수님에게 십자가는 패배가 아니라 오히려 영광스런 승리의 수단이었고, 그 승리는 예수님의 부활로 절정에 달했다. 예수님은 십자가로 이기셨고, 십자가를 이기셨다. 십자가는 하나님의 사랑의 가장 확실하고 충분한 증거이며, 이 십자가를 깨달아가는 영혼의 삶에는 감사와 감격이 살아 움직이게 된다. 십자가와 부활의 예수 그리스도야말로 모든 문제의 필요에 대한 완전한 해답이요, 하나님의 능력과 지혜이다. 그리스도의 십자가 고난과 죽음은 우리를 위한 것이다. 그리스도의 십자가는 인간의 죄를 용서하는 기초다. 그리스도의 십자가와 부활은 죄와 사망을 이긴다. 그리스도의 십자가는 깨지고 상한 인간을 치유한다. 그리스도의 십자가는 인간을 향한 하나님의 사랑을 입증한다. 십자가는 역사의 절정, 과거의 모든 것이 십자가에 초점이 맞춰져 있으며, 미래의 모든 것이 십자가에 따라 결정될 것이다.

그런즉 믿음, 소망, 사랑, 이 중의 제일은 사랑이다.

그 사랑을 보여주는 것이 십자가다. 십자가의 사랑은 자기의 유익을 구하지 않는 것이다. 그러므로 십자가는 악을 이기는 힘이 된다. 십자가

는 우리를 새로 출생시키는 내적 변화다. 십자가의 진정한 의미는 변혁, 즉 우리 삶의 변화를 말한다. 속량, 칭의, 화해, 십자가를 정의하는 이 세 단어는 궁극적으로 한 가지 변화를 설명한다. 그것은 신분의 변화다. 예수 그리스도의 십자가를 따른다는 것은 참으로 엄청난 일이다. 전혀 다른 세상이다. 새로운 사람이 세워지는 것이다. 십자가는 그분의 긍휼의 크기이고, 부활은 그분의 능력의 크기다. 우리의 상황 속에서 하나님의 일하시는 바를 이해하기 어려울 때라도 우리는 십자가를 통해 드러난 그분의 모습을 붙들 수 있다. 십자가를 짊어진다는 것, 즉 그리스도의 십자가를 본받아 살아간다는 것은 우리의 권리를 더 이상 주장하지 않는 것을 뜻한다. 십자가는 논의해야 할 교리가 아니라 체험해야 할 현실이다. 부모가 자녀에게 줄 수 있는 가장 소중한 것은 따뜻한 추억보다, 밀어 버려도 밀어 버려도 다가서는 예수 그리스도의 십자가이다.

Chapter 4
어느 그리스도인의 문학 기행

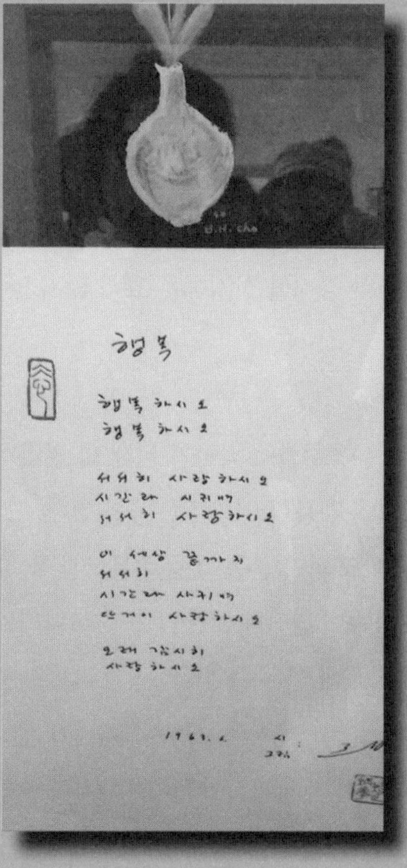

시인 윤동주, 하늘과 바람과 별과 시

일제 강점기에 후쿠오카 형무소에서 복역 중 간절히 기다렸던 조국 광복을 반 년 앞둔 채 1945년 2월 16일 새벽, 청년 윤동주는 순절했다. 2004년 문학과 지성사가 출판한 《정본 윤동주 전집》을 엮은 홍장학은 머리말에서 "윤동주는, 변절과 배신으로 신음해온 우리 현대 정신사의 중심에서 민족적 양심과 긍지를 상징해온 그리 많지 않은 인물 중의 한 사람이다."라 했다.

그 한 사람, 시인 윤동주를 추적하기 위해 몇 권의 책과 이준익 감독이 만들어 2016년 2월에 개봉한 영화 〈동주〉를 봤다. 그리고 한 걸음 더 나아 가 서울 '연세대학교'와 청운동 '윤동주문학관'을 찾았다. 그런데 며칠 동안 체한 것같이 가슴이 답답해 글쓰기 진도가 나가지 않았다. 그러다가 이제 기운을 차려 힘들게 펜을 들었다.

시인 윤동주는 제1차 세계대전이 한창이던 1917년 12월 30일 북간도 명동촌(현, 연변 조선족 자치구 용정시)에서 태어났다. 항일운동의 근거지라는 북간도의 특성은 어린 윤동주에게 나라 사랑의 마음을 자연스럽게 심어 줬다. 동시에 독실한 기독교 신앙의 가풍은 그의 성장 과정 내내 큰 영향을 끼쳤다. 명동소학교(1931년)와 광명중학교(1938년)를 졸업한 윤동주는 북간도를 떠나, 1938년 서울 연희전문학교 문과에 입학했고, 연희전문에서 처음 쓴 시가 〈새로운 길〉이다.

새로운 길

내를 건너서 숲으로
고개를 넘어서 마을로
어제도 가고 오늘도 갈
나의 길 새로운 길

나의 길은 언제나 새로운 길
오늘도.....내일도.....

내를 건너서 숲으로
고개를 넘어서 마을로
(1938. 5. 10.)

《정본 윤동주 전집》(2004년, 문학과 지성사, 85)

연희전문학교를 졸업할 무렵인 1941년에 자신이 쓴 작품 가운데 19편의 시를 골라서 졸업 기념으로 출판할 계획이었는데, 그때 제목으로 생각해 두었던 것이 바로 '하늘과 바람과 별과 시' 였다. 그러나 일제의 한국어 말살 정책의 강압적 시행으로 한국어 신문과 잡지, 서적 출판을 허가하지 않았다. 해서 윤동주는 세 벌의 필사본을 만들어, 하나는 스승 이양하 교수에게, 또 하나는 연희전문 2년 후배이자 누상동 작가 김송 집에서 함께 하숙한 정병욱에게, 나머지 한 벌은 자신이 지닌 채 1942년 일본 유학길에 올랐다.

1948년 1월, 윤동주 3주기를 앞두고 시집 《하늘과 바람과 별과 시》가 정음사에서 출간 된 것은 그 세 벌 중 한 벌을 소중히 간직했던 정병욱(1922~1982년, 전 서울대 국문학과 교수: 매제 윤일주) 덕분이다. 그 스토리를 문학평론가 권영민은 《권영민 교수의 문학콘서트》에서 잘 설명해 주고 있다.

"정병욱은 고향의 어머니를 찾았다. 해방 후 어수선한 서울을 떠나 오랜만에 내려온 귀향길이었다. 정병욱의 부모가 살고 있던 집은 섬진강 하구의 망덕 포구에 자리하고 있었다. 정병욱의 부친은 고향에서 면장을 지내다가 이곳에서 양조장을 운영하면서 향리의 청년 교육에 앞장서고 있었다. 정병욱은 집에 들어서자 바로 어머니에게 전에 맡겼던 책과 노트를 어디에 두었는지 물었다. 어머니는 잘 간수했으니 걱정 말라고 하였다. 그리고는 일본 순사의 눈을 피해 양조장 큰 독 안에 감추었다가 해방이 되면서 장롱 속에 보관했던 책과 노트를 꺼내 왔다. 명주 보자기로 정성스럽게 싸 놓은 책과 노트를 받아 든 정병욱은 그 가운데 끼어 있는 윤동주의 시 원고가 너무나 반가웠다. 정병욱은 윤동주가 남긴 시작 원고를 가슴에 품고 서울로 올라왔다."

《하늘과 바람과 별과 시》, 보관본에 관해서는 권영민 교수와 다른 얘기도 있다. 〈오 마이 뉴스〉 2016년 3월 13일자 '이 사람이 없었다면 윤동주도 없었다---광양 광덕의 정병욱 생가를 찾아서' 보도에 보면, "1945년 8월 해방이 되자 살아 돌아온 정병욱은 자신의 집 마루 아래 숨겨뒀던 윤동주의 시를 모아 《하늘과 바람과 별과 시》라는 시집(1948년, 정음사)을 발간해 윤동주를 세상에 알렸다." 보관했던 곳이 차이가 있지만 정병욱 생가는 현재 '등록문화재 제341호'로 시인 윤동주를 기념하고 있으니 그 의미가 새로울 뿐이다.

무제

죽는 날까지 하늘을 우러러
한 점 부끄럼이 없기를,
잎새에 이는 바람에도
나는 괴로워했다.
별을 노래하는 마음으로
모든 죽어가는 것을 사랑해야지
그리고 나한테 주어진 길을
걸어가야겠다.

오늘 밤에도 별이 바람에 스치운다.
(1941. 11. 20.)

《정본 윤동주 전집》(2004년, 문학과 지성사, 122)

우리가 〈서시〉라 부르고 있는 이 시의 제목은 시인이 직접 붙인 제목이 아니다. 실제로 제목이 없었으나 윤동주 첫 시집에 31편의 시 가운데 맨 앞에 서문처럼 있었기 때문에 〈서시〉가 된 것이다.

한겨레신문 최재봉 기자는 그의 책 《역사와 만나는 문학기행》에서 "너무나 잘 알려져 자칫 아무런 새로운 감동도 불러일으키지 못할 수 있는, 그런 점에서 '사랑'이라는 닳아빠진 낱말의 운명을 연상시키기도 하는 〈서시〉는 윤동주의 세계관의 핵심을 담고 있다."고 했다.

1942년 4월 윤동주는 일본 도쿄의 릿쿄대학 영문과에 입학했다가, 한 학기를 마치고 정지용이 다녔던 도시샤대학 영문학과로 옮겼다. 윤동주는 3년간 일본에서 지냈지만 겨우 5편의 시를 남겼다. 3년 중 절반은 감옥에 있었기도 했지만 그의 유학 생활이 그만큼 고단했음을 짐작할 수 있다.

도시샤대학 재학 중 여름방학을 맞아 고향에 가기 위해 차표를 사놓았지만 고종사촌 송몽규와 함께 일경에 체포되었고, 1944년 3월 31일 교토 지방재판소에서 치안유지법 위반 혐의로 징역 2년을 선고 받았다. 당시 재판부의 판결문과 주문(7쪽)에는, "윤동주는 대단한 민족의식을 갖고 내선(일본과 조선)의 차별 문제에 대하여 깊은 원망의 뜻을 품고 있었고, 조선 독립의 야망을 실현시키려는 망동을 했다."라고 적시했다.

필자가 육군 입대를 앞두고 1975년 초 약속 장소인 연세대학교에 간 적이 있다. 정문을 지나 백양로를 걸어가면 그 당시엔 '연세춘추'로 가는 길목에 윤동주 시비만 세워져 있었다. 44년이 지난 2019년에는 윤동주 시비 주변은 마치 윤동주 공원으로 조성된 것 같았고, 시비 뒤편 '연세춘추' 신문사 건물은 '윤동주기념관'으로 조성 중에 있었다.

청운동 '윤동주문학관' 맞은편 도로엔 '청계천 발원지' 표지석이 있고, 그 위엔 인왕산과 백악산이 만나는 곳에 있는 '창의문'이 있다. 그런데 '창의문'이라 부르면 낯설겠지만 별칭인 '자하문'은 우리에게 친숙하다. 윤동주문학관은 제1전시실인 시인채(촬영 금지), 제2전시실인 열린 우물, 제3전시실인 닫힌 우물(영상 관람)이 있고, 시인의 언덕이란 산책로도 있다.

청년 윤동주는 연희전문 재학 시절 종로구 누상동에서 살 때 후배인 정병욱과 함께 인왕산에 오르곤 했을 터이니, 후일 다시 '윤동주문학관'을 방문할 때면, '인왕산 자락길 코스'(총2.7km/ 1시간 20분 소요)나 '인왕산 숲길 코스'(총2.5km/ 1시간 40분 소요)를 홀로 걸으며 별처럼 반짝이는 윤동주의 시와 동행하고 싶다.

길

잃어버렸습니다
무얼 어디다 잃었는지 몰라
두 손이 주머니를 더듬어
길에 나아갑니다.

돌과 돌과 돌이 끝없이 연달아
길은 돌담을 끼고 갑니다.

담은 쇠문을 굳게 닫아
길 위에 긴 그림자를 드리우고

길은 아침에서 저녁으로
저녁에서 아침으로 통했습니다.

돌담을 더듬어 눈물짓다
쳐다보면 하늘은 부끄럽게 푸릅니다.

풀 한 포기 없는 이 길을 걷는 것은
담 저쪽에 내가 남아 있는 까닭이고,

내가 사는 것은, 다만,
잃은 것을 찾는 까닭입니다.
(1941. 9. 31.)

《정본 윤동주 전집》(2004년, 문학과 지성사, 119)

마음이 청결한 자, 권정생(權正生)선생님

마음속에 작은 시골 교회 하나 지어
동화작가 권정생 선생처럼
새벽마다 종을 치는 종지기가 되어야지
하늘의 종을 치는 종지기가 되어
종소리마다 함박눈으로 펑펑 내리게 해야지
모든 것을 견디고 모든 것을 용서하는
푸른 별들의 종소리를 울리며
함박눈을 맞으며
그리운 당신을 만나러 가야지

정호승, 〈종지기〉

2001년 김동호 목사가 《깨끗한 부자》를 출판 후 2003년 협성대 신약학 교수를 역임한 김영봉 목사는 김동호 목사의 청부론을 정면으로 비판하는 《바늘 귀를 통과한 부자》를 펴냄으로 논쟁이 시작됐다. 두 분의 주장은 기독교계는 물론 사회에까지 이슈로 부각되어 '한국일보', '문화일보' 'CBS', '뉴스앤조이', '기독교사상' 등에 논쟁이 기사와 보도로 여론을 뜨겁게 달궜다.

그런데 "장마철에 마실 물이 귀하다."는 속담처럼 세상에 사람은 많지만 진심으로 존경할 사람은 찾기 힘든 게 현실이다. 그럼에도 불구하고 권정생 선생은 언행일치와 신행일치의 삶을 사셨기에 나는 그를 존경할 수

밖에 없다. 이전엔 가끔 이 노래를 불렀지만 복음성가를 지은 시인의 사연을 알고부터는 난 솔직히 그 찬양을 부르지 못한다. 작시자는 뇌성마비 장애자 송명희 시인이다. 아마도 천국에서 편히 쉴 권정생 선생이라면 이 노래를 거침없이 부르실 것 같다.

나 가진 재물 없으나
나 남이 가진 지식 없으나
나 남에게 있는 건강 있지 않으나
나 남이 없는 것 있으니

나 남이 못 본 것을 보았고
나 남이 듣지 못한 음성 들었고
나 남이 받지 못한 사랑 받았고
나 남이 모르는 것 깨달았네.

공평하신 하나님이
나 남이 가진 것 나 없지만
공평하신 하나님이
나 남이 없는 것 갖게 하셨네.

권정생 선생은 1937년 일본 도쿄에서 가난한 노동자의 아들로 태어났다. 해방 후 경북 청송으로 귀국, 1968년부터 1982년까지 안동 일직교회 문간방에 살면서 교회학교 교사와 종지기로 일했다. 그 무렵 차임벨이 보급되면서 교회를 떠나 1983년 작품 인세로 받은 돈으로 교회 청년들과 함께 빌배산, 빌뱅이 언덕에 5평짜리 토담집을 지어 그 오두막에서 24년간 살다가 2007년 5월 17일 별세하셨다.

《국민일보》 이지현 선임기자는 안동 권정생 선생의 유적 취재 후 〈쓸모없는 사람은 없다〉는 제목의 긴 기사를 2016년 12월 2일 썼는데, 글은 이렇게 시작한다. "평생 낮은 자리에서 소박하게 살며, 작고 보잘것없는 것에 대한 애정과 굴곡진 삶을 사는 이웃의 이야기를 가슴 뭉클하게 그려낸 아동문학가 권정생은 '성자가 된 종지기'로 불린다."

《강아지 똥》과 《몽실 언니》의 누적 판매 부수가 각각 백만 부가 넘었기에 한 해 다른 작품까지 합한 인세 수입은 1억 정도라고 한다. 하지만 평생 독신으로 살며 자발적 청빈의 삶을 실천하신 작가는 사후 가족에게는 1억 7천을 남긴 채 나머지 10억은 최완택 목사, 정호경 신부, 박연철 변호사 3인에게 맡기셨다. "나는 죽었다 다시 태어나도 가난한 아이들과 함께 할 것"이라고 말한 선생의 2005년 5월 10일 작성한 유언장에서 "위 세 사람은 내가 쓴 모든 저작물을 함께 잘 관리해 주기를 바란다. 내가 쓴 모든 책은 주로 어린이들이 사서 읽은 것이니 여기서 나오는 인세를 어린이에게 되돌려주는 것이 마땅하다..." 그 기금과 매년 들어오는 인세로 '권정생어린이문화재단'을 설립하여 본격적인 활동을 하고 있다. 2014년 안동시가 옛 일직남부초등학교를 리모델링해 '권정생어린이문학관'(경북 안동 일직면 성남길 119)을 개관했다.

문학평론가 염무웅은 '권정생 선생님 영전에'(2007. 5. 20.) 부치는 글에서 권정생을 압축해서 전한다. "오늘 우리는 우리 시대의 가장 고결한 영혼과 작별하기 위하여 이 자리에 모였습니다. 그는 한평생 가난하게 살았고, 비천한 것들 틈에서 지냈습니다. 그러나 그의 남루해 보이는 삶은 아무런 가감 없이 그 자체로서 이 시대의 불의와 타락에 대한 무언의 질타였고, 우리들 마음 한편에 남아 있는 양심에의 살아 있는 호소였습니다. (중략) 권정생 선생님, 당신의 일생은 더 보탤 것도 뺄 것도 없는 가장 소박한 정신의 완성입니다." -염무웅 《지옥에 이르지 않기 위하여》(2021, 창비, 74~76)

"...그렇게 권정생어린이문화재단이 세워졌고, 지금까지 북한 어린이 지원 등 어린이를 위한 공익활동을 이어오고 있습니다."란 《한국경제》 구은서 기자가 쓴(2023. 5. 12.) "쓸모 없는 존재는 없단다"...어린이들 위로하는 '몽실언니'〉란 제하의 보도처럼. 구체적인 활동으로는 권정생 창작기금 지원, 유진벨재단 북한 내 결핵 환자 의약품 지원, 함경북도 온성유치원 급식 지원, 북한 어린이 영유아 분유 지원, 공부방 도서 지원, 농촌 소외지역 공부방 및 일본 우리 학교 도서 지원 등의 활동을 했는데, 재단의 아이들을 위한 지원은 일회성이 아니라 지속적인 사업이다.

권정생 선생의 《조선일보》 신춘문예 당선작 〈무명 저고리와 엄마〉를 보고 나서 이오덕(당시 48세, 1925~2003년) 선생은 권정생 선생(36세,

1937~2007년)을 안동 일직교회 문간방을 찾아가 처음 만난 후 서로를 높이며 교제했다. 이오덕 선생의 책《나무처럼 산처럼》에서 "삶이 없는 문학 작품은 겉치레 속임수가 아니면 말장난이나 흉내내기에 지나지 않습니다."라 했고, 마하트마 간디는 "내 인생은 나의 메시지이다."라 고백했다.

"한 알의 모래 속에서 세계를 보고/ 한 송이 들꽃에서 천국을 본다"는 시인 윌리엄 블레이크의 노래처럼 권정생 선생 역시 그랬다. 권정생 선생은 '삶이 문학'이었고, '삶이 메시지'였다. 그런 까닭에 세월이 흘러도 여전히 묵직한 감동으로 독자에게 생생히 다가와 공명할 수밖에 없는 것이다. "세상에서 진정한 평화를 원한다면 아이들과 함께 시작하라." 간디의 말처럼 평생을 진정한 평화를 위해 아이들을 사랑하셔서 아이들과 함께 시작하셨던 권정생 선생, 이제 그분의 헌신과 사랑의 씨앗이 그 뜻을 계승한 후배들과 다음 세대를 통해 아름다운 꽃을 피우고, 풍성한 열매가 있기를 소망하고 기대한다.

시인 김병화의 어머니

강화에 살고 있는 조각가 김병화 선생이 어느 날 주소를 묻더니 곧 책이 왔다. 시집을 보는 순간 그와 함께 봤던 2004년 진흥아트홀 전시회가 생각났다《동아일보》2004.11.18. 김병종, 김병화 씨 '다시 보는 예수' 회화 조각전). 30여 년을 서적계와 출판계에서 일했

기에 책에 관해 나는 할 말이 많다. 시집 《박정숙 어머니》의 표지화를 보고, 표지에 실린 시 〈부모〉와 〈박정숙 어머니〉를 읽은 후 66편의 시를 다 읽은 것 같았다.

부모

내 삶의 실이 다 풀려
그것으로 너의 훌륭한 삶이 짜진다면
그보다 더 기쁜 일이 있을까?

김병화, 《박정숙 어머니》(2019, 다시올, 81)

박정숙 어머니

검버섯 얼룩 반점으로 피어오르고
주름 고랑 햇수만큼 골 잡혔어요
그 늙고 결삭은 늦가을 얼굴에
사과 볼 빨갛게 영글었어요 어머니.

김병화, 《박정숙 어머니》(2019, 다시올, 43)

---

*박정숙(1924~2019)
한국의 보통 어머니상으로 세상 업적, 명성과는 무관한 삶이지만 조용히 당신의 자리에서 그리스도적 삶을 실천하며 사셨던 할머니다. 주위에 귀감이 되고 있다.

김병화 시인의 시는 그의 성품을 닮아 고요하다. 하지만 문학평론가 류양선의 해설처럼 "소박한, 그러나 우람한 사랑의 시"다. 강화에 사는 시인 함민복은 발문에서 말한다. "삼십 년 전 김병화 시인의 그림시를 읽고 경쾌한 충격을 받았었다. 세월이 한참 흘러 강화에서 시인을 직접 만났고 함께 많은 시간을 보냈다 (중략) 압축된 시공을 통해 인생이란 무엇인가를, 순환이란 무엇인가를 시 한 편으로 단번에 그려 놓는다. 표지의 〈부모〉는 순환의 쓸쓸한 아름다움을 그린 절정의 시이다." 그리고 문학평론가 정효구는 "김병화의 시는 문학과 미술을 한 자리에서 아우른 복합 예술(multi-art)이다. 그는 누구보다 다양한 예술적 기표를 자유롭게 배치하고 소통시킬 수 있는 능력을 가진 문제적이며 미래적인 시인이다."라고 평했다.

시집 《박정숙 어머니》를 읽은 후 서재를 보니 김병화 이콘집 《피뢰침과 십자가》, 가 꽂혀 있었고, 2002년에 쓴 시인의 서명이 그때를 회상하게 했다. 두 책을 비교했더니 유일하게 단 한 편이 중복된 게 나타났다. '부모' 그림과 시였다. 아마도 시인에게 어머니는 그를 관통하는 바탕인 것 같고, 시인의 작품은 그 샘에서 길어 올리는 것은 아닐까.

어머니

어디여?
어디 어디예요
어이 와 어이 와~

어머니는 귀가가 좀 늦었다 싶으면
흘러내린 치맛단 바짝 끌어당기듯
아들을 부르고 계셨습니다
오오! 당신 몸 밖의 생명 어찌 되랴
꾹꾹! 전화번호 자판기 열심히 누르시며

(어이 와 어이 와~)
쫓기듯 돌아온 아들
문안 인사 받으신 후에야
비로소 하루 마감하시듯
잠자리에 드셨습니다.

김병화, 《박정숙 어머니》(2019, 다시올, 56)

시인 김수영

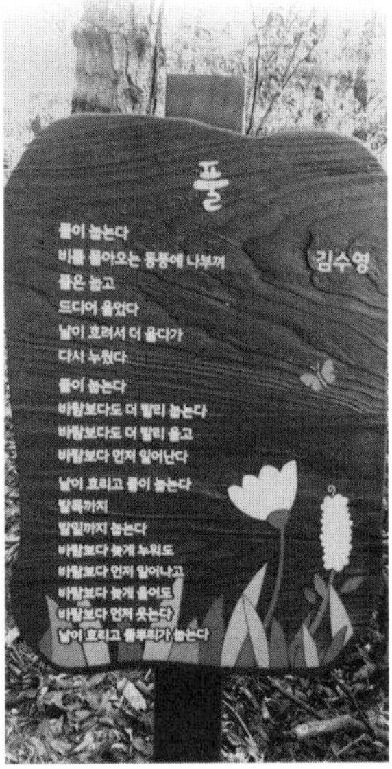

때묻은 런닝셔츠 바람으로
턱을 괴고
어디를 향해 있는지도 모르는
분명 열흘 곡기를 끊은 듯한
그 퀭한
김수영의 눈빛을 평생 따라가다 보면
한 순간 만난다
그 눈빛이 흘리는 눈물과
그 눈물이 이루는 강물과
그 강물을 따라 흐르는 나뭇잎 한 장을
만난다
그 나뭇잎 위에 말없이 앉아
어머니를 생각하는
한 마리 개미를 만난다

정호승, 〈金洙暎 사진〉

2018년 12월 창비에서 출판한 김수영 50주기 헌정 산문집 《시는 나의 닻이다》의 공편자 최원식은 '책머리에' 이렇게 김수영 시인을 언급했다.

"김수영은 어렵다. 뒤늦게 슬금슬금 읽기 시작했는데, 특히 산문에 잠심했다. 처음에는 솔직히 서걱했다. (중략) 김수영은 사후에 재평가된 대표적 시인의 한 분이다. 물론 생전에도 일정한 위치를 지닌 중요한 시인으로 꼽혔지만 약간은 괴짜처럼 여겨지는 소수자였다. 생전에 상재한 개인시집이 단 한 권이요, 수상도 단 한 차례였던 점이 웅변할바, 그의 문학적 명예는 사후에 식물처럼 느리게 그러나 쉼 없이 무럭무럭 자랐다."

김수영 시인의 시를 내가 처음 접한 계기는 4.19 시를 찾아 읽다가 〈우선 그놈의 사진을 떼어서 밑씻개로 하자〉, 〈기도- 4.19 순국 학도 위령제에 부치는 노래〉, 〈육법전서와 혁명〉 등의 시를 읽기 시작한 즈음이었다.

1980년 1월 종로서적 재직 시 문학파트에 시 코너는 서가 하나에 불과했다. 그 무렵 시 독자층이 좁았고, 동시에 시집 출판이 많지 않았음을 대변한다. 1981년 봄 신학기가 지나 한 해 중 비교적 한가한 시기에 담당 출판사 방문을 하곤 했다. 때마침 시인 한 분과 인사를 나눴는 데, 그는 '현대문학상'과 '한국문학상' 등을 수상한 정공채 시인이었다. 정 시인과 대화 중 그의 1979년 펴낸 시집 《정공채 시집 있습니까》에 담긴 비화를 들었다. 언젠가 시집 출판 이후 독자의 반응이 궁금해 책방에서 몇 시간을 살폈지만 자기 시집을 찾는 사람은 한 사람도 없었단다. 해서 돌아서며 서점 직원에게 "정공채 시집 있습니까?" 물었다는 얘기였다.

아무튼 조병화, 이해인 시인 등의 시가 다수의 독자층을 형성하면서 몇 년 후 종로서적 문학파트에 시 코너를 확장했다. 그리고 창작과 비평, 문학과지성, 실천문학사, 민음사...등 출판사에서 점진적으로 시집 출판이 활성화되어 시분야가 40년 전보다 이제는 튼실한 출판 영역으로 자리 잡았다.

김수영 시전집의 첫 시는 1945년 작 〈묘정의 노래〉이고, 끝 시는 1968년 작 〈풀〉이다. 1968년, 내가 중학생 시절 그는 48세로 별세했다. 신록의 아름다움을 붙들어 매놓고 싶은 어느 봄날에 김수영 시 전집을 다 읽었다. 그리고 바로 그의 흔적을 더 알고 싶어서 '김수영 문학관'(서울특별시 도봉구 해동로 32길 80)을 다녀왔다.

오늘날 김수영 시인의 마지막 작품 〈풀〉이 그의 대표작으로 남아 이제는 국내외 독자들의 많은 사랑을 받고 있다. 북한산 국립공원 옛 '도봉서원'터 앞에는 김수영 시비가 있다. 그 시비 아래에 유골함을 묻었기에 김수영 시비는 곧 시인의 무덤이기도 한데, 서울시는 2013년 우리나라 대표적 현대시인인 김수영의 시비를 '미래유산 제40호'로 지정하여 보호하고 있다. 각설하고 김수영 시인의 시 두 편을 감상해 보자.

절망

김수영

풍경이 풍경을 반성하지 않는 것처럼
곰팡이 곰팡을 반성하지 않는 것처럼
여름이 여름을 반성하지 않는 것처럼
속도가 속도를 반성하지 않는 것처럼
졸렬과 수치가 그들 자신을 반성하지 않는 것처럼
바람은 딴 데에서 오고
구원은 예기치 않은 순간에 오고
절망은 끝까지 그 자신을 반성하지 않는다.
※1965. 8. 28

김수영, 《김수영 전집 (1) 시》(2018, 민음사, 311)

풀

김수영

풀이 눕는다
비를 몰아오는 동풍에 나부껴
풀은 눕고
드디어 울었다
날이 흐려서 더 울다가
다시 누웠다

풀이 눕는다
바람보다도 더 빨리 눕는다
바람보다도 더 빨리 울고
바람보다 먼저 일어난다

날이 흐리고 풀이 눕는다
발목까지
발밑까지 눕는다
바람보다 늦게 누워도
바람보다 먼저 일어나고
바람보다 늦게 울어도
바람보다 먼저 웃는다
날이 흐리고 풀뿌리가 눕는다
※1968. 5. 29.

김수영, 《김수영 전집 (1) 시》(2018, 민음사, 375)

예술의 동반자, 시인 구상과 화가 이중섭

인생에서 좋은 친구를 만나고, 그 친구와 평생 사귐을 갖는 것보다 더 소중한 게 또 무엇이 있을까? 동양에서는 관중과 포숙의 우정(管鮑之交)을 부러워하고, 뗄레야 뗄 수 없는 친밀한 관계를 수어지교(水魚之交)라 한다. 서양에서는 구약성경 사무엘상 20장에 나오는 다윗과 요나단의 우정을 가장 높이 친다.

화가 이중섭과 시인 구상의 우정은 마치 '관중과 포숙', '다윗과 요나단'의 우정을 연상시킨다. 일본 동경에서 시작된 우정은 원산 시절과 월남 후 부산 피난 시절, 대구, 서울 시절로 이어졌고 더욱 깊어졌다. 죽음의 문턱에 서 있는 이중섭을 적십자병원으로 옮겨 준 것도, 이중섭의 주검을 수습하여 일본의 가족들과 다시 만날 수 있도록 한 것도 1957년 동경 국제 펜클럽 대회에 한국 대표로 참가했던 시인 구상이었다.

모과 옹두리에도 사연이 -46

바다/ 파도만이 넘실거리는 바다/ 갈매기가 한 마리 일렁이는 파도에/ 깃을 적시며/ 가없는 하늘에 활을 그으며/ 짝과 새끼들이 사는/ 직녀성(織女星)처럼 먼 나라를 찾아/ 끼끼끽/ 끼끼끽/ 날아다닌다.

가도 가도 아득한 하늘과 바다/ 깃을 드리울 섬 하나 없고/ 쉬어갈 나뭇가지 하나 보이지 않는/ 가도 가도 아득한 하늘과 바다

마침내 갈매기는 허공을 치솟다가/ 끼끼끽/ 끼끼끽/ 끼끼끽/ 애절한 울음소리를 내면서/ 입 벌린 무덤 같은 바다에 스러진다.

프로펠러 소리가 울려온다./ 비행기 객석 어느 사내의 무릎 위엔/ 흰 보자기로 싼 하나가 놓여 있다./ 차를 나르던 스튜어디스가/ - 그거 선반에 얹어 드릴까요?/ - 아니 괜찮소./ - 골동품인가요? 아주 귀중한...../ - 그저 좀 뭣한 것이어서...../ 사내가 우물쭈물 말꼬리를 흐리자/ 그녀는 탁자를 빼내 커피를 따라준다./ 사내는 차를 마시며 창밖을 내다보고/ 가끔 그 보자기 상자에 눈을 떨구기도 한다.

하늘도 바다도 아닌 갈맷비 허공 속/ 끼끼끽/ 끼끼끽/ 끼끼끽/ 끼끼끽/ 갈매기의 환영(幻影)이 난다.

일본 하네다 공항 커피숍/ 사내는 상복(喪服) 한 한 여인네와 마주앉는다./ - 뭐 별로 형식도 없을 터이고 그러면 부인!/ 하고 사내가 흰 보자기 상자를 건네자 이를 받아 안은 여인네는 솟구치는 슬픔에 인사말을 못하고 그저 입을 삐죽

인다./ - 세상을 떠났을 때 화장(火葬)을 해서 일부는 무덤을 짓고 일부는 어느 때건 전해드릴 날이 있을 것 같아 제가 간수했다가 가지고 왔습니다. 그리고 이것은 무덤의 사진이구요./ 여인이 눈물을 떨구며 받아든 무덤 사진에는 '입맞춤'의 그림과 함께 '화가 이중섭지묘(李仲燮之墓)'라고 새겨진 돌이 하나 놓여 있다.

구상, 《모과 옹두리에도 사연이》(2004년, 답게, 128~132)

이중섭 생전 가족(부인, 아들)간에 나눈 편지를 시인 박재삼이 번역해 출판한 《이중섭 1916- 1956 편지와 그림들》 (2011년 개정판, 다빈치)부록 중 구상 시인이 쓴 '이중섭의 인품과 예술'이 230~ 241쪽에 걸쳐 있는데, 그 가운데 일부를 인용한다.

"중섭은 쾌쾌히 말해 천재로서 시적(詩的)인 미(美)와 황소 같은 화력(畫力)을 지녔을 뿐 아니라 용출(湧出)하는 사랑의 소유자였다. 나는 문외한이라 그의 작품이나 작기(作技)는 감히 언급을 피하지만 그처럼 그림과 인간이, 예술과 진실이 일치한 예술가를 내 시대에선 모른다."

서울대학교 명예교수 권영민이 펴낸 《권영민 교수의 문학 콘서트》(2017, 해냄)에 보면 〈이중섭의 달과 까마귀〉란 제하의 글을 보면, 88~ 119쪽에 걸쳐 화가 이중섭의 삶과 예술을 얘기한다. 그 가운데 마지막 부분을 인용함으로써 화가 이중섭과 시인 구상의 아름다운 우정을 살펴보자.

"구상은 1975년 이중섭기념사업회를 결성했고 여기저기 흩어진 이중섭의 작품들을 수습하는 일에도 앞장섰다. 1986년 이중섭이 세상을 떠난 후 30주기를 맞아 개최한 전시회 '30주기 특별기획 이중섭전'(호암갤러리)에도 참여했고, 1999년 갤러리 현대에서 개최한 '이중섭'이라는 커다란 전시회에도 자문했다.

이중섭을 위한 크고 작은 전시회가 개최되면서 이중섭의 미술 세계는 그렇게 하나의 신화가 되었다. 이 과정을 지켜보면서 구상도 2004년 이중섭의 곁으로 떠났다. 이중섭에게 시인 구상은 인간적 우의를 지킨 친구였고 동시대 예술의 고통과 그 정신적 지향울 함께했던 예술의 동반자였다."

프랑스문인협회가 뽑은 '세계 200대 문인'에 선정된 구상 시인은 1953년부터 1974년까지 칠곡군 왜관읍에 머물며 작품 활동을 했다. 2019년 2월 12일 대구 《매일신문》 〈시인 구상 · 화가 이중섭 칠곡 '우정의 거리'조성〉보도에 의하면 구상 시인 탄생 100주년을 기념해 성 베네딕도회 왜관수도원 산하 순심교육재단과 칠곡군이 업무협약을 맺고 올 하반기에 '우정의 거리'를 만들기로 했다는 기사를 읽었다.

아무쪼록 '우정의 거리'를 걷는 모든 이들에게 화가 이중섭과 시인 구상의 아름다운 우정이 민들레 씨앗처럼 훨훨 날아올라 또 하나의 우정으로 뿌리내리고, 또 하나의 우정으로 꽃피길 소망한다.

이중섭의 "길 떠나는 가족"

향나무가 서 있다

권정남

이중섭이 살았던 집 뜨락
머리 푼 아름드리 초록 불꽃이
서귀포 바다 쪽으로
쏠리며 서 있다

소나기, 폭설이 내려도
꺼지지 않는 저 불이 허공에서
태양처럼 이글거린다
자세히 보니
은박지 속 부서지는 아이들의
둥근 웃음소리다

모래 펄을 기어 다니는
게의 허망한 발자국이었다가
노을 앞에 울부짖는
소의 눈망울이다
현해탄 건너 서귀포를
밝혀 주던 둥근 달
아내 남덕의 눈빛이다
초록 불꽃 속으로 타들어 가는
농익은 그리움
이중섭의 눈물이다.

권정남, 《사이프러스 나무 아래 서다》(2020, 글나무, 48-49)

사람들 사이에 섬이 있다.
그 섬에 가고 싶다.

정현종, 〈섬〉

작년 여름 '그 섬에 가고 싶다'면서 오랜 세월 마음에 품었던 제주도에 갔습니다. "진정으로 발견하는 여행은 새로운 풍경을 찾는 것이 아니라 새로운 눈을 얻는 데 있다."는 마르셀 프루스트의 말처럼 4박 5일 동안 여행을 마치고 집으로 향할 때면 '새로운 눈을 얻고' 돌아오길 간절히 소망하며 길을 떠났습니다.

용두암, 만장굴, 섭지코지, 성산 일출봉, 김영갑갤러리 두모악, 성읍마을, 산방산 용머리해안, 송악산 둘레길, 쇠소깍, 엉또폭포, 이중섭미술관, 한라산 백록담, 천지연폭포, 외돌개, 지삿개 주상절리, 송악산 선착장, 마라도, 협재해변, 곽지해변

절물자연휴양림과 서귀포자연휴양림의 산림에 안겼던 시간은 행복했고 가족의 소중함을 통찰하는 기회였습니다. 미술을 전공한 아내와 함께 이중섭미술관을 방문한 날은 우비 입고 우산을 챙겨야 할만큼 비가 많이 내렸지요. 하지만 이중섭의 작품과 그의 흔적을 볼 수 있다는 사실에 마음 한 구석이 따뜻했습니다. 지금도 아내의 핸드폰 카톡 프로필 관리, 몇 장 뿐인 사진 중에는 이중섭미술관에 전시된 '이중섭 나무 파렛트' 사진이 있습니다.

시인 김춘수(1922~2004년)는 피난지 부산에서 이중섭의 고난과 고통의 세월을 지켜본 후 그의 시 〈내가 만난 이중섭〉에서 이렇게 노래했지요.

> 광복동에서 만난 이중섭은
> 머리에 바다를 이고 있었다.
> 동경에서 아내가 온다고
> 바다보다 진한 빛깔 속으로
> 사라지고 있었다.
> 눈을 씻고 보아도

길 위에
발자욱이 보이지 않았다.
한참 뒤에 나는 또
남포동 어느 찻집에서
이중섭을 보았다.
바다가 잘 보이는 창가에 앉아
진한 어둠이 깔린 바다를
그는 한 뼘 한 뼘 지우고 있었다.
동경에서 아내는 오지 않는다고,

김춘수, 《김춘수 전집 1》(2004, 현대문학, 396)

이중섭 화백을 이해하기 위해 생전 친밀하게 지낸 두 분의 증언을 통해 그의 삶과 예술을 듣겠습니다. 먼저 세 살 위인 화가 김환기가 이중섭을 간결하게 표현한 구절과 세 살 아래인 시인 구상이 진정한 벗으로 얘기한 구절, 그리고 서귀포 시절의 작품에 대한 하영선 교수의 글을 인용합니다.

"이중섭의 그림을 보면 예술은 타고난 것 없이는 하기 힘들다는 것을 새삼 깨닫는다. 어찌 그런 것을 생각해내고 표현하는지, 말 그대로 참된 개성이요, 민족예술이다." –김환기(1913~ 1974년)

"중섭은 참혹 속에서 그림을 그려 남겼다. 판잣집 골방에서, 부두 일 하다 쉬면서, 합판 맨종이, 담뱃갑 은지에 연필과 못으로 그렸다. 외로워도, 배고파도 그저 그리고 또 그렸다." –구상(1919~ 2004년)

"한국전쟁이 한창 벌어지고 있던 1951년 원산에서 월남한 이중섭은 서귀포에서 가족과 함께 물질적으로는 엄청나게 어려웠지만 정신적으로는 한없이 행복했던 1년을 지내면서 〈서귀포의 환상〉과 〈섶섬이 보이는 풍경〉과 같이 주목할 만한 그림들을 남겼다."

–하영선 칼럼, '이중섭과 빈센트 반 고흐'(조선일보, 2009.7.16.)

한국 최초의 미술전문기자인 미술평론가 이구열이 책임편집하고 집필한 화집 《이중섭》(1976년, 효문사)에서 〈길 떠나는 가족〉에 관한 이구열 선생의 해설 중 일부입니다.

"이 작품은 현실상황에서 탈출하여 처자와 더불어 전쟁의 비극도, 굶주림과 헐벗음도, 그리고 헤어짐도 없는 평화의 낙원을 갈망하고 환상하던 이중섭의 심경이 그려져 있다.

"자, 가자"하고 신호를 보내듯이 한손을 높이 쳐든 선량한 농부상의 한 사나이(이중섭)가 아내와 두 아들이 꽃과 비둘기로 상징된 희망 찬 표정으로 올라타고 있는 달구지와 그것을 끌고 갈 황소 앞에 서 있다. 사나이는 또 한 손에는 황소를 유도할 고삐가 잡혀져 있다. 이들은 바야흐로 어떤 이상향으로 떠나려는 참이다. 화면 색조는 짙은 회색조를 배경으로 황, 적, 청 등이 적절히 구사되면서 대단히 밝고 따뜻하다."

이구열 선생은 〈길 떠나는 가족〉의 해설 마지막 구절과는 다르게 〈길 떠나는 가족〉은 아내(야마모토 마사코=이남덕)와 두 아들(태현, 태성)이 1952년 7월 일본으로 떠난 지 2년 정도 흐른 시점에 그린 그림으로 가족과의 이별의 아픔이 크낙했고, 해서 그리움이 쌓였던 시절의 작품인 것입니다.

아무튼 이중섭(1916~ 1956년)의 모든 작품은 그가 평소 되뇌었듯이 "예술은 진실의 힘이 비바람을 이긴 기록"이었고, 〈길 떠나는 가족〉 역시 비바람을 이긴 산물이기에 《이중섭 평전》(2014년, 돌베개)을 쓴 미술사학자 최열은 '신화가 된 화가,' 란 부제를 붙일 수밖에 없지 않았을까.

고창, 미당시문학관과 선운사 동백꽃

미당 서정주가 남긴 시 중에서 〈선운사 동구〉는 한국인의 애송시로 꼽힌다. 동백꽃 개화 시기는 지역별로 조금은 차이가 있지만 12월부터 4월 사이이고, 활짝 피는 시기는 2월에서 4월 초순이다. 선운사 동백꽃은 3월부터 4월 초순 사이에 만개한다. 그런데 우리 가족은 본격적인 여름 휴가철, 고창에 갔다.

2012년 8월, 2박 3일 일정으로 부안의 내소사, 솔섬, 채석강, 변산해안도로, 새만금방조제, 곰소염전을 여행했고, 부안에 이어서 고창의 선운사와 도솔암, 고창읍성 그리고 미당시문학관도 찾았다. 나는 오래 전 《서정주 문학전집》(1972, 일지사, 전 5권)으로 미당 시를 읽었다. 그러나 전집을 읽었다고 미당과 미당의 시를 다 안다고 할 수는 없을 것이다.

생물학자 마거릿 D. 로우먼이 그의 책 《나무 위 나의 인생》(2002, 눌와, 94)에서 "잎병을 알기 위해선 가축만을, 벌레만을, 유카리나무 잎만이 아니라 전체 생태계를 연구해야 했다."고 한 그의 말에 전적으로 나는 동의한다. 해서 미당의 삶과 그의 배경 등 전체를 알기 위해 미당시문학관을 방문했다.

미당시문학관은 미당의 삶과 문학을 한눈에 볼 수 있도록 시인의 고향이자 영면지인 전북 고창군 부안읍 선운리 마을에 세워진 기념관이다. 고창 선운리에 위치한 폐교인 선운초등학교 봉암분교를 개조하여 부지 9,461㎡에 4동의 건축물을 만들고, 2001년 10월 생가 복원에 이어 11월 3일 개관하였다. 시설로는 전시실, 서재 재현실, 세미나실, 다용도실, 전망대 등이 있다.

禪雲寺 洞口

서정주

선운사 고랑으로
선운사 동백꽃을 보러 갔더니
동백꽃은 아직 일러 피지 않았고
막걸릿집 여자의 육자백이 가락에
작년 것만 오히려 남았읍디다.
그것도 목이 쉬여 남었읍디다.

《서정주 전집 1》(1994년, 민음사, 205)

선운사 골째기로
선운사 동백꽃을 보러 갔더니
동백꽃은 아직 일러 피지 안 했고
막걸릿집 여자의 육자배기 가락에
작년 것만 상기도 남었습디다.
그것도 목이 쉬어 남었습니다.

1974년 선운사 입구에 세운 〈선운사 동구〉 시비
참고 : 이경철 《미당 서정주 평전》
(2015, 은행나무, 177)

미당 탄생 100주년인 2015년, 3월 5일자 《조선일보》 박해현 문학전문기자가 쓴 〈선운사 동백꽃으로 가슴을 문지르면〉이란 제목의 글이 미당 시 〈선운사 동구〉를 이해하는 데에 도움이 될 것 같아 일부를 인용한다.

"...미당은 생전에 '선운사 동구'에 얽힌 슬픈 사연을 시 〈아버지 돌아가시고〉로 들려줬다. 1942년 시인은 부친이 세상을 뜨자 고향에 내려간 길에 선운사에 들렀다. 어느 이슬비 내리는 가을 오후에 '길가에 실파밭 건너 오막살이 주막'에 들어가 약주를 찾았다. '나이 40쯤의 꼭 전라도 육자배기 그대로의 여인'이 나와 '그렇잖아도 오늘은 한번 개봉해 볼까 하는 꽃술이 한 항아리 기대리고 있는디라우.'라고 했다.

시인과 주모는 한 도가니를 '눈 깜짝할 사이' 비워버렸다. 얼얼해진 주모가 육자배기를 들려줬다. 주모는 떠나는 시인에게 '동백꽃이 피거들랑 또 오시오 이...'라고 했다. (중략) 세월이 한참 흘러 시인이 그 주막을 다시 찾았더니 6.25전쟁통에 그 주모와 가족이 빨치산에게 학살당했다고 한다. 빨치산 토벌에 나선 경찰들에게 밥을 지어 먹인 죄목으로 죽임을 당했다는 것이다. 그래서 시인은 '선운사 동구라는 시에 그 육자배기 소리를 담아보았지'라고 했다."

통영, 박경리기념관

옛말에 "품안의 자식"이라 했고, "아이들은 세 살 때까지 평생 할 효도를 다 한다."라는 말도 있지요. 하워드 밴더웰은 "부모가 자녀에게 주어야 할 것은 바로 깊이 내려갈 수 있는 뿌리와 높이 날아오를 수 있는 날개다."란 잠언을 남겼습니다. 나에게는 두 아들이 있습니다. "오는 세월 막을 수 없고, 가는 세월 붙잡을 수 없다." 했던가요, 그래서 먼 훗날 부모 품을 떠난 두 아들이 그리울 때가 올 것을 대비해 여름뿐 아니라 겨울에도 네 식구가 부지런히 여행을 다녔습니다. 그러다 장남이 장가 간 후 세 식구의 여행은 줄었고, 부부 여행만 늘었지요.

뮐러의 시에 슈베르트가 곡을 붙인 〈겨울 나그네〉를 눈을 감고 듣기 좋아하는 나는 어느 해 겨울, 우리 네 식구가 함께 경상남도를 향해 2박 3일 집을 나섰습니다. 통영에서 미륵산케이블카, 세병관, 박경리기념관을 보고 충무에서 1박을 했고, 그 다음날, 거제에선 해금강 유람선을 즐기고 곧장 부산 태종대로 갔다가 창원에서 2박을, 셋째 날 주남저수지에 들렀다가 귀경길에 창녕 우포늪을 마지막 코스로 칼바람 맞으며 산책했지요.

경남 통영은 예술의 도시입니다. 극작가 유치진, 시인 유치환, 시인 김상옥, 시인 김춘수, 작가 김용익, 작곡가 윤이상, 작곡가 정윤주, 화가 전혁림 그리고 박경리 선생 등 문화예술계의 거장들이 통영에서 태어나 창작혼을 불태운 고장이지요. 원주 박경리 선생이 1980~1998년 《토지》 4, 5부를 집필하고 완간한 집필실이자 텃밭을 일구며 살던 집이 있는 원주 '박경리 문학공원'은 두 번 갔었지만 통영 박경리기념관은 첫 방문이었습니다.

'박경리기념관' 실내도 좋았지만 실외 풍경은 미륵산 케이블카에서 내려다본 다도해 경치만큼이나 아름다웠지요. 그리고 바다가 보이는 고향 언덕에 있는 박경리 선생의 산소는 그분의 글처럼 단아하게 자리 잡고 있었습니다.

박경리 선생이 돌아가신 지 한 달 후 출판한 유고시집 《버리고 갈 것만 남아서 참 홀가분하다》의 서문에서 따님은 어머니를 이렇게 회고하고 있는데, 39편의 시 중 유독 나에겐 한 편이 깊은 감동으로 다가옵니다.

"어머니가 마지막 순간까지 펜을 놓지 않고 남아있는 모든 기운을 사르면서 남기신 39편의 시를 모아 책으로 묶었습니다. (중략) 불꽃 같은 정열로, 분노로, 사랑으로 생애를 사셨고 한 땀 한 땀 바느질하시듯, 수놓으시듯 정성으로 글을 쓰셨습니다. 글쓰기를 통하여 삶을 완성하시고 죽음도 완성하셨으니 평안하소서! -2008년 6월 15일 김영주"

한

박경리

육신의 아픈 기억은
쉽게 지워진다
그러나
마음의 상처는
덧나기 일쑤이다
떠났다가도 돌아와서
깊은 밤 나를 쳐다보곤 한다
나를 쳐다볼 뿐만 아니라
때론 슬프게 흐느끼고
때론 분노로 떨게 한다
절망을 안겨 주기도 한다
육신의 아픔은 감각이지만
마음의 상처는
삶의 본질과 닿아 있기 때문일까
그것을 한이라 하는가

박경리, 《버리고 갈 것만 남아서 참 홀가분하다》 (2008, 마로니에북스, 106)

1955년에 김동리 선생에 의해 단편 〈계산〉이 추천된 후 1956년 8월 《현대문학》에 단편 〈흑흑백백〉추천 완료 후, 추천작이 실리면서 쓴 박경리 선생의 소감문입니다.

"추천 완료 소감을 쓰려고 펜을 들고 보니 소설을 쓰는 일보다 퍽 어려운 일같이 느껴집니다. 길게 늘어놓았던 것을 압축하고, 그런데도 씨앗이 차 있어야 하기 때문인 것 같습니다. 또 한 가지 어렵게 느껴지는 것은 마음에는 항상 간절하면서 부끄럼 때문에 인사를 잘 못하는 버릇입니다. 건방지지 않으려고 생각합니다. 건방지게 되면 자연히 공부를 게을리할 것 같습니다. 공부를 해야겠다고 명심합니다. 모사(模寫)군이 되어서는 안 되겠다고 생각하기 때문입니다. 공부는 책 속에도 있고 생활 속에도 있는 것 같으니 책장을 뒤지고 생활을 들춰 볼 작정입니다.

나는 아직 세계를 알지 못합니다. 그러면서도 나는 이 세상에 살고 있습니다. 살면서도 모르는 것, 이것이 세계일진대 모르면서도 살아 나가는 것이 인생이 아닌가 합니다. 그러나 모르는 걸 알고자 하고 가졌던 것을 잃지 않으려는 것이 사람의 버릇인 것도 같아서 나도 나를 버리지 못하는 것 같습니다. 그래서 미웠고 싫었던 나였지만 미웁고 싫은 그대로 나를 적어 보기로 한 것입니다.

그러나 이것이 문학인지는 알지 못합니다. 그래서 문학의 세계에 있어 벗도 스승도 없는 나는 서투른 그림장이가 자화상을 그리듯이 그저 나를 그려 본 것이 소설 같은 얘기를 쓰게 된 시초였습니다. 그러나 이러한 나에게 소설을 쓰게끔 타이르고 가르쳐 주신 선생님의 간곡한 지도를 잊을 수 없습니다. 앞으로도 배워야 하겠고 또 배우는 대로 써봐야 할 나는 어디까지나 인생과 문학에 겸허하려고 합니다."

1969년부터 1994년까지 25년간 박경리 선생은 대하소설 《토지》를 배우는 자세와 인생과 문학에 겸허함으로 집필하셨습니다. 《토지》연구자 최유찬 교수는 그의 책 《토지를 읽는 방법》에서 "...이제 《토지》는 의미론적인 측면에서나 내용과 형식을 완전히 통일시킨 예술적 형상이라는 측면에서나 온 인류의 귀중한 문화유산으로서 향수되어야 하는 것이다."라고 말했습니다.

문화체육관광부 '2019년 국민독서실태조사'에 의하면 종이책과 전자책을 합친 한국 성인들의 연간 평균 독서량은 1년에 7,5권이라고 합니다. 척박하고 황폐한 우리 독서 풍토 속에서도 필자는 년 간 100~150권을 꾸준히 읽고 있습니다. 그런데 '온 인류의 귀중한 문화유산'인 대하소설 《토지(전, 20권)》를 아직도 완독하지 못했으니 이 게으름을 어찌 합니까.

자발적 청빈, 법정 스님

프란치스코 교황은 성탄절 전야 미사에서 "만족할 줄 모르는 탐욕이 인류 역사 내내 존재했고, 그건 오늘도 마찬가지다"라면서 "지금 당신이 소유한 모든 물질적인 것들이 정말 필요한가?" 자문해야 한다고 하셨지요. 이어서 "그리스도의 탄생은 물질을 축적하는 게 아니라, 나누고 베푸는 삶을 살라는 의미"란 메시지를 선포하셨습니다.

누군가 나에게 “자발적 청빈, 스스로 선택한 가난”의 인물을 뽑으라면 법정 스님과 권정생 선생 두 분이라고 대답하겠습니다. 올 봄, 통도사 홍매화가 필 무렵 양산에서 6주간 지낼 때 일행과 함께 2박 3일 남도 여행을 갔습니다.

순천 송광사, 낙안민속자연휴양림, 낙안읍성, 순천만국가정원, 벌교, 장흥, 제암산자연휴양림, 보성 녹차밭과 한국차박물관, 여수를 구경했지요. 첫 코스를 송광사로 정한 이유는 ‘불일암’에서 법정 스님(1932~2010년)의 체취를 느낄 수 있을 것 같았기 때문이었습니다. 대숲 사이를 ‘침묵’ 속에 걷다 보니 멀리 불일암이 보였고, 생전 부지런히 돌보셨을 나무와 꽃들이 눈에 들어왔습니다.

《무소유》를 애독한 덕분인지 대숲 길을 오르다가 “침묵을 배경으로 하지 않은 말은 소음과 다를 게 없을 것이다. 인간은 침묵 속에서만이 사물을 깊이 통찰할 수 있고 또한 자기 존재를 자각한다.”는 말씀이 기억났고, 20분 가량 걷다 보니 스님의 인격처럼 고즈넉하고 깔끔한 암자에 도착했습니다.

스님은 1975년 서울 봉은사에서 순천 송광사로 오신 후 한 칸짜리 불일암으로 거처를 옮긴 뒤 17년을 지내며 《무소유》《서 있는 사람》《산방한담》《텅빈 충만》《물소리 바람소리》 등 맑은 목소리를 담은 책을 내셨습니다. 방문자들이 늘어나자 1992년 전기도 없는 강원도 산골 오두막으로 거처를 옮기셨는데, 입적하기 전날 밤 "기거하던 강원도 오두막이 그립다."고 말씀하셨답니다.

김수환 추기경은 1999년 나온 《무소유》 개정판에 "이 책이 아무리 무소유를 말해도 이 책만큼은 소유하고 싶다."는 추천사를 남기셨습니다. '무소유'란 무엇인가? 지금 스님의 말씀을 들을 수 없지만 내겐 《무소유》 책이 있으니 몇 번을 줄치며 읽은 책을 찾아봅니다.

"무소유란 아무것도 갖지 않는다는 것이 아니다. 궁색한 빈털터리가 되는 것이 아니다. 무소유란 아무것도 갖지 않는 것이 아니라 불필요한 것을 갖지 않는다는 뜻이다."

평소 다정다감한 글과는 달리 매우 깐깐하셨다는 스님이 시인 이해인 수녀의 시집 《민들레의 영토》를 읽고 스님이 시인에게 편지를 보낸 이후 오랜 세월 깊은 사귐을 가졌다고 하는데, 이해인 수녀는 2010년 3월 12일 《동아일보》에 보낸 글에서 추모 글을 이렇게 마치고 있습니다.

"법정 스님께...이젠 어디로 갈까요, 스님. 스님을 못 잊고 그리워하는 이들의 가슴속에 자비의 하얀 연꽃으로 피어나십시오. 부처님의 미소를 닮은 둥근 달로 떠오르십시오."

시인 김광섭과 화가 김환기, 어디서 무엇이 되어 다시 만나랴

시인 김광섭(1905~1977)의 시 〈저녁에〉의 마지막 두 구절을 가져와 화가 김환기(1913~1974)는 그림 〈어디서 무엇이 되어 다시 만나랴〉 작품을 남겼다. 김환기의 삶과 예술은 1기, 일본 유학 시절(1927~1937), 2기, 안좌도/ 서울 시절(1937~1956), 3기, 파리 시절(1956~1959), 4기, 서울/ 뉴욕 시절(1959~1974)로 나누는데 이 그림은 4기 점화(點畵)로 그린 작품이다.

김환기는 뉴욕에서 살 때 한국일보 제1회 한국미술대상에 응모 요청을 받았고(1970년 2월), 4월 한국일보 뉴욕 지사를 통해 작품을 한국으로 보냈다. 그리고 6월 한국일보 워싱턴 특파원 조세형 기자와의 수상 소감 인터뷰에서 "김광섭 시인의 〈저녁에〉를 읽다가 대단히 아름다운 구절이 나와 그림으로 그릴까 생각이 떠올랐어요...한국을 떠나 있던 사이에 간절히 그리워진 친구들 생각을 했지요. 이 그림을 보면 알겠지만 점 하나하나를 찍어서 그린 것인데, 나는 그리운 친구들을 연상하며 점을 그렸어요."라고 밝혔다.

아마도 성북동 수향산방(樹鄕山房)을 헐값에 넘겨준 김용준, 결혼식 주례를 서준 고희동, 부산 피난 시절 국립박물관에서 현대미술 전시회를 열어 그림을 팔아 준 최순우, 성북동 시절부터 깊은 사귐을 나눴던 김광섭... 그리운 가족과 친구 얼굴, 그리운 조국 산하가 푸른 점이 되어 대형 화폭에 담긴 것이다.

작가 김태현은 그의 책 《그림의 진심》(2023, 교육과 실천, 269)에서 "화가의 진심을 읽어낸 순간, 그림은 내 삶의 위로가 되었다."면서 "이 시를 마주할 때면 '어디서 무엇이 되어 다시 만나랴'의 구절에 마음이 찌릿하다. 뭐라고 표현할 수 없는 근원적인 그리움과 안타까움이 이 구절에 담겨 있다."고 시의 감동을 연결해서 표현할 수밖에 없었을 것이다.

저녁에

김광섭

저렇게 많은 중에서
별 하나가 나를 내려다본다
이렇게 많은 사람 중에서
그 별 하나를 쳐다본다
밤이 깊을수록
별은 밝음 속에 사라지고
나는 어둠 속에 사라진다
이렇게 정다운
너 하나 나 하나는
어디서 무엇이 되어
다시 만나랴

김광섭, 《이산 김광섭 시전집》(2005, 문학과지성사, 274)

작가 이충렬은 김환기 탄생 100주년에 맞춰 김환기 전기 《어디서 무엇이 되어 다시 만나랴》를 2013년도에 유리창에서 출판했다. 이충렬 작가는 그 책에서 화가 김환기를 이렇게 평했다.

"김환기는 우리나라 근현대 미술사에 큰 족적을 남긴 화가다. 구상과 추상, 반추상의 세계를 자유롭게 넘나들면서 조선백자 같은 문화유산과 우리 산천의 아름다움을 그렸고, 파리와 뉴욕에서 활동할 때는 친구와 조국에 대한 그리움을 추상으로 표현했다. 그래서 김환기의 그림은 지금도 많은 사람들에게 사랑받고, 한국 화단의 3대 블루칩으로 손꼽힌다."

기차에 타고 있을 때는 기차를 볼 수 없다. 기차에서 내려선 사람만이 기차의 전체 모습을 볼 수 있다. 어쩌면 우정도 그런 것 같다. 세월이 흐른 후에야 지금처럼 우정의 소중함을 그때도 알았더라면 하고 아쉬워하지 않던가.

〈성북동 비둘기〉의 시인 김광섭은 시인이라는 명칭 이외에 애국지사, 언론인, 정치인, 비평가, 교육자(중동고 교사, 경희대 교수) 등의 명칭으로 여러 분야에서 정력적인 활동을 펼쳤다. 이산(怡山) 김광섭과 수화(樹話) 김환기 두 분의 아름다운 우정이 부럽다. 동시에 깊어 가는 가을, 두 분의 깊은 우정 앞에 스스로를 돌이켜보면 부끄럽기 그지없다.

시인 임길택

1994년 시인 임길택(1952~1997)을 경남 거창에서 만난 적이 있다. 그는 강원도 탄광 마을에서 십수년 동안 교사로 일했고, 시집 《탄광마을 아이들》, 《할아버지 요강》, 《똥 누고 가는 새》, 그 밖에 몇 권의 동화집과 수필집을 출판한 아동문학가이기도 했다. 임 시인과의 만남은 주변의 도움도 있었지만 출판사를 운영할 당시 1993년도에 펴낸 《위대한 학문과 짧은 생애-나비 박사 석주명 평전》이 만남의 통로로 이어졌다. 임길택 시인이 그 책을 감동 깊게 읽고 출판사로 편지를 보내 온 것이다.

시인 이상, 기형도보다는 오래 살았지만 그와의 사귐이 짧았던 까닭인지 왠지 텅 빈 느낌이다. 그래도 KBS 1TV의 KBS 스페셜 "길택씨의 아이들"(2007. 5. 13.)를 통해 전국 시청자들이 그를 알게 됐고, 2009년 5월 15일 스승의 날에 "길택씨의 아이들" 재방으로 임길택 시인의 삶과 문학 세계를 알 수 있게 됨을 기쁘게 생각한다. 지난날 임 시인과의 사귐이 고맙고, 가끔은 그리워 오늘은 그를 생각하며 시 한 편을 읽고 또 읽어보기도하고 임 시인으로부터 보내온 편지를 다시읽곤 한다.

"오늘 석주명 평전 읽고 편지를 씁니다. 이 책을 읽고 처음 생각한 것이 '우린 중 · 고등학교 때 무얼 배웠지?' 였습니다. 지금 기억에 없지만, 아마

무얼 많이 외웠겠지요. 하루만 지나면 아무 쓸데가 없는 것들을. 그런데 왜 그 누구도 석주명 선생님 같은 훌륭한 분에 대한 얘기를 들려주지 않았을까요? … 1994. 6. 8. 거창에서 임길택 드림"

"정성스럽게 싸 보내주신 책 두권 잘 받았습니다. 책을 아주 정성스럽게 만드셨더군요. 한 번 읽고 치워버릴 그런 책이 아니라, 곁에 두고 조금씩 조금씩 읽어가야 할 책이라는 생각을 했습니다. 요즘 세상이 농사 짓는 이들마저 '한 건 주의'로 치닫고 있는데, 성현출판사 책들에선 그런 냄새를 전혀 맡을 수가 없었습니다. … 1997. 6. 12. 임길택 드림"

완행버스

임길택

아버지가 손을 흔들어도
내가 손을 들어도
가던 길 스르르 멈추어 선다

언덕길 힘들게 오르다가도
손 드는 우리들 보고는
그냥 지나치질 않는다

우리 마을 지붕들처럼
흙먼지 뒤집어 쓰고 다니지만
이다음에 나도

그런 완행버스 같은 사람이
되고만 싶다
길 가기 힘든 이들 모두 태우고
언덕길 함께
오르고만 싶다

임길택, 《탄광마을 아이들》(1990, 실천문학사, 84)

임길택 시인은 1997년 4월 발병한 폐암으로 12월에 훨훨 세상을 떠났다. 임길택 시인은 1980년 사북 탄광촌에서 교사를 시작한 까닭에 강원도 정선에 '임길택 시비'가 있고, 경남 거창 증유초등학교에서 마지막으로 일했기 때문에 그의 또 하나의 시비는 해발 850미터 되는 산속 두곡산방에 2007년 4월 29일 세워졌다.

스님 재산

임길택

장작 너머에
기대어 놓은
지개와
작대기 하나
그리고
녹다 만 눈 조금

"자네 같은 사람이 있는 세상이면 살 만한 세상이다 싶네"- 황시백

"가장 낮은 곳에서 아이들을 가르쳤고 가난하고 보잘것 없는 둘레에 따듯한 마음을 품었던 아름다운 사람 임길택 선생님! 두곡산방은 유고 시집 《똥 누고 가는 새》의 시심이 잉태된 곳으로, 임길택 문학의 향기와 발자취를 기리기 위해 꽃과 새와 구름과 함께 기쁘게 시비를 세웁니다."

시인 기형도

산책을 즐기는 내게 봄, 가을은 가장 좋은 계절이다. 광명시 하안도서관 뒷산인 철망산을 산책하고, 안양천을 걷기도 한다. 그리고 가끔 집에서 열정류장을 걸어서 광명보건소 앞에서 구름산과 가학산을 등산한 후 광명동굴로 하산해 버스 타고 귀가하기도 한다.

산길을 10년 걸으며 속칭 '애기능'을 통과하곤 했는데, 민회빈 강씨는 과거 TV 드라마로 시청한 덕분에 친숙한 인물이다. 조선 제16대 인조의 장남 소현세자의 부인 민회빈 강씨의 묘소인 '영회원'(永懷園) 주변을 지날 때면 시대를 잘못 만난 그의 죽음이 안타깝고, 조선조 최초의 CEO로 평가 받은 여인이 그 뜻을 이루지 못한 사실이 못내 아쉬웠다.

구름산과 가학산 등산을 마치고 돌아올 때면 기형도문학관을 지난다. 몇 달 전에 한참 철망산을 가꾸는 공사를 했다. 그 후 산에 오르니 작은 서가와 예쁜 시비 그리고 원목 그네의자를 설치했다. 나는 철망산의 책과 시가 있는 산길을 즐겨 산책한다. 그 산길에 있는 5개의 시비 중에는 기형도 시비가 있다. 자연과 함께 걷는 행복한 시간에 시를 가까이하는 것이야말로 힐링(healing)일 것이니 광명시가 시비를 더 많이 세운다면 얼마나 좋을까.

기형도 시인은 〈입 속의 검은 잎〉시작 메모에서 "나는 한동안 무책임한 자연의 비유를 경계하느라 거리에서 시를 만들었다. 거리의 상상력은 고통이었고 나는 그 고통을 사랑하였다. 그러나 가장 위대한 잠언이 자연 속에 있음을 지금도 나는 믿는다." 그의 말처럼 "가장 위대한 잠언이 자연 속에 있음을" 공감한 나는 오늘도 산의 품에 안겨 길을 걷는다.

기형도 시인(1960 ~1989)의 30주기를 맞아 시인의 모든 시를 묶어 문학과지성사가 2019년 3월에 펴낸 《길 위에서 중얼거리다》 발문에서 문학평론가 이광호는 "생전의 기형도 시인이 시집 제목으로 고려했던 것은 '정거장에서의 충고'와 '길 위에서 중얼거리다'였다고 전해진다. 이 두 시들은 기형도가 시집을 묶으면서 '거리의 감수성'에 집중하고 있음을 암시한다."고 했다. 이제 그의 시를 고요한 마음으로 읽어보자.

길 위에서 중얼거리다

기형도

그는 어디로 갔을까
너희 흘러가버린 기쁨이여
한때 내 육체를 사용했던 이별들이여
찾지 말라, 나는 곧 무너질 것들만 그리워했다
이제 해가 지고 길 위의 기억은 흐려졌으니
공중엔 희고 둥그런 자국만 뚜렷하다
물들은 소리 없이 흐르다 굳고
어디선가 굶주린 구름들은 몰려왔다
나무들은 그리고 황폐한 내부를 숨기기 위해
크고 넓은 이파리들을 가득 피워냈다
나는 어디로 가는 것일까, 돌아갈 수조차 없이
이제는 너무 멀리 떠내려온 이 길
구름들은 길을 터주지 않으면 곧 사라진다
눈을 감아도 보인다

어둠 속에서 중얼거린다
나를 찾지 말라……무책임한 탄식들이여
길 위에서 일생을 그르치고 있는 희망이여

시인 이해인, 세상에 가득한 엄마

이해인 시인은 그의 시집 《엄마》에서 "강원도의 깊은 산골에서/ 내가 태어날 무렵 고향의 달"이라며 시인은 고향이 강원도 깊은 산골이라 노래했고, "어머니의 출생지인/ 강원도 양구에 와서/ 동그랗고 복스러운/ 어머니의 소녀 시절을/ 떠올려 봅니다. … 어머니의 유년 시절"라고 어머니의 고향을 말했습니다. 그러니까 강원도 양구는 어머니의 고향이자 딸 이해인 수녀의 고향인 것이지요.

이해인 시인 모녀의 고향을 작년과 올해 두 차례 방문하며 먼저 찾았던 곳은 박수근미술관과 그 주변이었습니다. 친구와 함께 박수근미술관을 관람 한 후 뒷편 산소로 갔습니다.

그리고 김형석, 안병욱 철학의 집을 촘촘히 봤습니다. 몽테뉴는 "철학이란 죽음을 대면할 채비를 하는 것이다."라고 철학을 정의 했지만 실비아 플라스의 말처럼 "죽음이란 경험할 수 없는 상태"이기에 범인에게 철학이란 멀게만 느껴집니다. 그럼에도 불구하고 김태길, 안병욱, 김형석 세 분의 철학자의 글은 친밀하게 다가옵니다. 이미 두 분 철학자는 하늘나라로 가셨지만 김형석 교수께서는 지금도 우리 곁에 계셔서 때로는 지혜의 말씀을 들려주시고, 때론 잠든 영혼을 깨우는 말씀을 선포하십니다. 강원도 양구 '철학의 집'에 잠시 머물며 시대의 큰 어른과 함께 있는 것 같아 행복했습니다.

세상에 가득한 엄마

이해인

저에게 기쁜 일이 생기면
세상에는
온통 엄마의 미소로 가득합니다

저에게 슬픈 일이 생기면
세상에는
온통 엄마의 눈물로 가득합니다

이 세상을 떠나셨어도
이 세상은
온통 엄마로 가득합니다
아무에게도 들키지 않게
살짝 울려고 하니
제 가슴이 터질 것 같아요, 엄마
엄마는 이제 가장 아프고 그리운
저의 눈물이 되었습니다
그 누구도 이 자리를
대신해 줄 순 없을 것 같아요, 엄마

이해인, 《엄마》(2008년, 샘터, 51)

Chapter 5
자연, 그리고 마음의 풍경

아, 태백산

김규형은 그의 책 《사진가의 기억법》(2021, 21세기북스, 166)에서 여행을 이렇게 정의하지요, "여행은 장소가 아니다. 여행은 경험이다. '어디에 다녀온다'가 아니라 '어떤 경험을 하고 오다'라고 생각한다."

3월 중순 민족의 영산 태백산 등산을 앞둔 어느 날 그분은 "태백산은 겨울이 좋다"고 말했습니다. 태백산을 일곱 번 올랐다는 선배의 경험담은 태백산을 처음으로 오를 내게는 이런 풍경으로 그려졌지요.

"태백산의 매력은 역시 겨울이고, '살아서 천년, 죽어서 천년'이란 주목과 설경이 시처럼 우아하고 몽환적 풍경을 연출한다..."라는 말 같았습니다. 식물분류학자이자 현재 국립세종수목원장인 이유미 박사는 《내 마음의 나무 여행》(2012, 진선출판사, 166)에서 주목을 이렇게 설명합니다. "주목을 두고 흔히 '살아서 천 년 죽어서 천 년'이란 말을 합니다. 워낙 더디 자라고 오래 살기 때문에 살아서 천 년을 살 수 있는 나무이고, 이 붉고 아름다운 목재로 만든 것은 아주 오래도록 변치 않아 죽고도 천 년을 간직하는 나무가 되었습니다. 조급한 세상에서 주목이 헤아리는 세월의 여백이 부럽기도 합니다."

아무튼 3월 중순 등반이기에 아이젠을 챙기지 않고 오른 등산, 그런대로 당골→ 반재→ 망경사 약수터 용정→ 단종 비각→ 천제단→ 장군봉(1,567m)까지 한 번도 넘어지지 않고 무사히 올랐습니다. 그러나 하산 길에 몇 번을 넘어졌는지요, 아에 미끄럼틀 타듯 내려오길 반복하며 결국 유일사 주차장으로 하산했습니다. 경칩이 10일이나 지났지만 3월 중순 태백산은 눈 덮인 겨울이었습니다. 옛 시인이 읊은 "춘래불사춘(春來不似春)"이란 구절이 태백역을 떠나 청량리행 열차에 탑승한 후 창밖의 풍경을 보면서 문득 이렇게 해석되더군요...'만물이 소생하는 봄이 왔건만 진정한 봄은 아직 오지 않았구나'

태백산

오두영 작시/ 안경수 작곡

태백산 산마루에 아침 해 붉게 솟아올라
철쭉꽃 피고 지는 산 능선 피 흘린 자리
자작나무 가지에 산새들이 날아 오르고
반만년 우리 겨레의 함성이 울려 퍼진다

흥안령 고개 넘어 말 달리며 살을 쏘았네
조상의 피땀으로 빚어낸 보금자리
주목나무 푸른 숲에 달빛이 내려앉아
오늘도 깊은 산골 마을마다 꿈을 꾸노니

아, 백두대간 가슴속에 불타는 마음
천제단에 무릎 꿇어 눈물 흘리네

남한산성 1

시절이 하 수상한 작금, 아침에 배낭을 꾸려 산행에 나섰다. 산성역 1번 출구를 나와 횡단보도를 건너니 삼삼오오 등산객들이 보인다. '남한산성' 하면 생각나는 것은, 김훈의 소설이 2007년 첫 출판 후 100쇄를 찍었고, 2017년 개정판을 펴냈다는 사실과 총 관객수 3,849,139명이 봤다는 영화 기록이다.

병자호란 때 주전파 김상헌(명분)과 주화파 최명길(실리)의 국난에 대처하는 서로 다른 방법으로 대립한 장면이 지금도 생생하다. 아마도 그때나 지금이나 그런 싸움의 풍토는 크게 다르지 않을 것 같다. 소설과 영화의 기억을 품고 굴종의 역사 현장인 산성을 따라 걷고 또 걸었다. 남문 입구 보호수인 느티나무(수령 465년)는 현재 세 그루가 우뚝 서 있다. 인조가 남한산성으로 피난 올 때 '지화문'(남문)으로 들어왔다고 전하니 아픈 세월의 목격자인 셈이다. 그 생명문화재 주변에 한참을 머물다 수어장대를 향해 걸었다.

지화문을 지나 다시 산성 길을 따라 오를 때 시원한 바람 덕분에 오월 하순의 더위가 씻은 듯 사라졌다. '청량당' 앞 멋진 향나무는 가지가 담을 뚫고 밖으로 뻗었다. '수어장대' 앞 소나무는 인고의 세월 속에도 그 자태가 아름다웠고, '매바위' 너머엔 노송들이 아주 빽빽하고 푸르게 우거져 숲을 이뤘다. 물론 절경만을 즐기기에는 '무망루'에 담긴 사연이 나를 숙연하게 했다. 그 무렵 KF94 마스크를 쓴 다수의 등산객 가운데서 순간 무거운 마음에 잠겼다.

가노라 삼각산아 다시 보자 한강수야
고국산천을 떠나고자 하랴마는
시절이 하 수상하니 올동말동 하여라

김상헌, (1570~1652)

산성 길을 따라 산책하며 문득 청국에 잡혀 심양 남관 감옥에서 벽 하나를 사이에 두고 만났다는 두 사람, 김상헌의 시와 최명길의 답시를 소환해 봤다. 그리고 수어장대에서 내려와 다시 산성을 따라 걸어 '우익문'(서문)에 이르렀고, 서문을 통과해 하남시 만남의 광장 방향으로 내려와서 마침내 마천역까지 걷고 또 걸었다.

걷고 또 걸어 귀가 후 책상 앞에 앉아 독서 낙수를 살펴봤다. 몇 장을 넘기자 벨기에 사상가요 지리학자인 자크 엘리제 르클리의 《산의 역사》(2020, 파람북, 37)중 한 문장이 내 눈을 사로잡았다. "산은 여러 요소가 작은 분자까지 다양한 비율로 섞인 것이다. 결정과 광물, 모래알과 석회가루 어느 것이나 그 사연은 끝이 없다. 별들에 버금가는 역사가 담겨 있다. 작은 바위 한 조각에도 우주에 버금가는 탄생 설화가 있다." 그렇다. 아무쪼록 나의 산행이 작은 것들에서도 그것이 간직한 탄생 설화를 찾고, 끝없는 사연과 그 의미를 소중히 여기는 순례의 여정이길 소망한다.

남한산성 2

산이 날 에워싸고

박목월

산이 날 에워싸고
씨나 뿌리고 살아라 한다.
밭이나 갈고 살아라 한다.

어느 산자락에 집을 모아
아들 낳고 딸을 낳고
흙담 안팎에 호박 심고
들찔레처럼 살아라 한다.
쑥대밭처럼 살아라 한다.

산이 날 에워싸고
그믐달처럼 사위어지는 목숨
구름처럼 살아라 한다.
바람처럼 살아라 한다.

김희보, 편저 《한국의 명시》(1995, 종로서적, 303~4)

지난 남한산성 등산은 산성역에서 출발해 지화문(남문)을 거쳐 우익문(서문)을 통과해 하남시 방향으로 하산해서 마천역에 이르는 코스로 14,745걸음을 걸었다. 오늘의 목표는 남한산성 4대문과 그 주변을 한 바퀴 도는 것. 산성역에서 시작해 지화문 외곽 오솔길 따라 걸어 우익문을 지나서 전승문(동문)에 이르렀고, 산성 옆으로 난 조붓한 길을 따라 계속 걸어 마침내 좌익문(북문)에 도착했다. 그리고 지수당과 연무관으로 갔다.

연무관 앞 두 그루의 느티나무(수령 448년)는 아름다운 수형을 가졌다. 장엄한 자태의 느티나무에서 오랜 연륜과 함께 강인한 생명력이 느껴졌고, 우리 선조들의 생활 중심에 느티나무가 자리잡은 이유를 알 것 같았다. 느티나무 그늘 아래 오래오래 앉아 있노라니 어느 때보다 마음이 맑고 평화로워 선물 같은 쉼을 가졌다. 뚜벅뚜벅 걸어 4대문을 다 돌고 다시 지화문을 거쳐 하산 후 해질 무렵 산성입구역에서 전철을 기다리며 '건강앱'을 보니 34,181보를 걸었다.

첫 관문인 지화문 앞에는 현재 세 그루 느티나무가 보호수로 지정되어 있다. 그런데 2011년 자료에 의하면 당시 네 그루였다고 한다. 그러니까 왼쪽 두 그루는 그대로지만 오른쪽 한 그루는 고사목으로 벌목했다는 것, 그래서 잘린 느티나무의 그루터기가 마치 병자호란의 아픈 역사를 증언하는 것 같아 쓸쓸히 바라봤다. 그루터기 주변을 머물다 난데없이 빈센트 반 고흐의 작품 〈구두〉가 생각났다.

4대문 성곽을 걸으며 때론 찔레꽃 향기가 바람에 날려와 내 품에 안겼고, 성곽길 곁 초록 이파리 사이사이 붉은 산딸기가 익어 가고 있었다. 때로는 길쭉한 보라색 붓꽃이 신록에 대비해 앙증맞게 보였고, 산들바람에

낭창낭창 가지를 흔드는 상수리나무 잎사귀 물결이 시원했다. 전승문을 지나 가파른 성곽길을 한동안 오르면 성곽 앞에 '송암정터' 안내문이 보인다. 그곳에 황진이와 관련한 설화가 전해 내려온다. 그곳의 남쪽은 청량산 자락과 검단산을 조망할 수 있는 풍광이 멋진 곳인데, 바로 옛 송암정이 있었다는 그 장소에서 황진이의 숨결을 느끼기 위해 몇 편의 시를 찾아 고요한 중에 낭송해 봤다.

> 산은 옛 산이로되 물은 옛 물이 아니로다
> 주야에 흐르거든 옛 물이 있을손가
> 인걸도 물과 같도다. 가고 아니 오는 것은
>
> 청산리 벽계수야 수이 감을 자랑 마라
> 일도창해하면 돌아오기 어려우니
> 명월이 만공산하니 쉬어 간들 어떠리

시인 신석정은 "지구엔/ 돋아난/ 산이 아름답다/ 산은 한사ㅎ고/ 높아서 아름답다."고 노래했다. 오늘도 나는 그 아름다운 산에 오른다. 서양 속담에 "세상에서 가장 먼 거리는 뇌에서 가슴까지"라 하듯, 아는 것을 실행에 옮기는 게 중요할 것이다. 그런데 뇌는 산이 들려주는 소리를 경청하는 것 같지만 가슴은 구름처럼 바람처럼 살고 있지 못하다. "...산이 날에워싸고/ 그믐달처럼 사위어지는 목숨/ 구름처럼 살아라 한다/ 바람처럼 살아라 한다."

남한산성 남문 주변, 영세불망비

골짜기 사이로 단풍이 곱게 물든 늦가을, 낙엽이 쌓인 남한산성 지화문(至和門)을 지나자 '영세불망비'가 우뚝 서 있다. 남한산성에는 동, 서, 남, 북 4개의 대문이 있는데, 남문(지화문)은 4대문 가운데 가장 크고 웅장한 중심 문이다.

남문 주변에 모아 놓은 옛 광주 목사(유수)들 '공덕비'를 자세히 보다가 광주부 유수 민영목(閔泳穆) '영세불망비'가 눈에 들어왔다. 민영목은 민영소, 민태호, 민영익, 민응식 등과 함께 무소불위의 권력을 휘둘렀던 민씨 척족 실력자였다. 민영목은 1884년 갑신정변 때 친일개화 세력에게 살해되었다.

영세불망비(永世不忘碑)는 공덕비, 송덕비, 선정비 등으로 불렸다. 지방 수령이 백성을 몹시 아끼고 그 지역 발전에 공헌을 많이 하면 훌륭했던 그를 영원히 잊을 수 없다 하여 비석을 세웠다는데 과연 후세도 그를 칭송할 수 있을까? 그들의 삶에 깊은 경의를 표하며, 그들의 생애가 후세에도 짙은 감동과 울림이 있을까?

스위스 몽트뢰는 프레디 머큐리가 살고, 마지막 '퀸' 앨범을 녹음하기도 했던 도시다. 몽트뢰에는 프레디 머큐리의 동상이 호수를 바라보며 서 있다고 한다. 영원한 별이 된 퀸의 보컬, 프레드 머큐리에 관해 작가 정여울은 그의 책 《여행의 쓸모》(2023, 바이포엠 스튜디오, 75)에서 "프레드 머큐리의 동상은 언제 보아도 가슴이 설렌다. 내게 음악이란 이런 것, 아티스트란 이런 것, 자신이 사랑하는 일에 온몸을 던지는 삶이란 이런 것임을 가르쳐준 프레드 머큐리의 모습은 언제 보아도 가슴이 뛴다."

스위스 몽트뢰의 '프레드 머큐리 동상'에서 작가 정여울이 받은 감동과 공감이 산성을 따라 걷는 나에게 남문 곁 영세불망비와 겹쳐져 산길을 걷고 또 걸으며 아쉬웠다. 우리는 세월이 얼마나 흘러야 한 인물을 제대로 평가하려나, 그리고 언제쯤 감동의 바다에 풍덩 빠지려나? 그래도 눈부신 그날을 기대하며 서문으로 하산했는데, 서문인 우익문(右翼門)은 서울 최고의 해넘이 명소일 뿐만 아니라 위례, 잠실, 송파 등 한눈에 펼쳐진 서울 주변의 전경을 볼 수 있는 서문 전망대가 있어 더욱 좋았다.

서울 한양도성, 남산 구간 산책

> 걷기는 세계를 사물들의 충일함 속에서 생각하도록 인도해주고 인간에게 그가 처한 조건의 비참과 동시에 아름다움을 상기시킨다.
>
> 다비드 르 브르통, 《걷기 예찬》(2002, 현대문학, 237)

나의 일상은 새벽의 경건 시간, 오전 독서[Lectio Divina]를 지나 늦은 오후엔 집 앞 달터공원을 지나 양재천과 여의천 방향으로 걷다가 때론 매헌시민의 숲을 걷고, 가끔 매헌 윤봉길의사기념관을 관람한다. 그리고 천변 길을 따라 걷다가 이어 문화예술공원을 즐겨 걷는다. 혹은 양재천을 걷다 탄천 방향으로 걷는데, 저승사자가 '숯을 씻었다'는 '탄천'과 인재가 많이 나는 동네를 지난다는 '양재천'이 만나는 곳까지 갔다 돌아오곤 한다.

매일 하는 독서와 산책의 즐거움 외에도 등산을 좋아하기에 자주 구룡산을 거쳐 대모산에 오르기도 하고, 가끔은 청계산 등산을 마치고 달터공원을 통과해 집으로 돌아오는데, 비록 사막 같은 도시지만 그 달터공원을 지날 때면 몇 번 봤던 오색딱따구리와 고라니를 다시 볼 수 있었으면 하는 기대를 갖고 타박타박 걸었다.

최근 '단순한 삶'에 익숙한 내가 낯선 땅을 밟는 기쁨을 누리기 위해 남산을 다녀왔다. 복잡한 도시에 살고 있는 현대인들이지만 삶의 나직하고 고요한 목소리에 기꺼이 귀를 기울이는 단순한 삶은 얼마나 소중하고 아름다운가. 서울 600년의 숨결이 담긴 한양도성은 백악산 구간,

인왕산 구간, 남산 구간, 낙산 구간의 네구간으로 둘려 있다. 남산(목멱산) 구간은 광희문에서 출발해서 [다산 팔각정-국립극장-나무계단길-N서울타워-한양도성 유적전시관] 숭례문까지 왕복 총 5.4km로 약 3시간이 소요된다.

1396년 조선은 새로운 수도 한양에 전국의 백성 약 20만 명을 동원하여 단 98일 만에 18.6km의 거대한 도시성곽인 한양도성을 건설했다. 그러나 한양도성은 일제강점기와 도시 개발 과정에서 부분적으로 파괴되어 현재는 13.7km의 성벽만 보존되어 있다.

남산을 내려오며 안중근의사기념관에 들렀다. 관람 마감 시간이 가까워 일별하고 기념관 부근의 안중근 의사 친필을 새긴 비석들을 살펴본 후 벤치에 앉아 차 한 잔을 마시며 안중근의사 숭모회에서 펴낸 책자를 읽어가다 자연스레 눈길이 김후란 시인의 시에 주목하게 됐다.

겨레의 이름으로 불의를 쏘았다

김후란

그날 하늘을 찌를 듯 크게 울린
세 발의 총소리
우리는 들었다 온 겨레 가슴으로 들었다

1909년 10월 26일 중국 하얼빈 역에서
우리의 한국의군 안중근 참모중장
짓밟힌 국권 회복을 위하여
동양 평화를 위하여
겨레의 이름으로 불의를 쏘았다
5천 년 역사 짓밟고
우리 땅에 진흙 발 들이민 자 누구인가
흰옷 입은 순한 백성의 손에
정의의 권총 들게 한 자 누구인가

칠흑 어둠의 세상이었다
고통의 압제에 짓눌려 신음하며
길 잃은 백성들 정처 없이 헤맬 때
내 한 몸 바쳐 대한의 자주성 되찾는다면
두려울 게 무언가 주저할 게 무언가
연마해온 사격술로 침탈의 왜장 쓰러뜨리고
꼬레아 우라! 대한 만세! 세 차례 피맺힌 외침
세상은 요동치고 큰 산이 움직였다
민족의 자긍심에 불을 붙였다

뤼순 감옥 다섯 달 동안 초연히 붓을 들어
자서전과 동양평화론 집필하시고
법정에서 당당한 목소리로
일본의 죄상 낱낱이 열거하시니
그 기개에 눌려 서둘러 사형 선고되었다

장하다 나라 위해 한 일이니
당당히 죽음 받아들이라 이르신 초극의 어머니
그 어머니 눈물로 보낸 명주 옷 입으시고
이국 땅 형무소에서 1910년 3월 26일
사형대로 가시며 안 의사 남기신 말씀
"나 천국에 가서도 대한독립 위해 기도하다가
독립 소식 들리면 춤을 추리라 춤을 추리라"
그 유언 온 백성 가슴에
뜨겁게 뜨겁게 메아리 졌다

자주독립 굳건한 산맥으로 일어서서
이제 선진국 대열에 들어선 우리나라
기뻐하소서 안중근 의사님
천국에서 기뻐하소서

김후란 시인이 노래한 안중근에 이어 조선일보 박종인 기자가 쓴 《땅의 역사 4권》(2021, 상상출판, 264)에서 기자의 시선으로 본 '안중근'이란 인물을 잘 평가한 글이 있어 같이 인용한다.

> "그리고 석 달 뒤 대한의군 참모중장 안중근이 히로부미를 사살했다. 주권을 강탈한 원흉을 처단한 것이다. 그럼에도 불구하고 이듬해 조선은 사라져 버렸고 주권 회복까지 자그마치 35년이 걸렸다. 과연 안중근이 한 행동은 무슨 의미일까. 결론부터 말하자면, 안중근이 있었기에 35년 만에라도 나라를 찾은 것이다. 안중근은 이토 히로부미가 계획한 '근대화를 통한 조선의 자발적 동화(同化)'를 무력으로 저지했다."

서울 한양도성, 백악산 구간과 낙산 구간 산책

체코 속담에 이런 말이 있지요, "습관은 철로 만든 셔츠다. 한번 입으면 벗을 수 없다." 나는 즐겨 습관을 따라 산책하거나 산에 오릅니다. 며칠 전 남산 구간을 걸었으니 오늘은 한양도성 순성길 백악산 구간과 낙산 구간을 걸었습니다. 안셀름 그린이 그의 책 《인생이라는 등산 길》에서 "산에 오르는 시간이야말로 우리의 참 자아와 만날 수 있는 시간이다."고 말했듯이 참 자아를 만나는 시간이길 기원하며 산에 올랐지요.

남산 구간을 걸을 때 숲을 이룬 소나무(korean red pine)를 보며 애국가 2절에 왜 소나무가 나오는지를 알 것 같았는 데, 백악산 구간에는 푸르고 푸른 소나무가 남산보다 더 많은 것처럼 느껴졌습니다. 특별히 소나무는 조선 개국 초부터 특별 보호 대책을 세워 관리되었고, 그래서 조선조 내내 잘 보존되어 온 소나무 숲은 일제강점기 이후 숲이 방치되면서 능선 주위에만 주로 살아남아 오늘에 이르게 된 것이라고 하네요. 우리 민족의 나무, 소나무에 관해 김현경은 《모든 식물에는 이야기가 있다》(2022, 빌리버튼, 90)에서 이렇게 얘기합니다. "소나무 가지를 꺾어 출생을 알리고 소나무로 만든 집에 살면서 소나무 장작을 태워 지은 밥을 먹고 살다가 소나무로 만든 관에 들어가 생을 마감한다."는 말이 전해질 만큼 소나무는 예로부터 한국인의 삶과 밀접했다는 얘기겠지요. 만약 내가 백악산엘 먼저 왔었다면 울진 금강소나무 숲길을 가지 않았을 것 같습니다.

백악산 구간[창의문에서 혜화문까지 왕복 4.7km, 약 3시간 소요]의 출발은 자하문 고개를 지나면 창의문 안내소를 통과해 나무 계단길을 따라 걷고, 걷다보면 백악마루를 거쳐 도심 풍경이 한 눈에 들어오는 청운대, 백악곡성에 이릅니다. 계속 오르며 소나무 숲의 아름다움에 가파른 계단도 그리 힘든 줄 모르고 오를 수 있었지요. 부단히 계단을 오르며 "아름다움이 세상을 구원하고 치유하리라"는 도스토예프스키의 명언이 내 기억의 깊은 샘에서 솟아나 백악산 소나무 숲이 더욱 아름다웠습니다.

숙정문을 지나 촛대바위를 바라보며 잠시 쉬였지요. 약 13미터의 거대한 바위의 위용 앞에 내 모습은 얼마나 작은지...촛대바위를 뒤로 한 채 말

바위안내소를 거쳐 성벽 옆 말바위에서 삼청공원 방향으로 하산하는 길엔 히어리가 예쁘게 피어 있었습니다. 히어리는 미선나무와 동강할미꽃과 함께 한국에서만 자라는 한국 특산종이지요. 이어 와룡공원을 지나 구간을 마치는 혜화문까지 걸었습니다.

그리고 혜화문 앞 건널목을 건너 낙산 구간[혜화문에서 광희문까지 왕복 3.2km, 1시간 30분 소요]으로 갔지요. 낙산 구간(동묘역 6번 출구)에는 '화가 박수근 집터'가 있습니다. 1952년부터 1963년까지 창신동에서 살았던 박수근은 6.25 전쟁 이후, 이웃의 곤궁한 삶의 모습들을 인간애 넘치는 서정적인 풍경들로 작품에 담아냈지요. 누군가 "우회로를 걸어야 마을을 더 많이 본다."고 했던가요. 낙산 출발지부터 흥인지문을 지나 광희문까지는 장수마을, 이화동 벽화마을, 창신동 봉제마을들의 집들이 옹기종기 있었는데, 그 집들을 바라보며 건축가 최동규가 "나는 건축이 삭막한 도심에 핀 거대한 꽃 한 송이가 될 수 있다고 믿는다. 그 자체로 아름다운."이라고 말했는지 알 것 같았습니다. 그리고 낙산 구간 길이 끝날 즈음 문득 로버트 프로스트의 시 한 편이 떠올랐습니다.

가지 않은 길

로버트 프로스트

노란 숲 속에 길이 두 갈래 갈라져 있었습니다.
안타깝게도 나는 두 길을 갈 수 없는
한 사람의 나그네라 오랫동안 서서
한 길이 덤불 속으로 꺾여 내려간 데까지
바라다 볼 수 있는 데까지 멀리 보았습니다.

그리고 똑같이 아름다운 다른 길을 택했습니다.
그럴만한 이유가 있었습니다. 거기에는
풀이 더 우거지고 사람 걸은 자취가 적었습니다.
하지만 그 길을 걸으므로 해서
그 길도 거의 같아질 것입니다만,

그날 아침 두 길에는 낙엽을 밟은 자취 적어
아무에게도 더럽혀지지 않은 채 묻혀 있었습니다.
아, 나는 뒷날을 위해 한 길을 남겨 두었습니다.
길은 다른 길에 이어져 끝이 없으므로
내가 다시 여기 돌아올 것을 의심하면서.

훗날에 훗날에 나는 어디에선가
한숨을 쉬며 이 이야기를 할 것입니다.
숲 속에 두 갈래 길이 갈라져 있었다고,
나는 사람이 적게 간 길을 택하였다고,
그것으로 해서 모든 것이 달라졌더니라고.

서울 한양도성, 인왕산 구간 산책

얼음을 뚫고 나와 봄을 알리는 복수초를 시작으로 봄 꽃의 향연은 참으로 아름답다. 산수유, 생강나무, 개나리와 진달래, 매화, 벚꽃과 목련, 라일락과 튤립, 등산 길 숲속에서 봄 향기를 뿜어내는 아까시나무 꽃과 찔레꽃 향기는 그 얼마나 좋은가. 시인 박재삼의 시 〈무언으로 오는 봄〉은 봄빛으로 충만하다.

뭐라고 말을 한다는 것은
천지신명께 쑥스럽지 않느냐
참된 것은 그저 묵묵히 있을 뿐
호들갑이라고는 전혀 없네
말을 잘함으로써 우선은 그럴싸해 보이지만
그 무지무지한
추위를 넘기고
사방에 봄빛이 깔리고 있는데
할 말이 가장 많은 듯한
그것을 그냥
눈부시게 아름답게만 치르는
이 엄청난 비밀을
곰곰이 느껴보게나

서울 한양도성 1~4코스를 전부 걸으면 18,627km. 다 걸으면 성인 남자(73kg) 기준으로 약 3,660 칼로리가 소모되는데, 이는 8시간 동안 쉬지 않고 수영을 하는 것과 같다고 한다.

나는 첫날에 3코스 '남산 구간'을 걸었고, 둘째 날은 1코스 '백악산 구간'과 2코스 '낙산 구간'을 걸었다. 그리고 마지막 4코스인 '인왕산 구간'은 20대 대통령 취임 하루 전날에 걸었다.

인왕산 구간은 숭례문(남대문)에서 출발해 성벽의 멸실이 많은 평지 지역인 대한상공회의소, 배재공원, 러시아대사관, 돈의문(서대문) 터, 경교장, 월암공원을 지나서 인왕산으로 걸어 갔다. 인왕산을 오른 날은 미세먼지와 초미세먼지가 '좋음'이라는 일기예보 덕분에 시계가 탁트여서 더욱 좋았다. 그리고 등산 길에 본 선바위, 부처바위, 치마바위 등 기암괴석은 등산의 묘미를 더했다.

가파른 인왕산을 올라 정상에서 동서남북 서울 전경을 바라본 통쾌한 순간은 잊을 수가 없다. 이 시원함은 가쁜 숨을 몰아쉬며 산을 오른 이들에게 인왕산이 베푸는 위로와 선물이 아닐까. 하산길 '윤동주 시인의 언덕'에서 잠시 쉬었다가 바로 '윤동주문학관'을 거쳐 마침내 '창의문'에 이르니 벌써 해질녘이 가까웠다. 이 저녁 서울 600년을 담은 한양도성 길을 걷고 또 걷다보니 1~4코스를 다 걸었다.

문득 길 위에서 미래를 전망해 본다. 지난날 내가 걷고 또 걸었듯이 내일 역시 걷고 또 걸어 갈 것이다. 길의 끝에서 무엇을 만나고, 무엇을 얻기 위함이 아니라 그저 하루하루 건강이 허락하는 그날까지 봄, 여름, 가을, 겨울 사계절을 온몸으로 느끼며, 그 아름다운 풍경을 몸과 마음에 새기면서 순간순간 기쁨과 감사가 충일하기를 소망하며 걷고 또 걸을 것이다.

백마고지

지난 겨울, 바람이 세차게 불던 어느 날 영화 〈고지전〉의 모티브가 되었던 강원도 철원의 백마고지 전투 전적지를 찾았습니다. 시인 실비아 플라스는 "죽음이란 경험할 수 없는 상태이다."라고 했지요. 6.25 전쟁 때 남한 민간인 사망자는 24만 5천 명이었고, 한국군 전사자는 13만 7,899명과 유엔군 전사자는 3만 7,902명이었습니다.

금년은 한국전쟁 71주년입니다. 정전 기준으로는 68년이 흘렀지요. 젊은 시절 〈동물원〉의 가수 김창기는 지금은 정신건강의학과 전문의로 활동하는데, 2020년에 《노래가 필요한 날》이란 책을 펴냈습니다. 그는 그 책에서 "상처는 힘이 셉니다. 상처의 힘이 나를 향할 때는 내가 지옥에 빠지고, 상대방을 향할 때는 지옥으로 끌어들입니다."라 했지요. 6.25가 71년, 68년이 지났으면 강산이 일곱 번이나 변하도록 세월이 흘렀으니 깊고 깊은 상처는 이제는 아물고, 회복될 때입니다.

그러나 백마고지에서 철원평야와 3.8선 이북을 바라보니 조국 분단이란 이 엄중한 현실 앞에 마음이 무거운 것은 어쩔 수 없었습니다. 나의 본적은 서울특별시 동작구 노량진동이지만 부모님이 이북 출신이라 원적(原籍)은 평안남도 대동군 부월면 남궁리입니다. 그런 집안 배경 때문인지 백마고지에서 이북 쪽을 전망하는 순간 비록 내 두 발로 그 땅를 밟지 못한다하더라도 내 마음은 부모님의 고향 땅을 뚜벅뚜벅 걸었습니다.

백마고지(395고지)는 1952년 10월 6일부터 15일까지 국군 제9사단이 중공군 제38군단의 공격을 받아 열흘간 고지의 주인이 7번 뒤바뀐 치열한 방어 전투였고, 공중 폭격과 포격으로 민둥산이 된 모습이 마치 백마가 누워 있는 것 같아 그 일대를 백마고지라고 부르게 되었다고 전합니다.

백마고지 전적지는 '회고의 집', '기념의 장', '다짐의 집' 세 부분으로 나뉘어 있는데, 그날 잔설이 덮인 백마고지를 걸을 때 좌우로는 겨울에 더욱 아름다운 자작나무가 길게 늘어서 있었지요. 그런데 자작나무가 625그루란 사실은 동두천에서 만나 연천과 철원을 동행한 지인으로부터 듣고서야 6.25 전쟁을 기억하기 위함임을 알았습니다.

이스라엘 백성들의 바벨론 포로 생활도 70년으로 끝났는데, 북한의 동

포들은 언제나 자유를 누리며 살게 될까요? 철원평야는 강원도 내에서는 규모가 가장 큰 평야라고 하지만 넓은 철원평야를 바라보며 분단된 조국을 생각하니 마음이 자꾸 좁아집니다. 아무튼 '호국 보훈의 달' 6월에 우리가 잊지 말아야 할 것은 오늘의 대한민국은 수많은 이들의 헌신과 희생의 결과임을 기억해야 한다는 것입니다.

고지가 바로 저긴데

이은상

고난의 운명을 지고, 역사의 능선을 타고
이 밤도 허위적거리며 가야만 하는 겨레가 있다
고지가 바로 저긴데 예서 말 수는 없다.

넘어지고 깨어지고라도 한 조각 심장만 남거들랑
부등켜안고 가야만 하는 겨레가 있다
새는 날 핏속에 웃는 모습 다시 한번 보고 싶다.

김희보, 《한국의 명시》(1995, 종로서적, 95)

청산에 살리라

나는 수풀 우거진 청산에 살으리라
나의 마음 푸르러 청산에 살으리라
이 봄도 산허리엔 초록빛 물들었네
세상 번뇌 시름 잊고 청산에서 살리라

길고 긴 세월 동안 온갖 세상 변하였어도
청산은 의구하니 청산에 살으리라
이 봄도 산허리에 초록빛 물들었네
세상 번뇌 시름 잊고 청산에 살리라

길고 긴 세월 동안 온갖 세상 변하였어도
청산은 의구하니 청산에 살으리라
김연준 작사, 작곡

백남 김연준(1914~2008) 선생은 한양학원을 설립한 교육자요, 작곡가다. 그의 대표곡 '청산에 살리라'는 박정희 정부 시절 '윤필용 필화 사건'으로 연루되어 대한일보 사주란 책임 때문에 1973년 5월 서대문구치소에 수감되었을 때 지은 것이다. 그해 7월 13일 병보석으로 석방되었는데, 한양대학교 총장직에서 물러나면서 신문도 자진 폐간하는 일을 겪게 된다. 그 무렵 답답한 감옥에서 창작한 곡이 바로 〈청산에 살리라〉다. 그때 그 캄캄한 옥중에서 작곡가 김연준은 청산을 만났고, 이듬해 대법원에서 무죄 판결을 받았다.

1937년 국내 최초의 바리톤 독주회를 개최한 이래 24회 이르는 작곡 발표회를 가졌고, 16회에 걸쳐 성가곡 음반도 출반했다. 1979년 독일 튀빙겐대학교 음악대상(작곡 부문)을 수상했다. 이 시는 2001년에 펴낸 시집 《청산에 살리라》에 80여 편의 시와 함께 수록되었다. 그 밖에 〈무곡〉 〈비가〉 등 1,600여 곡의 가곡을 작곡했다.

김영삼 전 대통령은 2010년 자신의 83번째 생일 잔치에 평소 애창곡 〈청산에 살리라〉를 축하 노래로 요청할 만큼 좋아했고, 그가 별세한(2015.11.22) 후 마지막 길인 영결식장에서 울려퍼진 추모곡 역시 〈청산에 살리라〉였다. 음악평론가 한상우는 "자연스러운 음악적 흐름과 창작의 자유로움 그리고 세속에서 벗어나 영원한 정신세계를 갈망하는 짙은 색감의 서정적 흐름이 김연준 가곡의 특징이자 대중적인 사랑을 받는 이유"라고 평가하면서 "〈청산에 살리라〉 한 곡만으로도 그의 창작 정신은 선명하게 드러나며 작곡가로서의 위상 또한 확고하다고 할 수 있다"라고 덧붙였다.

한양대학교 국어교육과 정재찬 교수는 그의 책 《우리가 인생이라 부르는 것들》(2020, 인플루엔셜)에서 "짧지만 장엄한 이 곡은 예스럽다기보다는 어른스럽다는 느낌으로 저에게 다가왔습니다. 노랫말이나 선율 모두, 절제된 의연함과 온화함이 어우러져 진짜 어른 같은 품격이 느껴졌기 때문입니다. (중략) 세상 번뇌 시름 다 잊고 사는 저 푸른 산, 무상하기만 한 인생, 온갖 세상 다 변해도 늘 의구할 영원의 안식처, 청산 말입니다. 그러자 악상이 떠오릅니다. 노랫말이 풀려 나오고 선율이 달라붙습니다.(중략) 이후, 성가를 비롯해 가곡 작품을 홍수처럼 쏟아내기 시작합니다. 그렇게 여생토록 만든 수천 곡 중에서도 대표곡은 단연 〈청산에 살리라〉였습니다. 그만큼 절실한 노래가 어디 있겠습니까."라고 했다.

모든 것이 무너진 것 같은 순간, 그 절망과 고독 속에서 태어난 노래 〈청산에 살리라〉는 때론 구슬픈 노래 같지만, 때로는 〈청산에 살리라〉를 노래하면 희망찬 노래로 다가온다. 그래서 어쩌면 어제나 오늘, 그리고 내일도 다함없는 자연의 유구함과 푸르른 포용력을 베푸는 청산에 안기는지도 모른다. 더욱 작금 코로나19로 지친 사람들에게 선물로 쉼을 주는 청산이 그립고, 고마운 이유다.

쓰레기

산이 좋아 등산을 한 지가 오랬다. 오늘은 동네 구름산(240미터)과 가학산(220미터)엘 다녀왔다. 산길을 걸으며 눈에 띄는 쓰레기를 볼 때면 '아차...' 하고 오물을 처리할 준비를 못했음을 탄식한 날이 쌓이고 쌓였다. 해서 오늘은 장갑을 끼고 큰 봉투를 챙겨 산에 올랐고, 산길을 오르내리며 쓰레기를 담았다.

오지 여행가에서 현재는 월드비전 소속 국제구호활동가로 활동 중인 한비야는 그의 책 《1그램의 용기》(2015, 푸른숲)에서 산의 쓰레기에 관해 얘기하면서 "내가 산에서 사람을 판단하는 중요한 기준 중 하나는 그 사람이 쓰레기를 어떻게 처리하느냐다. 그 기준에 따라 세 부류로 나누면, 1) 쓰레기 버리는 '놈' 2) 자기는 버리지 않지만 남의 쓰레기를 줍지 않는 '사람' 3) 자기가 버리지 않는 것은 물론, 남이 버린 것까지 주워 오는 '분'이다."

이 기준에 따르면 나는 대부분 2)번에 속한다. 아무튼 살다 보면 할 수 있는데도 하지 않은 게 얼마나 많았던가? 그리고 버려야 하는데도 버리지 못한 것이 그 얼마나 많았나? 구름산과 가학산 등산을 마치고 쓰레기를 광명동굴 휴지통에 버리면서 내게 묻는다. "네 안에 있는 그 많은 쓰레기는 언제 버릴거니...." 광명동굴 벤치에 앉아 잠시 쉴 때 문득 나태주 시인의 시가 생각났다.

서울의 중심 광화문 사거리는 늘 바쁘게 지나치는 사람들로 가득하다. 그런데 바쁜 걸음으로 스쳐 지나는 중에서도 종종 발걸음을 멈추고 미소를 짓게 하는 풍경이 있다. 바로 교보생명 본사 외벽에 걸린 '광화문글판'이다. 광화문 글판 시구 중 최고의 인기를 얻은 시는 나태주 시인의 〈풀꽃〉이다.

자세히 보아야
예쁘다

오래 보아야
사랑스럽다

너도 그렇다

〈풀꽃〉의 시인 나태주는 〈시〉에서 자기 집 마당을 쓰는 일상적인 일로 지구 한 모퉁이가 깨끗해졌다고 새롭게 해석한다.

마당을 쓸었습니다
지구 한 모퉁이가 깨끗해졌습니다

꽃 한 송이 피었습니다
지구 한 모퉁이가 아름다워졌습니다

마음속에 시 하나가 싹텄습니다
지구 한 모퉁이가 밝아졌습니다

나는 그대를 사랑합니다
지구 한 모퉁이가 더욱 깨끗해지고
아름다워졌습니다.

새 날

만남의 소중함은 아무리 강조해도 지나침이 없을 것입니다. 마르틴 부버는 "인생은 너와 나의 만남"이라고 했지요. 노사연의 〈만남〉이란 노래가 국민 애창곡인 것도 만남의 소중함을 잘 설명해 주는 게 아닐까 생각합니다.

한국 치즈의 선구자이자 임실 치즈를 시작한 벨기에 출신 지정환 신부는 《주간경향》(2018.9.3)과 인터뷰에서 "...장례식에 노사연의 〈만남〉을 불러줬으면 좋겠다"고 말하면서 이어 "우리들의 모든 만남은 하나라도 우연이 없다"고 했습니다. 정채봉은 그의 시 〈만남〉에서 다섯 유형의 만남을 얘기하면서 '손수건' 같은 만남을 그리워합니다.

> 가장 잘못된 만남은 생선과 같은 만남이다.
> 만날수록 비린내가 묻어 오니까.
>
> 가장 조심해야 할 만남은 꽃송이 같은 만남이다.
> 피어 있을 때는 환호하다가 시들면 버리니까.
>
> 가장 비천한 만남은 건전지와 같은 만남이다.
> 힘이 있을 때는 간수하고 힘이 다 닳았을 때는 던져 버리니까.
>
> 가장 시간이 아까운 만남은 지우개 같은 만남이다.
> 금방의 만남이 순식간에 지워져 버리니까.
>
> 가장 아름다운 만남은 손수건과 같은 만남이다.
> 힘이 들 때는 땀을 닦아 주고 슬플 때는 눈물을 닦아 주니까.

전국 대학의 교수 878명을 대상으로 설문조사한 결과 올해(2019)의 사자성어로 '任重道遠'을 선정했습니다. '임중도원'은 "짐은 무겁고 갈 길은 멀다."는 뜻이지요. 아무리 짐이 무겁고 갈 길은 멀다지만 2019년 새날에는 우리 모두가 아름다운 만남이 있기를, 그리고 복된 새해를 맞이하시길 소망하고 축복합니다!

시계는 열한 시 오십구 분

박남수

열한 시 오십구 분
일분이 지나면 날이 바뀐다.
날이 바뀌어 본들 별일은 없지만
바뀌는 날에 기대를 걸어 본다.
기대를 걸어 본들 별일은 없지만
언제나 속으며 믿어 본다.
믿어 본들 별일 없지만
시계는 열한 시 오십구 분
일분이 지나면 새날이 온다.

*박남수 선생(1918~1994년)은 1957년 조지훈, 유치환 시인과 함께 한국시인협회를 창립한 시인이다.

지금 여기, 설국(雪國)

먼 곳에 있는 한라산, 설악산, 지리산도 좋지만 집 근처 구름산, 가학산이 나는 좋다. 1948년 종로서관으로 문을 열고, 2002년 문을 닫은 종로서적. 54년 동안 독서인을 섬긴 종로서적이 2002년 최종 부도로 폐업하자 당시 서울법대 학장 안경환 교수는 《조선일보》(2002. 6. 8.) 〈월드컵과 종로서적〉이란 제하의 글에서 "그 종로에 우뚝 서서 이 땅 청년의 자주와 자존을 배양하던 종로서적이 문을 닫았다고 한다. '월드컵 첫 승리!' 하필이면 48년 만에 민족의 염원을 이룩하여 새 역사를 창조했다는 바로 그날 접한 소식이다. 그러나 종로서적의 죽음은 어쩌면 현충일의 사이렌보다 장엄한, 한 시대의 종언을 알리는 조종(弔鐘)인지도 모른다."

우리나라 최고 최대(最古 最大)서점이었지만 지금은 역사의 뒤안길로 사라진 종로서적에서 재직할 당시 필자는 한 달에 한 번씩 '작가와의 대화'를 진행했다. 작가와의 대화 사회를 담당하며 만났던 분들 가운데 한승원, 현몽, 이문열, 이외수, 김홍신 작가와 구상, 이근배 시인을 아직도 기억한다. 40여 년의 세월이 흘렀기에 기억이 희미해졌다. 그래도 깊은 감동으로 불현듯 그 시절을 되살아나게 하는 분은 구상(1919~2004년) 선생이다.

꽃자리

구상

반갑고 고맙고 기쁘다.

앉은 자리가 꽃자리니라!

네가 시방 가시방석처럼 여기는
너의 앉은 그 자리가
바로 꽃자리니라

반갑고 고맙고 기쁘다.

※ 이 시는 시인 공초 오상순 선생이 사람을 만날 때마다 하던 축언(祝言)을 조금 풀이하여 써 본 것이다.
《구상문학총서 제3권》 연작시 〈개똥밭〉 (2004, 홍성사, 311)

행복이란 먼 곳에 있지 않은 것, 거창하고 화려한 것도 아닐 터이니 선물로 받은 하루를 "지금 여기(here and now)"서 진정으로 소박하게 살면 무엇이 더 필요할까? 현재가 선물이다. 지금 여기의 일상이 선물이다.

〈죽은 시인의 사회〉에서 주인공 존 키팅이 웰튼 아카데미 제자들에게 말한 "카르페 디엠 carpe diem!"이란 라틴어는 보통 '때를 놓치지 마라!'로 번역된다. 이 경구는 '시간을 아끼라'는 의미도 되고, 다른 한편으로는 '인생을 즐기라'는 뜻도 된다. 결국 '카르페 디엠'의 중의성을 잘 적용함으로 '절제'와 '향유'를 상호모순이라 나누지 않고, 한 몸에 조화시켜야 할 것을 키팅은 제자들에게 강조한 게 아니었을까.

1968년 통일혁명당 사건으로 구속되어 복역 한지 20년 20일 만인 1988년 8월 15일 특별 가석방으로 출소한 신영복 선생의 글과 그림을 묶은 책 《처음처럼》(2016, 돌베개)은 언제 읽어도 저자의 도타운 정과 글에 감동하게 되는데, 한 구절을 인용한다.

> "영화 〈죽은 시인의 사회〉의 마지막 부분에 감동적인 장면이 나옵니다. 학교를 떠나는 존 키팅 선생과 책상 위에 올라서서 선생을 배웅하는 학생들의 모습입니다. 공부란 무엇인가? 공부란 책상 앞에 앉아서 텍스트를 읽고 밑줄을 그어 암기하는 것이 아닙니다. 책상 위에 올라서서 더 멀리, 더 넓게 생각하는 것이 진정한 공부입니다. 책상은 그것을 위한 디딤돌일 뿐입니다."

이 순간은 반복되지 않기 때문에 현재에 집중해야 한다. 기회는 거듭 찾아오지 않을 수 있기에 순간을 포착하고 그 순간에 몰입할 필요가 있다. 우리 모두는 오직 '지금 이 순간'을 살 뿐인 유한한 존재가 아닌가. 작가 스펜서 존슨은 베스트셀러 《선물》에서 현재의 소중함을 이렇게 요약했다. "우리는 현재를 산다. 현재(present)란 알고 보면 하나님이 주시는 최고의 선물(present)이다. 세상에서 가장 소중한 선물은 과거도 아니고 미래도 아니다. 바로 현재라는 이 순간이다."

지금 여기, 눈이 푹푹 쌓인 순백의 산이 어찌 그리 아름다운지! 사방이 온통 흰 것뿐인 동화의 나라, 아름다운 구름산과 가학산을 등산할 수 있음에 감사한다. 산길을 걸으며 산의 침묵과 내 마음에 감사의 진동을 느낄 수 있어 기쁘다. 동시에 설국의 산 속에 지금 내가 있음에 무한 감사한다.

다만 여기 와 무릎 꿇어요

산수유, 매화꽃이 곱게 핀 어느 봄날 홀로 덕소엘 갔다. 지인과 용문에 같이 가기 전에 우선 덕소에서 소박한 점심 식탁에 마주 앉아 격조했던 그동안의 소식을 나눴다. 용문 방문을 마치고, 귀가길에 양평으로 향했다. 양평군 서종면 잠실 2길 35-55 소재 행복발전소 하이패밀리로 진입하니 멀리 "가정을 교회처럼, 교회를 가정처럼"이라 생긴 돌비가 우리를 반기는 것 같았다.

전망 좋은 주차장에 주차 후 바로 청란교회에서 잠시 머물며 나무 아래서 휴식했다. 이어 주변을 구경하며 혼자 안데르센공원 묘원으로 갔다. 사실 용문에서 양평으로 갈 때 청란교회가 목적지었지 그곳에 정인이 수목장이 있는 것은 전혀 몰랐다. 그런데 하이패밀리 가는 길에서 표지판을 봤고, 이를 두고 혼자 그곳에 가서 침묵의 시간을 보냈다.

정인이 수목장 주변엔 유난히 인형들이 많았고, 애통한 마음으로 그곳을 찾은 사람들이 두고 간 꽃이 여기저기 보였다. 그리고 오른쪽 담벼락에는 나태주 시인이 쓴 시에 정택영 화백이 그린 그림이 걸려 있었다. 전직 언론인이었던 조정민 목사가 쓴 책 《사랑합니다》(2022년, 두란노, 255)의 다음 구절이 우리 모두의 고백이어야 할 것 같다.

"정인아! 네가 살 수 없는 세상을 만든 우리 모두가 공범자다! 우리 모두가 죄인이다!" 귀가를 위해 다시 덕소로 돌아오며 제인 오스틴의 말이 생각났다. "시간이 흐르면 알게 될 것이다." 그러나, 그러나 시간이 흐른다고 과연 알게 될까?

길 잃은 천사, 정인양을 위하여

나태주

하늘나라 아기 별님
하늘나라 아기 천사님
세상을 잘못 내려와
길을 잃고 헤매다 가셨네

미안해요 아기님
좀 더 사랑해 드리지 못하고
좀 더 붙잡아 드리지 못해서
미안할 뿐이에요

하늘나라 가서는 부디
아프지 말고 울지도 말고
반짝이는 별로만 사세요
방긋방긋 꽃이 되세요

잘못했어요 하나님
우리에게로 온 하늘의 손님
울려서 돌려보낸 우리
다만 여기 와 무릎 꿇어요

단종, '자규시(子規詩)'

영월 장릉은 두 번을 다녀왔다. 첫 번째는 1981년 가을 작가 김정빈과 다녀왔다. 그때 그는 한국문학에서 근무했고, 나는 종로서적에서 일했다. 그리고 2021년 4월 가족과 함께 영월을 다시 찾았다. "백내장의 영적인 원인은 가만히 앉아 있는 삶인 것 같다. 아이들이 그 병에 걸리지 않는 이유는 세상의 모든 것이 새롭기 때문이다. 여행을 떠나면 보이는 풍경마다 다 새로워진다."라는 찰스 포스터의 말처럼 오랜만에 다시 찾은 영월 여행은 모든 것이 새로웠다.

강원도 영월의 첫 목적지인 단종 (端宗, 1441~1457)유배지 청령포를 걸었고, 청령포 소나무 숲을 지나 나룻배를 타고 서강을 건넜다. 그리고 이동해 단종역사관을 관람하고 이어 장릉을 향해 걸었다. 산길을 내려와 잠시 제54회 단종문화제(2021.4.30.~5.2.) 준비로 단장한 산책로를 걷다가 차에 올라 한반도 지형 주차장으로 이동했다. 다시 걷고 또 걸어 한반도지형 전망대에서 한참을 머물다 하산해 마지막 목적지인 섶다리로 갔다. 섶다리가 놓인 주천 강변을 걸으면서 단종의 '자규시'를 고요한 가운데 낭송했다.

자규시

단종

궁궐을 쫓겨난/ 나는 한 마리 원통한 새
짝 지을 그림자도 없는 외로운 몸
푸른 산 속을 떠돈다
잠 못 드는 밤이 가고 밤이 와도
잠은 오지 않고/ 한으로 해가 가고 해가 와도
한은 다함이 없구나/ 새 울음 끊긴 새벽
산마루에 달빛이 걸려 있고/ 피맺힌 봄 개울에
지는 꽃이 더 붉구나/ 하늘은 귀머거리인가
나의 애끊는 하소연/ 듣지 못하는데
어찌 슬픈 내 귀는 열리어/ 저 소쩍새 소리가
들려 오는 것이냐?

언젠가 단종의 유배지 청령포를 찾았던 시인 이근배는 〈자규시〉에 대해 이렇게 말했다. "이 위에 무슨 말의 꾸밈이 다시 있겠으며 이토록 간절한 마음을 담은 시가 또 있겠는가" 영월 땅을 걷고 또 걸으면서 어렴풋이 파울로 코엘료의 말이 생각났다. "산티아고 가는 길을 오래오래 걷다보니 산티아고 가는 길이 나를 데리고 걷기 시작했다." 그랬다. 영월에서 걷고 또 걸으면서 영월 길이 나를 데리고 걷는 것 같았다.

그러나 산티아고 가는 길만이 나를 데리고 걷는 게 아닐 것이다. 지금 걷는 이 길이 안양천, 양재천, 서울 둘레길이라도 좋을 것이다. 그리고 가야 할 길이 해파랑길, 제주 올레길, 산정호수 둘레길이라도 나를 데리고 걷는 길일 것이다. "나는 계속 나아갈 수 없어, 그래도 계속 나아갈 거야"란 사뮈엘 베케트의 말을 마음에 깊이 새기며, 오늘도 나는 걷고 또 걸어갈 것이다.

기억의 빛

함석헌은 《뜻으로 본 한국 역사》에서 한국사를 '고난'의 역사로 기술했다. 고난의 역사를 겪은 유대인들이 역사적 경험과 성서적 지혜를 바탕으로 고수하는 철칙은 "기억은 구원을 가져오고, 망각은 파멸을 가져온다."는 것이다. 그런 관점은 그 자체로 의미와 가치를 지닌다. 2016년 1월 예루살렘에 갔을 때 야드바셈 방문 순간을 잊을 수 없다. 야드바셈(Yad Vashem)은 독일 나치에 의한 유대인 600만 대학살 희생자를 추모하기 위해 설립된 이스라엘 국립 기념관이다. 기념관 입구엔 "용서하라. 그러나 결코 잊지는 마라."란 경구가 보였고, '네임 홀'과 '기억의 홀' 등 현장에서 느낀 고통의 역사는 세월이 흐른 지금도 기억이 선명하다.

그래서 아일랜드의 시인이자 극작가인 오스카 와일드는 "슬픔 속에 성지(聖地)가 있다."고 말하지 않았을까. 정호승 시인은 그의 책 《당신이 없으면 내가 없습니다》에서 "누구든 고통 없는 삶은 없다. 그러나 어떻게 참고 견디느냐 하는 문제만 남아 있을 뿐, 고통은 그 의미를 찾는 순간 더 이상 고통이 아니다."라고 했는데, 정호승의 고통에 관한 통찰이 햇살과 같이 빛난다.

홀로코스트로 죽어간 600만 명의 순교자와 영웅들, 그리고 유대인이기 때문에 억울하게 고귀한 생명을 잃은 희생자들의 고통을 기억하며, 희생자들을 추모하기 위해 방문하는 유대인 후손들과 방문객의 발길이 숙연하게 가슴에 스며들었고, 아울러 그들의 문화가 아름답고 부러웠다. 평소 걷기를 좋아하는 나는 자주 매헌시민의숲을 걷는다. 신분당선 양재시민의숲역 1번 출구에서 공영주차장을 끼고 우회전하면 여의교에 이르고, 여의교에서 약 130보 걸으면 '시민의숲 1 입구'가 나오는데, 그 진입로 바로 앞에 매헌 윤봉길기념관이 있고, 양재 테니스장이 있다. 그곳 넓은 산책로는 늘 탐방객 다수가 찾는 휴식 공간이다. 한편 신분당선, 매헌시민의숲역 5번 출구를 나와 더케이호텔 방향으로 걸어가면 '매헌시민의숲 8 입구'에 이른다. 그 입구 오른쪽에는 작은 표지판이 있고 1. 충혼탑 60m, 2. 위령탑 150m, 3. 삼풍참사 위령탑 290m 그곳은 언제나 탐방객들이 찾는 쉼터다.

그곳을 나는 '기억의 땅, 추모의 숲'이라 생각한다. 왜냐하면 고요한 숲길을 걷다 보면 세 곳에 내가 멈추게 되고, 잠시 머물며 그때를 기억하고, 그들을 추모하는 까닭이다. 먼저 '유격 백마부대 충혼탑'에 발걸음이 멈춘다. 1950년 11월 22일, 한국전쟁 당시 군번도 계급도 없던 청년과 오산학교 학생들이 평북 정주군 갈산면 번저리에서 유격백마부대를 조직하였다. 2,600여 명이 오직 위기에 빠진 나라를 살리기 위해 적과 싸워 혁혁한 전과를 거두었다. 그러나 552명의 고귀한 생명이 희생했으니 그들을 기념하는 충혼탑 앞을 그냥 지나칠 수가 없다.

잠시 묵념하고 주변을 둘러보다 다시 침묵 속에 한 걸음 한 걸음 걸어가면 우뚝 솟은 대형 조형물이 나타난다. '대한항공기 버마 상공 피폭 희생자 위령탑'인데, KAL 탑승자 한국인 113명과 외국인 2명의 생명을 추모하기 위해 세운 위령탑이다. 그곳에서 조금 더 길을 따라 걷다 보면 삼풍백화점 붕괴 희생자 502위를 추모하는 '삼풍 참사 위령탑'이 있는 매헌시민의숲 구석에 도착한다. 주변을 한 바퀴 돌아본 후 위령탑 앞 벤치에 앉아 한 편의 시를 찾아 읽어본다.

세상의 끝, 6월 29일

안성훈

6월 29일 아니어도
굳이 너를 잊을 수가 없더라

가슴 아픈 사고는 매일 생각나서
잠시라도 잊을 수가 없더라

기이한 사건은 또 다른 이의
기구한 사연을 만들어 내고

첫사랑을 잊지 못하는 나처럼
누구의 사랑도 그러하겠지

이맘때가 아니어도
절대 잊을 수가 없게 하더라

그리하여 세상의 모든 사연은
6월 29일을 기억하게 만들어

어쩌면 내 세상의 끝도
6월 29일이 될지 모를 일이다.

그곳을 산책하며 스스로에게 묻고 또 물었다. 꼭 기억할 추모의 장소는 왜 인적이 드문 외딴 곳에 있을까? 국민 중 몇 명이나 매헌시민의숲에 충혼탑과 위령탑이 있는 사실을 알고 있을까? 문득 프랑스 철학자 앙리 베르그송의 명언을 소환하게 된다. "우리의 문제는 기억해야 할 것은 잊어버리고, 잊어버려야 할 것은 기억하는 것이다." 홀로코스트를 겪은 미국의 유대계 작가이자 노벨 평화상을 수상한 엘리 위젤의 이 말을 우리는 마음에 새겨야 할 것이다. "기억이 없으면 문화도 없다. 기억이 없으면 문명도, 사회도, 미래도 없다."

서적계와 출판계에서 오랜 세월 일한 덕분인지 내게 독서는 일상이다. 반면에 그런 까닭에 많은 책을 읽으면서 깊이 공감하고 감동하는 책이 드물다. 그러나 며칠 전 건국대 건축전문대학원 김종진 교수가 쓴《그림자의 위로: 빛을 향한 건축 순례》(2021, 효형출판)는 밑줄을 치며 읽었는데, 특히 아래의 인용 구절은 눈이 확 열리는 경험을 하게 해 준 반가운 책이었다. "잊으면 잊히는 것일까. 우리는 사회적 사건을 애써 잊으려 한다. 아픈 기억은 덮고 내일을 향하는 마음은 충분히 이해할 수 있다. 그럼에도 불구하고 기쁨의 기억과 슬픔의 기억이 공존하는 사회가 되면 좋겠다. 세대와 세대를 이어 다양하고 풍부한 감정을 공유하는 것이 결국 공동의 감각, 공동의 문화를 만들기 때문이다."

1. 남명 조식

지인 초대로 경남 산청을 다녀왔다. 이미 안동 '도산서원'은 몇 차례 방문했지만 산청 '덕천서원'은 답사하지 못한 까닭에 평소 마음이 무거웠다. 서울남부터미널을 떠난 버스는 '산청'에 도착했고, 1박 2일 동안 남명 조식 선생 유적지를 살폈다. 특히 남명 14대손 조종명 시인과 '남명기념관', '덕산서원' 그리고 '지리산 우렁쌈밥' 식당에서의 만남과 대화는 이번 여정에서 기쁨을 더했다. 그리고 지인과 함께 산청을 두루 구경하고 '원지'에서 귀경길에 오르니 버스는 3시간 10분 만에 서울남부터미널에 도착했다.

남명 조식(1501~1572년)은 20세에 사마시와 문과 한성시(漢城試)에 합격했지만 평생을 벼슬에 나가지 않았다. 남명 생전에 헌릉 참봉, 전생서 주부, 종부시 주부, 단성 현감, 조지서 사지, 상서원 판관, 종친부 전청 등이 조선 왕조 제11대 중종 시대부터 제14대 선조 시대까지 거듭 제수되었으나 나아가지 않았다.

만난 적은 없으나 정신적인 교류가 깊었던 퇴계 이황이 벼슬에 나오도록 권유했고, 또한 수차례 소명이 있었으나 끝내 나아가지 않았다. 그러나 남명 사후 사간원 '대사간'(정3품; 현 1급)이 추증됐고, 다시 1615년에 '영의정'(정1품; 국무총리)이 추증되었으며, '문정'(文貞)이란 시호를 받았다.

사관은 평하기를 "영남에 선비가 많이 나고, 풍속이 돈독한 까닭은 퇴계와 남명이 모두 영남에 나서 도학을 힘썼기 때문이다...좌도(경북)에는 이황이 있어 학문을 숭상하고, 우도(경남)에는 조식이 있어 절의를 숭상하여, 영남의 풍속은 자못 눈여겨 볼 만하다."고 했으며, 이익은 "대체로 경남 사람들은 '선량하면서도 정의로운데' 이는 남명의 기풍을 본받아서 이다."라 말했다.

남명이 별세하자 조선의 제14대 국왕 선조는 '인자한 나라의 큰어른'이라 칭하며 애도하는 사제문을 보냈다.

"...그러나 공은 더욱 뜻을 굳게 지켜 끝내 변절하지 않았으며, 문장을 나머지 일로 여기고 오직 대도를 향해 매진하였다. 그 도달한 경지가 이미 높았으나 명예를 싫어하여 아름다운 옥을 품은 채 산림 속에 높이 은거하였도다.

밤과 낮으로 쉬지 않고 경전을 연구하는 것을 본업으로 삼아 학문은 산처럼 우뚝하고 바다처럼 넓었도다. 맑은 행동은 서릿발같이 깨끗하고 아름다운 덕성은 난초처럼 향기로웠으며, 마음은 유리병과 가을 달같이 맑았고, 행동은 상서로운 별과 구름 같았다.

초야에 있다 하여 어찌 세상을 잊은 것이리. 척신들보다도 더욱 나라를 근심하였으니, 아! 이런 마음은 군민을 요순(堯舜)의 군민으로 만들겠다는 생각이었도다....충정 어린 상소는 남이 감히 못한 말을 하였고, 그로써 과인은 공의 학문이 깊고 넓음을 알아 이를 병풍 대신 둘러치고 아침 저녁으로 보았도다..."

선조가 남명 사후 보낸 사제문에서 언급한 '충정 어린 상소'는 이조 5백년 역사상 전무후무한 상소문으로서 남명이 1555년 단성현감을 제수받은 후에 목숨을 걸고 쓴 그 유명한 '을묘사직소(단성소)'이다. 특히 실질적인 권력자인 문정왕후를 과부로, 명종을 고아로 비유한 표현은 수렴청정과 그에 따른 외척 정치의 문제점을 직선적으로 비판한 것이었다. 당시 말 한 마디로 생명을 잃을 수 있는 절대군주 시대에 한 처사에 불과했던 남명이 조정을 발칵 뒤집는 직언을 했던 것은 진정한 선비였기에 가능했을 것이다. 이제 '을묘사직소'의 내용 일부를 소개한다.

> "...전하의 국사가 이미 잘못되고 나라의 근본이 이미 망하여 하늘의 뜻이 이미 떠나고, 인심도 이미 떠났습니다.
> 비유하자면 마치 1백 년 된 큰 나무에 벌레가 속을 갉아먹어 진액이 다 말랐는데 회오리바람과 사나운 비가 언제 닥쳐올지를 전혀 모르는 것과 같이 된 지가 이미 오래입니다.
> ...자전께서 생각이 깊다고 하지만 역시 깊은 궁중의 한 과부에 불과하고, 전하께서는 어리시어 단지 선왕의 한낱 외로운 후사에 불과합니다. 그러니 수많은 종류의 천재와 억만 갈래의 인심을 무엇으로 감당해내며, 어떻게 수습하시겠습니까.
> ...모르겠습니다만 전하께서 좋아하시는 바는 무엇입니까? 학문을 좋아하십니까, 풍류와 여색을 좋아하십니까, 활쏘기와 말 달리기를 좋아하십니까? 군자를 좋아하십니까, 소인을 좋아하십니까? 좋아하시는 바에 존망이 달려 있습니다."

《조선왕조실록》 21책 239면에는 '처사 조식 졸기'에 이런 구절이 있다.

"처사 조식이 죽었다…'경의(敬義)' 두 자를 벽 위에 크게 써 붙여놓고 말하기를 '우리 집에 이 두 자가 있으니, 하늘의 해와 달이 만고를 밝혀 변하지 않는 것과 같다. 성현의 천만 가지 말이 그 귀취를 요약하면 이 두 자 밖에 벗어나지 않는다.' 하였다.

…조식은 도량이 청고하고, 두 눈에서는 빛이 나 바라보면 세속 사람이 아님을 알 수 있었다. 언론은 재기가 번뜩여 뇌풍이 일어나듯 하여 다른 사람으로 하여금 자기도 모르게 이욕의 마음이 사라지도록 하였다. 평상시에는 종일토록 단정히 앉아 게으른 용모를 하지 않았는데 나이가 칠십이 넘도록 언제나 한결 같았다."

'경의'는 남명의 핵심 사상이다. 남명은 안으로는 '경'을 통한 수양을 기초로 해서 밖으로는 부조리와 모순에 대해 과감하게 '의'를 실천하는 것을 강조했다. 그래서 '경'의 상징으로 "성성자(惺惺者, 항상 깨어 있음)"란 방울을, '의'의 상징으로 칼을 찾으며 칼에는 "안으로는 자신을 밝히는 것이요, 밖으로는 과감하게 결단하는 것이 의"란 구절을 새겨 놓았다.

산청 남명 조식 선생의 유적을 이틀간 살피고 돌아오며, 그날따라 맹추위가 찾아온 까닭인지 생각이 많았다. 폴 투르니에는 "인생의 사계절"을 이야기했다. 나는 인생의 사계 중 어디에 속할까? 시절이 하 수상하기 때문인지 그 어느 때보다도 '도량이 청고(淸高)하고, 빛 나는 눈'의 남명이 더욱 그리워진다.

2. 남명 조식

작년 12월에 산청 '덕산서원', '남명기념관'을 방문한 후 두 번째 산청을 찾은 날은 광복절 74주년 기념일이었다. 2박 3일 여정 중 첫날은 '동의보감촌'을 구경했고, 둘째 날은 지리산 천왕봉을 올랐다. 남명은 지리산을 매우 사랑하여 12번을 올랐다는데 나는 이제야 두 번을 올랐을 뿐이다. 셋째 날 '산천재', '남명묘소'를 탐방했다. 남명은 61세(1561년) 때 산청으로 이주한 후 산천재 뜰 앞에 매화나무(南冥梅) 한 그루를 직접 심었다는데 그 나무가 460여 년 세월이 흐른 지금까지 튼실하게 서 있다.

남명 조식은 1501년 6월 26일 경남 합천군 삼가면 토동에서 태어났다. 30세(1530년) 때 처가가 있는 김해로 이사해 '산해정'을 짓고 18년간 학문의 기반을 닦았고, 48세(1548년)에 고향인 합천으로 돌아와 '계부당'과 '뇌룡정'을 짓고 후진을 가르쳤다. 그리고 61세가 되자 지리산 천왕봉을 바라보는 산청 덕산의 사륜동에 '산천재'(山天齋)를 짓고 72세, 천수를 다하기까지(1572년 2월 8일) 많은 영재들을 모아 가르쳤다.

남명 사후 109년이 지나 출생한 실학자 성호 이익(李瀷)은 《성호사설(星湖僿說)》에서 "남명 선생은 우도에, 퇴계 선생은 좌도에 일월과 같이 있었으며...좌도는 인(仁)을 숭상하고, 우도는 의(義)를 숭상한다."고 했고, "퇴계가 소백산 밑에서 출생해 우리나라 유학자의 종주가 되었다. 그 계통의 인물들은 깊이가 있으며, 빛을 발해 예의가 있고 겸손하며 문학이 찬란해 수사(洙泗)의 유풍을 방불케 했다. 남명은 지리산 밑에서 출생해 우리나라에서 기개와 절조로서 가장 높은 위치를 차지했다. 그 후계자들은 정신이 강하고 실천에 용감하며 의리를 숭상하고 생명을 가볍게 여기어 이익을 위해 뜻을 굽히지 않았으며, 위험에 처해 뜻을 굽히지 않는 독립적인 지조를 지켰다."라며 퇴계 이황과 남명 조식의 차이점을 평했다.

지리산은 1967년에 최초로 국립공원으로 지정됐다. 지리산은 전남 구례군, 전북 남원시, 경남 하동군, 함양군, 산청군에 걸쳐 있다. 그리고 지리산 천왕봉은 제주도를 제외한 내륙에서 가장 높은 봉우리로 해발 1,915미터 높이다. '어리석은 사람(愚者)'이 머물면 '지혜로운 사람(智者)'으로 달라진다 해서 지리산(智異山)이라 불렀다고도 하고, 백두산 맥이 반도를 타고 내려와 이곳까지 이어졌다는 뜻으로 두류산(頭流山)이라 불렸다는 설도 있다.

작년 1박 2일 산청 방문 후 남명에 관한 책을 몇 권 읽었다. "아는 만큼 보인다"고 했던가. 광복 74주년에 다시 찾은 산청에서 2박 3일을 머문 까닭인지 경호강, 덕천강, 남강과 지리산이 새롭게 다가왔다. 특히 지리산 밑에서 느낀 남명 시비에 새겨진 문구, 한 자 한 자를 통해 남명의 생애와 사상을 공감하는 복된 시간이었다. 이제 남명의 시를 눈으로 읽고, 낭송해 보자. 그리고 한 걸음 더 나아가 마음에 고이고이 간직해 보자.

냇물에 목욕하고서

사십 년 동안 더럽혀져온 몸,
천 섬 되는 맑은 못에 싹 씻어버린다.
오장 속에서 만약 티끌이 생긴다면,
지금 당장 배 쪼개 흐르는 물에 부쳐 보내리.

덕산에 살 곳을 잡고서

봄 산 어느 곳엔들 향그런 풀 없으리오마는,
다만 천왕봉 하늘나라에 가까운 걸 사랑해서라네.
맨손으로 들어와서 무얼 먹고 살 건가?
은하수같이 맑은 물 십리니 먹고도 남겠네.

덕산 시냇가 정자의 기둥에 쓴다

천 섬을 담을 수 있는 큰 종을 보소서!
크게 치지 않으면 소리 없다오.
어떻게 하면 두류산처럼,
하늘이 울어도 울지 않을 수 있을까?

산해정에 대를 심으며

대는 외로울까, 외롭지 않을까?
소나무가 이웃이 되어 있는데,
바람 불고 서리 내리는 때 기다리지 않더라도
싱싱한 모습에서 참다움 볼 수 있나니.

그윽한 매화 향기가 은은하게 떠돌듯 남명 조식은 알면 알수록 그에게서 짙은 향기가 스며드는 것 같다. 사랑의 눈으로 식물을 관찰하는 정혜덕은 그의 책 《집 밖은 정원》(2022년, 엘로브릭, 26)에서 "여느 꽃과 마찬가지로 매화도 소리 없이 왔다가 조용히 떠난다. 하지만 꽃이 진 뒤에는 향기는 마음에 남고, 매화를 만나기 위해 돌아다녔던 시간은 기억의 선반에 차곡차곡 쌓인다."라고 했다. 그렇다. 남명 조식을 찾아 길을 떠났던 두 차례의 발걸음을 지금 다시 생각해 보면, 어느 쾌청한 봄 남명매의 향기처럼 내 마음에 남았고, 남명의 흔적을 찾았던 발걸음은 기억의 창고에 차곡차곡 쌓여 있으니 이 얼마나 고마운 일인가.

추사 김정희, 백석동천

2023년 추석 연휴는 10월 2일을 '임시 공휴일'로 정해서 결국 6일간 황금 연휴가 됐다. 연휴 중 하루 서울 속 비밀 정원 백석동천과 그 주변을 걸었다. 석파랑에서 출발해 세검정을 지나 백사실계곡 길을 뚜벅뚜벅 걸어 '백석동천'(白石洞天)으로 갔다. 세검정은 인조반정 주동자들이 "검을 씻으며 정의를 세운다(洗劍立義)"며 반정을 결의했다는 곳이다. 그리고 '백석'은 북악산(백악산)을 뜻하고, '동천'이란 산천으로 둘러싸여 경치 좋은 곳을 말한다. '백석동천'(명승 제36호)은 주변에 흰 돌이 많고 경치가 아름답다 하여 붙여진 이름이다(소재지: 종로구 부암동 115번지).

북악산(백암산)은 3개의 골짜기를 품은 산이다. 서쪽 사면으로 흘러내려 경복궁 오른쪽을 휘감아 흐르는 '백운동천', 백악의 동쪽 사면을 흘러내려 경복궁 왼쪽을 휘감아 흐르는 '삼청동천', 백악의 북서쪽을 흐르는 '백석동천'이 그것이다. 백운동천과 삼청동천은 도성 안 청계천으로 흘러들고, 백석동천은 도성 밖 홍제천으로 흘러든다.

조선의 선비들이 벼슬을 버린 후에 세상을 등지고 숨어 살기 위해 자연에 정자를 짓고 정원을 만들어 유유자적한 생활을 했다.이런 정원을 '별서정원'이라 하는데, 담양 '소쇄원'과 강진 다산 정약용의 '백운동정원', 보길도에 있는 윤선도의 '부용동정원'이 대표적인 별서정원(別墅庭園)이다. 부암동 백석동천은 속세를 떠나 신선을 동경했던 조선 선비들의 별서(별장) 양식의 진수를 보여준다.

'백사실', '백석정'으로도 불린 '백석동천' 유적의 옛 주인은 추사 김정희(1786~1856)였던 것으로 확인됐다. 추사 문집인 《완당전집 9권》 그의 시 "하찮은 문자에도 정령이 배었으니/ 선인이 살던 '백석정'을 예전에 사들였네"라는 내용이 있고 추사는 주석에서 "나의 북서에 '백석정' 옛 터가 있다"고 적고 있다. 이를 종합하면 추사는 터만 남은 백석정 일대 땅을 사들여 별장을 새로 건립했음을 알 수 있다고 2012년 11월 12일 국립문화재연구소가 밝혔다.

이후 백석동천은 19세기 경화세족(京華世族, 서울에 살며 벼슬을 하던 가문) 이었던 홍우길(1809~1890)의 소유였다는 사실을 국가유산청 조사결과 밝혀냈다.

자연경관이 수려한 이곳엔 지금 건물지(안채, 사랑채)와 연못 정자 등 기초석만 남아 있는 건물 터에서 산길을 따라 조금 위로 걸어 올라가면 '백석동천' 각자 바위를 볼 수 있고, 건물터 주변 계곡 오른쪽 경사지에는 '월암'(月巖: 달빛이 머무는 바위) 각자(刻字) 바위를 볼 수 있다. 백사실계곡에는 낮에는 숨어 살고 밤이면 먹이를 찾는 '도룡뇽'이 있다는데, 나는 낮에 간 까닭에 도룡뇽은 보지 못해 그저 계곡의 맑은 물만 보고, 연못을 가득 채운 '고마리'를 한참을 바라봤다. 백사실계곡 맑은 물을 응시하다가 문득 굴원(屈原)의 시가 떠올랐다. "창랑의 물이 맑으면 갓 끈을 씻고, 창랑의 물이 흐리면 내 발을 씻으리" 그런데 백사실계곡 물이야 '갓 끈을 씻어야' 하겠지만, 작금 정치를 생각하면 '내 발을 씻어야' 할 것 같다.

“서울 도심 가까운 곳에서 쉽게 자연계곡으로 이어지는 곳이 드문데 ‘백석동천’은 그 중 하나다. 고 노무현 대통령이 2004년 국회의 탄핵소추로 직무가 정지됐을 당시 청와대를 넘어 이곳을 산책하다 뜻밖의 경치에 감탄한 것으로 점차 유명해져 오늘날 명승으로 지정되기에 이른다.”는 국립문화재연구소 이원호 학예사의 말은 백석동천을 직접 본 후에 동의할 수밖에 없었다.

숲이 아름다운 백석동천엔 십장생 중 하나인 소나무와 느티나무, 산벚나무, 아까시나무, 잣나무, 팥배나무, 감나무, 전나무, 영산홍 그리고 밤나무 등이 자라고 있었고, 나무와 나무가 이룬 숲은 도시의 삶에 지친 이들을 따뜻하게 위로하고, 보듬어주고, 아낌없이 회복을 선물하는 것 같아 산을 내려와 다시 세검정을 지나 석파랑 앞에서 버스를 타고 경복궁역을 거쳐 걷고 또 걷는 귀가길은 줄곧 참 행복한 산책이었다.